Julius Wolff

Die Pappenheimer

ein Reiterlied

Julius Wolff

Die Pappenheimer
ein Reiterlied

ISBN/EAN: 9783743323001

Hergestellt in Europa, USA, Kanada, Australien, Japan

Cover: Foto ©Andreas Hilbeck / pixelio.de

Manufactured and distributed by brebook publishing software
(www.brebook.com)

Julius Wolff

Die Pappenheimer

Die Pappenheimer.

—

Ein Reiterlied

von

Julius Wolff.

Philadelphia:

Morwitz u. Co., 612 und 614 Cheſtnut Straße.

Chicago

Koelling u. Klappenbach, 48 Dearborn Straße.

Inhalt.

Reiterwacht.

———

Belagert, doch noch unbesiegt,
    Den stolzen Leib von Wall und Schanze
    Noch fest umgürtet und umschmiegt,
Trotzt Magdeburg im Jungfernkranze.
Die Kaiserlichen wolln den Platz
Auf Gnad und Ungnad sich erzwingen,
Doch drinnen hofft man, daß Entsatz
Die nordischen Genossen bringen,
Und wehrt sich tapfer; heldenhaft
Wird jeder Angriff abgeschlagen,
Und jeder Ausfall wieder schafft
Dem Gegner blut'ge Niederlagen.
Es gilt ein hochgewagtes Spiel,
Es geht um mehr, als Tod und Leben:
Hier Sieger sein heißt End und Ziel
Vielleicht dem ganzen Kriege geben,
Der seit dem Fenstersturz in Prag
Schon volle dreizehn Jahre währte
Und in den letzten Zügen lag,
Wenn Magdeburg sich matt erklärte.

Doch die Vertheidigung hält Stand,
Und lange Zeit noch kann es dauern,
Bis des Erobrers rauhe Hand
Gewaltsam bricht die starken Mauern.
Wenn ihm nicht Hülfe bald erscheint,
Wird's dem Belagrer schwerlich glücken,
Und weh ihm selber, fällt der Feind
Ihm unversehens in den Rücken!

Im Felde liegt zu scharfer Acht
Mit aufgeschlagenen Visiren
Weit draußen eine Reiterwacht
Von Pappenheim'schen Kürassieren.
Sind ein Gefreiter und sechs Mann,
Geharnischt bis zum Kniegelenke,
Mit hohen Stiefeln, Sporen dran,
Das lange Schwert am Wehrgehenke.
Zwei sind im Sattel, bald im Schritt
Und bald im Trab umher zu schweifen
Und auszuspähn auf ihrem Ritt,
Ob etwan fremde Völker streifen.
Die Andern haben Zeit zu ruhn
Am Lagerplatz die freien Stunden,
Bis sie, den gleichen Dienst zu thun,
Die Reihe trifft im Gang der Runden.
Sitzt Einer auf dem Uferrain
Abseits und angelt in der Elbe,
Sein Kamerad schaut müßig drein,
Starrt in die Fluth, die schmutzig gelbe.
Drei liegen unbeschäftigt still
Beisammen auf dem feuchten Rasen

Am Feuer, das verlöschen will,
Die angepflöckten Rosse grasen.
Anfang April ist's, Nachmittag,
Der immer trüber wird und trüber,
Schon öfters kam ein Wetterschlag
Mit Regenschauern schnell herüber.
Im ganzen Umkreis, meilenweit,
Ist offnes Land, die Gegend eben,
Doch Öde rings und Einsamkeit
Und kaum noch eine Spur von Leben.
Da geht kein Pflug, kein Sämann sät,
Kein Hahn im Dorfe drüben kräht,
Als wär' es leer und ausgestorben,
Was drin gehaust, im Krieg verdorben.
Die Raben fliegen, dunstig schwebt
Es in der Luft, auf Feld und Strom,
Nur dämmernd und verschleiert hebt
Sich über Magdeburg der Dom.
Da bricht hervor mit einem Mal
Aus dem Gewölk ein Sonnenstrahl,
Fällt auf die Stadt, streift nur den Rand,
Den Dom beleuchtend hoch bis oben,
Und sieh! vor dunkler Wolkenwand
Steht nun erglänzend und umwoben
Von einem goldig hellen Schein
Der stolzen Thürme grau Gestein.
Und jetzt — als wär' es ein Fanal,
Das schöne Bild dort, ein Signal —
Jetzt kracht ein Schuß, — noch einer, — drei, vier, —
Auffahren da die Küraffier,
Und Rembert, ihrer Einer, droht

Ergrimmt zur Stadt: „Potz Schwerenoth!
's geht los, die schwarzen Mücken fliegen,
Und wir müssen auf Wacht hier liegen!"
„Das sind die Kartaunen am rothen Horn,
Ich wär' auch lieber mit da vorn,"
Meint Floris, ein Andrer. „Was wollt ihr dabei?"
Sagt der Gefreite, „die Arkeley
Hat's dort zu thun und die Musketiere,
Ist keine Sache für uns Kürassiere,
Müßten absitzen nur von den Gäulen,
Kriegten doch unsre Löcher und Beulen.
Und mich verlangt nicht nach solchem Gruß,
Fechte nun einmal nicht gern zu Fuß."

„Hätten wir erst das verwünschte Nest!
Liegen drei Monat schon hier fest,
Während der Schwede mit eiserner Faust
In Mecklenburg und Pommern haust;
Wird uns über den Hals noch kommen,
Eh wir die Stadt mit Sturm genommen."

„Daß sich der Alte hat retirirt,
Ohne sich mit den Schweden zu schlagen
Und uns von Hameln hierher kommandirt,
Weiß ich ihm wenig Dank zu sagen.
Der Friedländer hätt' es nicht gethan."

„Ja, der weiß sich anders zu helfen im Kriege,
Ward aber dem Kurfürsten Maximilian
Und auch den andern Fürsten der Lige
Zu übermächtig mit seinem Heer,
Drängt' und drückte sie gar zu schwer
Darum haben sie ihn in Wien
Beim Kaiser so lange verklagt und verschrien,

Bis ihn der Kaiser hat abgesetzt;
Geht ohn' ihn doch nicht zu guter Letzt!"
„Bruder, laß uns nicht denken und fragen,
Wer es ist, unter dem wir uns schlagen,
Ob Tilly oder ob Wallenstein,"
Fällt der Gefreite wieder ein.
„Wenn ich beim Pappenheim bleiben kann,
Geht mich das Andre weiter nichts an;
Er ist mein Kriegsgott, der Mann der That
Und, wie der Schwed sagt, der wahre Soldat!"
„Und als wär' er dazu geboren
Und vom Schicksal auserkoren,
Hat er," spricht Rembert, „als Zeichen und Segen
Sich vom Mutterleibe den Degen
Recht als künftiger Held der Schlacht
Selber mit auf die Welt gebracht.
Auf der Stirne zwischen den Brauen
Sind zwei gekreuzte Schwerter zu schauen,
Die, wenn die Augen im Zorn ihm sprühn,
Blutroth wie ein paar Narben glühn."
„'s hat seine Richtigkeit mit dem Mal,
Darum ist er auch wie von Stahl,"
Spricht der Gefreite Helmuth Schenk,
„Und dessen bin ich stets gedenk,
Daß er, der selber nie verzagt,
Jedem die Furcht aus der Seele jagt.
Seht, es packt auch den besten Mann,
Gott erbarm's! ein Gruseln an,
Wenn marsch marsch! die Trompeten blasen
Und es geht an ein Reiten und Rasen
Grad hinein in des Todes Rachen,

Wo die verdammten Büchsen krachen
Aus den Battrien auf ihren Karrn,
Gliederweis' uns schlafen zu legen,
Oder die langen Spieße starrn
Aus dem Igel uns dicht entgegen.
Heißt dann die Zähn' auf einander gebissen,
Man wird eben mit fortgerissen,
Weiß nicht mehr, was man hört und schaut,
Wen man niederreitet und niederhaut.
Ja, da hab' ich's doch manchmal gespürt,
Daß sich hier unter den Rippen was rührt.
Sah ich voran aber oder zur Seiten
Unsern Grafen, den Pappenheim, reiten,
So kühn, so sicher, so fröhlich im Bügel,
Als hätt' er das ewige Leben am Zügel,
Und traf mich nur halb, nur so nebenher
Ein Blick aus den Augen von Ungefähr,
Hei Donnerwetter! dann war es vorbei
Mit dem bischen Gezimper, ich fühlte mich frei,
Bereit und entschlossen, wenn er es befohlen,
Den Teufel mit ihm aus der Hölle zu holen."
„Helmuth!" ruft Floris, „so geht es mir just,
Mir hebt und weitet sich auch die Brust,
Wenn der Feldmarschall uns kommandirt,
Wenn er uns vornimmt und inspizirt;
Ja, wenn ich ihn nur im Lager weiß,
Wird es mir unter dem Harnisch heiß,
Und es steigt mir der Stolz in den Sinn,
Daß ich ein Pappenheimer bin,
Doch nicht Dragoner, nicht Arkebusier,
Vom Scheitel zur Sohle nur Kürassier!"

„Oho!" fällt Reubert lachend ein,
„Auch ein Lantzier könnt’ ich wieder sein,
Denn die Lanze, die langt und streicht
Weiter umher, als der Degen reicht.
Nimmt so ein Stiegelhupfer Reißaus,
Macht ein Lanzenstich ihm den Garaus,
Wirft er sich neben mir auf die Erde,
Stoß’ ich ihn durch und durch vom Pferde.
Oberhuts, unterhuts, wie ich sie fälle,
Ist mir die Lanze der liebste Geselle.
Ich muß es wissen, ich war Lantzier,
Aber auch jetzt, auch als Kürassier
Bin ich Einer, der Alles wagt,
Bis einmal — bald hätt’ ich gesagt,
Eine Kugel mich trifft; doch hat’s kein Noth,
Ich bin schußfrei vor Kraut und Loth.
Nun, was glotzt ihr? seid ihr es nicht?
Meint ihr, es wär’ wider Ehr und Pflicht?"
„Bruder," lacht Floris, „der Glaube thut’s,
Ich bin auch ohne das guten Muths.
Dein Nothhemd, Dein Benediktengeschmier,
Dein Vaterunser auf Jungfernpapier,
Wären zehn Messen auch drüber gelesen,
Macht Dich von keiner Wunde genesen,
Wenn eine Kugel, um Mitternacht
Heimlich gegossen, gemischt und gemacht
Mit Donnerkeil, Spießglanz und allerlei Gift,
Dich an der richtigen Stelle trifft;
Da hilft nicht Panzer, nicht Lederkollet,
Jede Kugel hat ihr Quartierbillet.
Kam vor der Schlacht an der Dessauer Brüde

Zu mir ein Kerl, — zu seinem Glücke
Konnte der Schuft nicht lesen noch schreiben,
Denn ich dachte mich an ihm zu reiben —
Bat mich um einen Passauer Zettel;
Ich willfahrt' ihm auch seinen Bettel
Ohne Besinnen, keck und frisch
Schrieb ich dreimal auf einen Wisch:
'Wehr' dich, Hundsfott!' und ließ ihn laufen.
Thät sich der Kerl vor Freuden besaufen,
Dünkt' sich salvirt durch den Talisman,
Ging wie der Teufel nun drauf und dran."

Weit schauten übers Brachfeld hin
Von ihrer stillen Wacht die Reiter,
Und keiner dacht' in seinem Sinn
Nur eine halbe Woche weiter.
Wer heut sein Schwert noch freudig schwang,
Wer heute sich noch hoch vermessen,
War morgen ohne Sang und Klang
Vielleicht begraben und vergessen.
   Die Drei hier lebten manches Jahr
Im Kriege schon und von dem Kriege,
Und all ihr höchstes Wünschen war,
Daß ihr Fortun im Felde stiege.
Sie schienen wie ihr Eisenkleid
Gehämmert in derselben Schmiede,
Von weiten fast ohn Unterscheid
Und ritten auch im selben Gliede.
Beim Regiment in Doppelsold
War Rembert, der schon Vielversuchte,
Den Würfeln und den Weibern hold,

So viel er auch auf beide fluchte
War mächtig groß und stark gebaut,
Gefurcht von mehr als einer Narbe,
Sein Knebelbart schon halb ergraut,
Sein Antlitz wetterbraun von Farbe.
Von männlich blühender Gestalt
Und offnen, feingeformten Zügen
War Helmuth, Äußres, Blick und Halt
Und Ausdruck konnten nimmer trügen,
Daß er ein Mann war, kühn und klug,
Der hin und her auf jedem Gange
Das Herz an rechter Stelle trug
Und stolz das Haupt zum Sporenklange.
Floris, noch fast ein junges Blut,
Das aber seine Klinge führte,
War frisch und keck, voll Übermuth,
Wie's Pappenheim'schen wohl gebührte.

Jetzt liegen alle Drei verstummt,
Derweil's noch manchmal kracht und brummt,
Um eingesunknen Aschenhauf.
Da richtet sich Helmuth langsam auf,
Sieht Rembert erst, sieht Floris dann
Mit seinen blauen Augen an
Und spricht gedankenvoll: „Was für ein Datum
Schreiben wir heut post Christum natum?"
„Was schiert es Dich?" lacht Floris, „Du bist
Ja kein Astrolog oder Siderist."
Doch Rembert: „Wie mich dünken will,
Ist heut der Fünfte des April."
„Der Fünfte?" ruft Helmuth; „wahrhaftig, Leute?

Gott straf' mich! so ist mein Geburtstag heute!
Mir schwante so was, als ob ich es wüßte,
Daß sich heut irgend was jähren müßte."
„So gieb was zum Besten, ein Traktament!"
Lachen die Andern, „beim Regiment
Kämst Du nicht ohn' ein Fäßlein los,
Denn Du weißt wohl, der Durst ist groß."

 „Gerne macht' ich euch voll und satt,
Aber ein Schelm giebt mehr, als er hat;
Leer ist die Flasche bis auf den Grund,
Drum, Kameraden, wischt euch den Mund!
Sollen wir uns eine Krähe schießen
Mit dem Pistol, auf den Ladstock spießen,
An dem Feuer hier braten und rösten
Und mit Elbwasser uns getrösten?
So ein Geburtstag auf Wacht hier drauß!
Und kein Mädel bringt einen Strauß!"

 „Wo im heil'gen Römischen Reich
Hast Du begangen den dummen Streich,
Auf diese hungrige Welt zu kommen,
Aus der noch Niemand was mitgenommen?
Hast Dir was Rechtes damit erlesen,
Weißt wohl selber nicht, wo es gewesen."
„Doch, ich weiß es, vergeß' es nicht,"
Helmuth mit bitterm Lächeln spricht,
Streckt sich wieder auf's Weideland,
Stützt wie sinnend den Kopf in die Hand,
Blickt nach der Wolken vergoldetem Saum
Und beginnt dann wie im Traum:
„Ein altes Schloß mit Thurm und Thor
Ragt in die blaue Luft empor

Auf einem Hügel, sonnig beglänzt,
Im Thal der Unstrut, waldumkränzt,
Seit einem halben Jahrtausend beinah
Das Eigen der Schenke von Vargula.
Zu allen Zeiten war dran gebaut,
Ich seh's, wie's aus dem Grünen schaut
Mit seinem blitzenden Schieferdach,
Dem breiten Söller am Giebelgemach,
Eckthürmchen, Vorsprüngen, Luken und Zinnen
Und jedem Winkel außen und innen.
Es war unser Alles; ein lustiger Ahn
Hatte das Andre verspielt und verthan.
Als meiner Eltern einziger Sproß
Wuchs ich fröhlich heran im Schloß
Unter der treuesten Mutter Pflege,
Denn mein Vater ritt ferne Wege,
Dient' und focht jahrein, jahraus,
Kam nur selten zu uns nach Haus.
Ein alter Pfaff, ein freundlicher Mann,
Nahm sich des lebhaften Knaben an,
Führt' in die Wissenschaften mich ein,
Lehrte mich Mathematik und Latein;
Reiten aber, jagen und schlagen
Lernt' ich von selber in jungen Tagen.
    Aus einem Seitenthale rann
Ein flinker Bach, und es lag daran
Eine Mühle, lauschig versteckt im Wald,
Das war mein liebster Aufenthalt.
Die Müllersleut hatten ein Töchterlein,
Das war mein Gespiel von Kindesbein.
Wir hielten zusammen und strichen umher

In Bergen und Thälern kreuz und quer
Und saßen am Bächlein in guter Ruh
Und sahen dem rauschenden Mühlrad zu.
Die Jahre kamen, die Jahre gingen,
Wir blieben vertraut in allen Dingen,
Wir blickten uns lächelnd ins Angesicht
Und hatten uns lieb und wußten es nicht.
Endlich doch mußt' ich mein Bündel schnüren,
Sollte mein Leben anders führen,
Wollte der Vater, als er es gethan,
Nicht eines Landsknechts Sold empfahn,
Sondern in Marburg jura studiren
Und auf den Doctor mich präpariren,
Um unter einem Großen der Erden
Kanzler oder Notar zu werden.
Nun, ich gab meinem Herzen den Stoß,
Riß von der lieben Mutter mich los,
Küßte Helenen das wellige Haar,
Zog auf das Studium und ward Scholar.
Als ich ein Jahr lang mir Weisheit gekauft
Und daneben mich wacker gerauft,
Kam mir nach Marburg die Trauerkunde
Von meines Vaters letzter Stunde.
Ich blieb dort auf der Mutter Geheiß
Jus traktirend mit mäßigem Fleiß.
Aber als wieder ein Jahr vorbei
Und sich verbreitete das Geschrei,
Ernst von Mansfeld käm' ins Land
Und Christian von Braunschweig mit Mord und Brand,
Da hielt mich nichts, ich mußte nach Haus
Zum Schutz der Mutter in diesem Graus.

Sie kamen wirklich, sie waren schon da,
Die Fürchterlichen, die Attila
Des Krieges, die von der Hölle Gesandten.
Die kaum eine menschliche Regung kannten.
Geplündert ward unser Schloß, verbrannt,
Und was sich drin wehrte, niedergerannt,
Ich selber sofort zu Boden geschlagen
Hülflos, betäubt aus den Flammen getragen.
Ob meine Mutter drin umgekommen, —
Gott weiß es! — sie hätte den Schleier genommen,
So ward mir später zum Troste gesagt;
Ich habe seitdem gesucht und gefragt,
Geklopft an alle Klosterthüren, —
Zu meiner Mutter will keine führen.
Ich war Gefangner; sie schleppten mich fort
Von meinem verwüsteten Heimatsort.
Es ging durch den Wald, wo die Mühle stand;
Schon dämmert' es, und in der Räuber Hand
Gewahrt' ich Helenen vor Angst vergehn
Und konnt' ihr nicht rettend zur Seite stehn,
Nicht mal bis hin zur Geliebten dringen, —
Mir wollte vor Weh das Herz zerspringen.
Die Mühle brannte hell lichterloh,
Schnell aufgezehrt war das Dach von Stroh,
Die Balken und Sparren standen in Gluth,
Die spiegelte sich in des Baches Fluth,
Das volle Laub an Baum und Strauch
War roth beleuchtet, und schwarzer Rauch,
Der wirbelnd die dunklen Wipfel umspann,
Stieg aus den Bergen zum Himmel hinan.
Die Rasenden hatten das Schütz gezogen,

Und donnernd stürzten die schäumenden Wogen
Ins Rad hinein, daß es sausend ging,
Das Gestell erbebte, worin es hing.
Des fliegenden Werkes Klappern und Rasseln,
Des lohenden Feuers Knattern und Prasseln,
Das gab ein Gekrach und Gebraus und Getöse,
Als tobt' in dem brennenden Hause der Böse.
Der fallenden Funken Flattern und Glühn,
Der blitzenden Tropfen Spritzen und Sprühn
Von oben, von unten, gemengt und gemischt,
Dort flackernde Flammen, hier sprudelnder Gischt,
Dazwischen Wehklagen und Jammer und Schrei'n,
Hohnlachen, Gezänk und Gefluche darein,
Beleuchtet vom Feuer Gestalten, Gesichter
Von einem wahren Halunkengelichter, —
Kam'raden! ich sag' euch, es war ein Bild,
Ganz unbeschreiblich schrecklich und wild!
Ich werd' es nicht los, es steckt in mir einmal:
Seit jenem Abend im Unstrutthal
Kann ich kein rauschendes Mühlrad sehn,
Daß mir die Augen nicht übergehn."

So hatte von seinem Jugendleben
Helmuth den Beiden Bericht gegeben.
Sie hatten ihm schweigend zugehört,
Mit keiner Frag' ihn darin gestört
Und schwiegen auch noch, da er nun schwieg,
Weil ihnen wohl selbst Erinnerung stieg
An Jugend, Heimat und Vaterhaus.
Nach einer Weile stieß Rembert heraus:
„Potz Velten! das ist des Krieges Lauf,

Bringt Einen herunter, den Andern herauf;
Ich könnt' euch auch ein Schicksal erzählen,
Will aber euch und mich nicht quälen.
Für mich sind todt die vergangnen Dinge;
Wie all das Blut, das von meiner Klinge
Geflossen ist, die Schrift verwischt,
Die einst drauf stand, so auch erlischt
Allmählich im Herzen, was hinter mir liegt
Und Keiner von mir zu wissen kriegt."
Die Andern blickten verwundert ihn an:
Was hatte zu hehlen der trotzige Mann?
Der streckte sich lang, schlug Bein über Bein
Und starrt' in den blauen Himmel hinein.
Und Floris sprach: „Ja, hin ist hin!
Wenn ich der Jüngste von uns auch bin,
Hab' auch einst bessere Tage gesehn.
Doch was ist weiter mit Dir geschehn,
Wie Dich die Mansfeld'schen mitgenommen?
Wie bist Du zum Regiment gekommen?"
„Wir zogen," nahm Helmuth wieder das Wort,
„Vom Unstrutthal nordwestlich fort
Mit Brandschatzen, Plündern und Scharmuziren,
Mit Schinden und Schaben in allen Quartieren.
Auf Osnabrück zu ging die Fahrt,
Ein Raubzug von der schlimmsten Art,
Graf Ernst von Mansfeld mit seinem Heer
Waren nicht ehrliche Kriegsleut mehr.
Sie stellten mich ein in Reih und Glied,
Ich mußte mitpfeifen ihr schändlich Lied,
Mocht' es auch in mir giften und gären,
Mußte mich meines Schwerts ernähren,

Statt um Ehr und Ruhm zu werben
Rauben jetzt oder Hungers sterben.
Nun war ich doch ein Söldner geworden,
Wäre zwar gern den wüsten Horden
Ohne Paßbrief heimlich entwischt,
Aber sie hätten mich aufgefischt,
Und mich hätte der Mond gesehn
Mit den vier Winden zu Tanze gehn.
Hatten wir ringsum, wo wir gehaust,
Alles fein säuberlich abgemaust,
Suchten wir weiter, wo sich was fand,
Kamen zuletzt in das Saterland,
Dort eine Weile zu stabiliren
Und in Ruhe zu hiberniren.
Was Graf Mansfeld, so lang er gelebt,
In seinem Ehrgeiz immer erstrebt,
Hatt' er nun, — unbeschränkte Gewalt
Über ein Heer, und seine Gestalt
Kann ich, mit kriegrischen Augen gemessen,
Selbst vor Pappenheim nicht vergessen."
Rembert nickte: „Hab' ihn gekannt,
Er war wie im höllischen Feuer gebrannt."
„Abenteuerlich als Soldat,
Unberechenbar als Diplomat,
Mitleidslos wie die Kugel im Schuß,
War er ein Mensch aus ehernem Guß.
Trotzig und kühn wie sein Geist im Leben,
Hat er im Tod ihn auch aufgegeben:
Stehend, im Harnisch, zerbeult und zerstaucht,
Hat er den letzten Odem verhaucht.
Alles zum Kriege hatte der Held,

Eines nur nicht, und das war Geld.
Unser Sold war Pulver und Blei,
Dafür gab er den Raub uns frei,
Ließ es am Werbeplatz gleich erklären,
Sagte: ‚Der Krieg muß den Krieg ernähren.‘
Als aber nun der Frühling kam
Und man dem Bauer das Letzteste nahm,
Daß der Knüppel beim Hunde lag,
Machte sich Mansfeld fort nach dem Haag,
Denn sein Beutel war grad so leer
Wie der unsrige, und das Heer,
Reiter und Fußvolk, das ganze Gesind
Lief aus einander wie Spreu vorm Wind.
Ich schlug mich durch nach Niedersachsen,
Fand aber dort den Frieden nicht wachsen,
Stieß, verwildert, wie ich nun war,
Auf eine Tilly'sche Reiterschaar;
War ein Küriffer-Regiment
Und als Vorhut vom Haufen getrennt,
Trefflich beritten, stattlich montirt,
Von Oberst Pappenheim kommandirt.
Ich ließ mich werben, nein, selber warb ich,
Und als sie mich nahmen, wie freut' ich mich!
Schlüpft' in den Harnisch mit frohem Behagen,
Frug nicht, wer ihn vor mir getragen,
Nannte mich Schenk, verschwieg von da,
Daß ich ein Schenk von Vargula.
Ich hatt' ein Pferd wieder unter mir,
War Pappenheimischer Küraffier,
Und als ich kaum ein paar Tage geritten
Und hatte zum ersten Mal wieder gestritten

Als ehrlicher, tapfrer Feldsoldat
Und braver Gesellen Kriegskamerad,
Da fühlt' ich mich frei, wie in Himmel versetzt
Und hatte wieder, was ich zuletzt
Fast vor mir selber verloren schon,
Im Herzen mein' Ehr und Reputation.
Was weiter kam, — bis auf Hieb und Stich
Wißt ihr es selber so gut als ich."

Verklungen war auf den Schanzen der Strauß,
Helmuth sah nach den Reitern aus
Denn zur Ablösung ward es Zeit,
Doch von der Wache waren sie weit.
Die Angler saßen noch immer am Fluß,
Fanden des Lauerns nicht End und Schluß;
Die Rosse hatten sich niedergelegt,
Hielten nur leise die Nüstern bewegt.
Nach einer Weile frug Floris: „Sage.
Hast Du seit jenem Unglückstage.
Wo das im Unstrutthal geschehn.
Die Müllerstochter wiedergesehn?"
„Niemals!" erwiederte der Gefreite,
„Ich fand sie nicht in unserm Geleite,
Sie muß mit Braunschweigs Heer und Troß.
Der sich wie Heuschreckschwarm ergoß,
Zum Münsterland gezogen sein, —
Ich trau're noch um's Mägdelein.
Doch kürzlich ist mir's seltsam ergangen,
Ein Zufall nahm mir die Sinne gefangen.
Ich sah da bei Gelegenheit
Ein Mädchen von täuschender Ähnlichkeit

Mit meiner Helene; sie war es nicht,
Und dennoch war es dasselbe Gesicht."
    „Vielleicht ihre Tochter!" — „O Unverstand!
Acht Jahr sind's seit dem Mühlenbrand,
Und die ich sah am Fenster stehn,
Die hatte wohl zwanzig Sommer gesehn."
„Wo war's?" frug Floris, von Neugier gestochen
„In Magdeburg war's vor nicht zwei Wochen.
Ihr wißt, ich ritt auf Befehl allein
Mit dem Trompeter zur Festung hinein,
Wir überbrachten vom Generalstabe
Den Brief von wegen der Übergabe,
Und wie ich mit Moritz zum Kommandanten
Nun durch die Straßen ritt, da sandten
Wir aus dem Sattel von Ungefähr
Die Blicke nach hübschen Larven umher.
Nicht weit vom Krökenthore stand
Auf dem Breiten Weg zur rechten Hand
Ein doppelgieblig, steinern Haus,
Eine Bogenthür führt ein und aus,
Und über dieser ist zu schau'n
Ein gräulicher Lindwurm, in Stein gehau'n,
Weswegen das Haus ‚der Lindwurm' heißt,
So sagte man mir, denn ich fragte dreist.
Grad über der Thür, aus dem Fenster gebeugt,
Erblickt' ich ein Mädchen und war überzeugt,
Es wäre Helene; dasselbe Haar,
Das braune, schelmische Augenpaar,
Das ganze Gesicht auch, Zug für Zug, —
Und sagt' ich mir auch schnell genug,
Daß es unmöglich Helene sei,

Klopfte mir doch das Herz dabei.
Ich war in der Erscheinung Bann,
Zog unwillkürlich die Zügel an
Und warf ihr eine Kußhand hinauf;
Sie gab sie zurück und lachte darauf
Mit dem schwellenden Mund, daß die Zähne blitzten;
Mir war, als ob mich Dornen ritzten
Von einer Rose, die ich begehrte
Und die mir ein Zauber zu pflücken wehrte." —
„Ein steinern Haus und ein Lindwurm davor?"
Sprach Floris. „Nicht weit vom Krökenthor,
Auf dem Breiten Weg?" fiel Rembert ein,
„Du merktest Dir gut das Stellbichein!"
Sie lachten beide hell auf und lugten
Zur Stadt, als ob sie das Haus dort suchten

Roth schwebte jetzt am Himmelsrand
Vor ihrem Untergang die Sonne,
Ein sanfter Hauch ging übers Land
Wie ahnungsvolle Frühlingswonne.
Gedreht wohl hatte sich der Wind,
Die Wolken waren rings verschwunden,
So rauh wie erst, so mild und lind
War's in des Tages letzten Stunden.
Nur die im Harnisch hier auf Wacht
Und ihre aufgezäumten Pferde
Gemahnten an die finstre Macht,
Die umging auf der deutschen Erde.
Jetzt saßen alle Fünf und sahn
Zum feuerrothen Sonnenballe,
Gesichert vor des Feindes Nah'n

Und unverhofftem Überfalle.
Doch Einer blickt vom Lagerstand
Jetzt seitwärts, weil die Gluth ihn blendet,
Beschirmt die Augen mit der Hand
Und ruft auf einmal, nach links gewendet:
„Seht da! seht da! die Zügel verhängt,
Kommt Einer grad auf uns zu gesprengt!
Jan. Ferver ist's auf dem Fuchs, er winkt,
Er ficht mit dem Schwert, daß es blitzt und blinkt!"
Auf waren sie alle mit einem Sprung
Und rissen die Gäul' empor im Schwung,
„Die Schweden kommen!" schrie Jan und schoß
Pfeilschnell heran auf dampfendem Roß.
Sie hätten gesehen Kriegsvolk nah'n,
Er und sein Kam'rad, meldete Jan,
Der Jürgen sei hin, zu rekognosziren,
Wieviel ihrer sind, die heranmarschiren.
„Sagt' ich es nicht, sie kriegen uns noch
Vor diesem verfluchten Ketzerloch?"
Rief Floris, am Sattelgurt schon die Hand,
Die Andern setzten die Lunten in Brand.
„Aufgesessen!" kommandirt der Gefreite,
„Jan, bleibe hier! Floris, Du reite
Dem Jürgen nach! sind's, klein oder groß,
Die Schweden, so brennst Du den Fäustling los;
Ist's aber vielleicht von der Lige wer,
Kommst ohne Schuß Du wieder hierher!
Merten, Du trabst auf Magdeburg zu!
Auf halber Distanz doch wartest Du,
Bis Du schießen hörst; dann aber nicht faul,
Was hast Du, was kannst Du, die Sporen dem Gaul,

Und meldest von mir den Unsern die Sache
Gleich vorn bei der äußeren Lagerwache!
Vorwärts!" — Sie stoben nach rechts und links,
Stumm auf das Gebot eines Augenwinks.
Die Übrigen hielten zu Roß und reckten
Im Sattel sich, ob sie die Schweden entdeckten,
Und wirklich sahen sie von den Gäulen
Langsam sich nähernde Heeressäulen,
Sahn fernher funkeln Eisen und Stahl
Der Waffen im röthlichen Abendstrahl.
Die Kürassiere warteten lange
In höchster Spannung, in peinlichem Drange,
Denn wenn es der König von Schweden war
Mit seiner Armada, so kam in Gefahr
Vor Magdeburg Pappenheims kleines Heer,
Das viel zu schwach war zur Gegenwehr.
Noch war kein Schuß gefallen zum Glück,
Doch Floris kam immer noch nicht zurück;
Die Spannung wuchs mit jeder Sekunde,
Kein Laut kam aus der Harrenden Munde,
Die Rosse scharrten, es klopfte das Herz
Den Reitern unter dem Panzer von Erz.
Von Jürgen, von Floris nicht eine Spur,
Da — ist's nicht, als ob auf der Flur
Es sich bewegt, noch dunkel und klein?
Wird größer, kommt näher, und trügt nicht der Schein,
Sieht's aus wie zu Pferd ein einzelner Mann, —
Wahrhaftig! ein Reiter! — er jagt schon heran, —
's ist Floris! — er schießt nicht? — noch immer nicht? — nein!
So können es nimmer die Schweden sein!
Nun legt er die Hand an den Mund und schreit:

„Victori! Victori! die Schweden sind weit!"
Jetzt fällt er in Trab, jetzt ist er zur Stelle,
Ruft athemlos fast von des Rittes Schnelle:
„Der Generalfeldhauptmann, juchhe!
Graf Tilly mit seiner ganzen Armee,
Mit Dreißigtausend kommt er marschirt,
Und wenn Magdeburg morgen nicht akkordirt,
So giebt's, Kameraden, auf Wall und Schanz
Mit der trutzigen Magd einen blutigen Tanz!"
Da jauchzten sie und athmeten frei,
Als ob das Leben geschenkt ihnen sei,
Und Helmuth sprach: „Da hab' ich heute
Nun doch noch meine Geburtstagsfreude,
Die ist mir lieber, als Trunk und Strauß,
Sitzt ab, Kürassiere! — Lunten aus!"

Mit dumpfem Getöse wie rollende Wogen
Kam nun das Heer vorüber gezogen,
Zu Fuß, zu Roß, Musketier, Pikenier,
Konstabel, Dragoner und Arkebusier,
Kroaten, Wallonen und hochdeutsch Blut
Mit Kragen am Koller und Feder am Hut,
Buntfarbigen Wämsern, die Ärmel gestreift,
Feldbinden mit Fransen, und Spitzen, gesteift.
Und Tilly's Banner voran der Schaar
Mit dem kaiserlichen, dem deutschen Aar,
In den Fängen Wag' und Schwert zugleich,
Die Inschrift darüber: Für Kirche und Reich.
    Helmuth saß auf, zog blank den Stahl
Und galoppirte zum General.
Graf Tilly, zu Pferd, ein schmächtiger Greis

Mit stechendem Blick, die Haare weiß
An Spitz- und Schnurrbart, frug knapp und kurz,
Wie's stünd' um der Festung baldigen Sturz.
Der Gefreite gab, wie er konnte, Bescheid,
Und Tilly sprach: „Ihr Kürisser seid
Von der Wacht gelöst; trabt nur voraus,
Der Schwed hält noch in Frankfurt Haus;
Du bring dem Feldmarschall meinen Gruß
Und meld' ihm, ich folgt' euch auf dem Fuß!"

Wie fröhlich ritt mit seinen Mannen
Helmuth in schlankem Trab von bannen,
Stolz, von so großen, wichtigen Dingen
Dem Grafen Pappenheim Kunde zu bringen!
Und als verblichen das Abendroth,
Das glastend am Himmel wie Blut gedroht,
Da hielten geschlossen die Kürassier
Vor ihres Feldmarschalls Standquartier.

II.

Magdeburg.

Von all den Engeln, die berufen
Zum Thron des großen Herrn der Welt
Im blauen, goldbesternten Zelt,
Sitzt einer auf des Thrones Stufen,
Hält auf den Knie'n ein Buch und schreibt.
Er ist umwallt von dunklen Schwingen,
Todernst im Antlitz beim Vollbringen,
Denn endlos ist es, was er treibt.
Ihn knüpft an Sterbliches kein Band,
Kein irdisches Gefühl berühret
Ihn je, nicht Haß, nicht Liebe führet
Die Feder in des Cherubs Hand.
Er schreibt nur nieder, was er sieht,
Doch er sieht Alles, was geschieht.
Er weiß, was seit den Schöpfungstagen
Sich auf dem Erdball zugetragen,
Erkennt mit ungetrübtem Blick
In seines Himmelsglanzes Klarheit
Des armen Menschenvolks Geschick
Und aller Dinge Grund und Wahrheit.
Er bringt in jede Heimlichkeit,

Wie die Gedanken sich berathen,
Er sieht die Weltbegebenheit
Und die verschwiegenste der Thaten.
Ihn täuscht kein Wort, ihn trügt kein Schein,
Er trägt in seines Buches Spalten
Des Großen und des Kleinen Walten,
Die Ursach und die Wirkung ein.
Da steht verbrieft in starren Zügen,
Was Menschengeist Erfindung nennt,
Was er in schwankenden Gefügen
Halbwegs aus Lied und Sage kennt,
Ihm besten Falls von Kampf und Helden
Papyrus, Denkstein, Chronik melden.
Denn nimmer wird ein sterblich Wesen
Die Flammenschrift des Genius lesen,
Der droben über Raum und Zeit
Den Weltlauf bucht in Ewigkeit.
      Doch steht in seines Buches Blättern,
Seit festes Land der Fluth entstieg,
Nichts mit so blutgetränkten Lettern
Wie dieser ungeheure Krieg,
Der durch ein ganzes Menschenalter
Das deutsche Vaterland entweiht,
Daß seine Mär gleich einem Psalter
Voll Klagelaut zum Himmel schreit.
Und in des ganzen Kriegs Geschichte
Knüpft, der nicht seines Gleichen hat,
Der schreckenvollste der Berichte
Sich an den Namen einer Stadt.
Und der heißt Magdeburg! -- Die Mauern
Von Ilion stürzte Griechensinn,

Rom machte manch ein Sturm erschauern,
In Trümmer sank Karthago hin.
Doch nicht in all den Völkerstreiten,
Die je die alte Welt getrübt,
Liest man von solchen Grausamkeiten,
Wie sie in Magdeburg verübt,
Als, heiß umstritten, ging verloren
Der Stadt ihr lang bewahrter Kranz,
Den zu empfahn der Feind geschworen
Zu seines größern Ruhmes Glanz.

Durch Tilly's Truppen war die Stärke
Verdreifacht im Blockadekorps,
Und um die vorgeschobnen Werke
Ward nun gekämpft wie nie zuvor.
Im ganzen weiten Umkreis ruhte
Die Arkeley nicht aus und schoß
In Außenböschung und Redoute
Bald Bresche, die sich nicht mehr schloß.
Manch eine Schanze ward erstiegen,
Die andern über Nacht geräumt,
Und was der Feind ließ rückwärts liegen,
Das steckt' er selbst an ungesäumt.
Zuletzt hielt noch die Citadelle,
Die Zollschanz, rechts der Elbe, Stand;
Doch als dies stärkste der Kastelle
Der Sieger auch noch überwand,
War Magdeburg nun abgeschnitten
Vom Strom und auf sich selbst beschränkt.
Man bangte drin und kam mit Bitten
Zum Kommandanten, doch gekränkt

Von dem Gesuch um Übergabe,
Wies er es stolz und streng zurück:
„Niemals, so lang ich's Leben habe
Und Kraut und Loth zu einem Stück!"
Ein Mann von echter Heldengröße
War Oberst Falkenberg, der klug
Aus jedem Fehler, jeder Blöße
Des Feindes seinen Vortheil schlug.
In Hoffnung, die ihm Niemand nähme,
Versichert' er, daß zum Entsatz
Bald König Gustav Adolf käme,
Und hielt den anvertrauten Platz.
Damit beschwichtigt' er die Zagen
In Rathsstuhl und in Bürgerhaus
Und fiel in stets erneutem Wagen
Mit der Besatzung wuchtig aus.

Für Tilly war es Ehrensache,
Daß er der Festung Trotz bezwang,
Und Pappenheim verlangte Rache
Für manch mißglückten Waffengang
Vor diesen unerstiegnen Mauern,
Die fallen mußten, mochte nun
Das Rennen noch so lange dauern;
Er wollte rasten nicht und ruhn,
Bis er am vorgesteckten Ziele,
Im Dome dort bei Glockenklang
Und feierlichem Orgelspiele
Als Sieger das Te Deum sang.
Tollkühn im Drauf= und Vorwärtsgehen,
Wo ihm Gefahr entgegen kam,

Wär's einmal um ein Haar geschehen,
Daß ihn der Feind gefangen nahm.
Mit Approchiren rückt' er jähe
Bis an den trocknen Graben vor,
Daß die Battrie bei solcher Nähe
Die Wirkung gegen ihn verlor.
Ein Thurm doch an der Hohen Pforte
Führt' ein Geschütz, das meisterlich
Bedient, von dem erhöhten Orte
Die Pappenheim'schen Reih'n bestrich.
Der Graf beschließt zu attaquiren
Und läßt sein eignes Regiment,
Oberst von Baumgart, allarmiren,
Die beste Truppe, die er kennt.
Die Kürassiere sind im Bügel
Geschwind, wie die Trompete klingt,
Die erste Compagnie vom Flügel
Geht, abgesessen, vor und bringt
Bis an den Thurm; fast sind die Leitern
Schon angelegt hier und bemannt,
Da plötzlich senkt sich vor den Streitern
Die Brück' am Thor, es kommt gerannt
Ein Fähnlein Fußvolk aus der Enge,
Theils feuernd, theils den Spieß am Knie,
Und weichen muß der größern Menge
Die schwere Reitercompagnie.
Zu Hülfe kann ihr Niemand kommen,
Das Regiment hat weit vom Wall
Gedeckte Stellung eingenommen,
Und Niemand sieht den Überfall.
Graf Pappenheim, der mitgestritten

Und zwar, wie immer, kühn voran,
Wird im Getümmel abgeschnitten
Und muß mit einem einz'gen Mann
Sich hinter Palisaden stecken,
Wo in der Hitze des Gefechts
Die Städter ihn nicht gleich entdecken,
Doch eingeschlossen links und rechts.
Von einem Partisanenstoße
Ist ihm die Schulter so verrenkt,
Daß er das Schwert, das blanke, bloße,
Nur mühsam in der Linken schwenkt.
Nachzügler kommen noch gelaufen,
Und ihrer Drei mit Staunen sehn
Dort hinter ihrem eignen Haufen
Die beiden Abgedrängten stehn.
Und Einer wehrlos! doch ergeben
Will sich nicht Mann noch Offizier,
Und in dem Kampf auf Tod und Leben
Deckt seinen Herrn der Kürassier.
Wie aber das Gefecht der Massen
Nun doch zum Stehn gekommen ist
Und wieder Fuß die Reiter fassen,
Wird Pappenheim dabei vermißt
Da tönet aus den Palisaden
Der Kaiserlichen Feldgeschrei:
„Jesus Maria! — Kameraden,
Hieher! steht dem Feldmarschall bei!"
Die Compagnie, gleich wilden Stieren,
Stürzt wüthend in den Feind und bricht
Sich Bahn, wo Einer von den Ihren
Verzweifelt vor dem Grafen ficht.

Und nun erst geht es an ein Ringen
Um Boden jede Spanne breit,
Es blitzt und pfeift von Reiterklingen,
Und der Feldmarschall ist befreit.
Dem er es dankt, den tapfern Degen
Winkt er zu sich heran und spricht:
„Visir auf!" — glühend blickt entgegen
Ihm ein bekanntes Angesicht, —
„Du bist es, der mir Meldung machte
Vom General, mir ins Quartier
Die erste frohe Botschaft brachte!
Mir scheint, ich habe Glück mit Dir,
Und wie Du mir heut beigestanden,
Gedenk' ich, Freund, Dir, wo ich kann;
Bist Du einmal in Noth und Banden,
Dann, Schenk, erinnre mich daran!"
Da ist, wie des Kommando's Schallen
In Marsch die Kürassiere setzt,
Helmuth der stolzeste von allen,
Mit keinem König tauscht' er jetzt.

Es war im Mai; sechs volle Wochen
Zog die Belagerung sich hin
Seit Tilly's Ankunft, ungebrochen
Doch blieb der Eingeschlossnen Sinn.
Da hielt er Kriegsrath mit den Seinen;
Dem klugen Feldherrn kam's drauf an,
Daß er nicht ein Geröll von Steinen,
Nicht Schutt und Trümmer nur gewann;
Vielmehr war ihm die Stadt das Centrum·
In einem wohlbedachten Plan,

,Des Krieges wahres Fundamentum,
Wie's einzig seine Augen sahn.
Sie sollte, nahm durch Akkordiren
Er unzerstört die Festung ein,
Ihm Stützpunkt für sein Operiren
Den Schweden gegenüber sein.
Doch Pappenheim drang auf Entscheidung
Verhandelt wäre nun genug,
Unmöglich jetzt des Sturms Vermeidung
Und nur Gefahr noch im Verzug.
Im Reden feurig wie im Streite,
Bracht' er, vom Widerstand ergrimmt,
Die Obersten auf seine Seite,
Der General ward überstimmt,
Und man beschloß, beim frühsten Tagen
Des nächsten Morgens unverweilt
Den allgemeinen Sturm zu wagen,
Die Posten wurden schnell vertheilt.
Doch hatt' auch jetzt noch kein Vertrauen
Zu dem Erfolg der General
Und widerrief vorm Morgengrauen
Das rings erwartete Signal.
Nach Sonnenaufgang erst entschlossen,
Gab er Befehl zu der Aktion,
Und die mit Zaudern nur verflossen,
Die Stunde bracht' ihm ihren Lohn.
Die Bürger hatten bang entgegen
Dem Sturm gesehen in der Nacht
Und waren, schlafen sich zu legen,
Still abgezogen von der Wacht.
So kam's, daß schwach besetzt die Wälle,

Als dennoch jetzt der Sturm begann,
Und ehe jeder Mann zur Stelle,
Vorerst kostbare Zeit verrann.
Rundum zugleich fing an zu stürmen
Das ganze Heer mit Saus und Braus,
Die Glocken heulten von den Thürmen,
Die Schüsse krachten ein und aus.
Der Kampf war furchtbar und am schwersten
Da, wo sich Pappenheim befand,
Weil Falkenberg ihm mit den Ersten
Der Söldner gegenüber stand.
Mit seinen Regimentern allen
Ward er auf's Aeußerste bedrängt,
Schon schien der Würfel ihm gefallen,
Ihm Tod und Untergang verhängt,
Da brach im letzten Augenblicke
Des Löwen Wildheit in ihm los,
Die Stirne bietend dem Geschicke
Führt' er noch einen Riesenstoß,
Und der entschied. Er blieb der Sieger
Und ihm des Tages Ruhm und Preis,
Denn nicht ohn' ihn und seine Krieger
Verlor die Stadt ihr Lorbeerreis.
Vergebens ward Quartier geboten
Dem Oberst Falkenberg; im Kampf
Sank er dahin, der Leib des Todten
Verging in Flammen, Rauch und Dampf.
Der Feind drang ein auf blut'gem Pfade
Wie Hochfluth über Damm und Deich,
Und es ereilte sonder Gnade
Ein grausig Schicksal Arm und Reich.

Erst fegten Schlangen und Falkaunen
Die Gassen rein, und dann erlag
Der Plündrer zügellosen Launen,
Was lebend sah den Schreckenstag.
Da ward, wie die Gewalt nun graste,
Geschont nicht Jugend und Geschlecht,
Die Soldateska tobt' und raste
Und nahm in Wuth ihr Luntenrecht.
Die Sense schwang der Tod und mähte
Zu Tausenden die Menschen hin;
So weit ein trostlos Auge spähte,
Brandstätten rings und Leichen drin.
Selbst Tilly, den der Krieg durchrüttelt,
Stahlhart geschmiedet und gerollt,
Hat schwer das greise Haupt geschüttelt:
„Bei Gott! das hab' ich nicht gewollt!"
Jedoch in Höll' und Himmel blieben
Gleich unerhört Gebet und Fluch,
Blutroth steht Magdeburg geschrieben
In der Geschichte großem Buch.

III.

Im Lindwurm.

———

Die Ersten, ohne Rast und Ruh,
    Beim Plündern waren die Kroaten,
    Erbrachen hurtig Schrein und Truh
Und schrie'n und suchten nach Dukaten.
Sie sprangen zu der Bürger Schreck
Treppauf, treppab in langen Sätzen
Und fanden stöbernd den Versteck
Auch von den bestverborgnen Schätzen.
Sie warfen silbern Prunkgeschirr,
Kleinodien, Goldschmuck und Geschmeide
Auf einen Haufen mit Geklirr
Und wickelten's in Sammt und Seide.
Wer ihnen in die Quere kam
Und gar vertheidigte sein Eigen,
Der ward nach wenig Worten zahm,
Ein Degenstoß bracht' ihn zum Schweigen.
Jedoch was wahr ist, muß es sein,
Gerechtigkeit will Jeder haben,
Kroaten waren's nicht allein,
Die bei dem Werk sich Mühe gaben.

Wer immer sich in Tilly's Heer
Des hart errungnen Sieges freute,
Wie auch sein Kleid war oder Wehr,
Der spürt' umher und ging auf Beute.
Und unter denen, die mit Lust
Sich an den Tisch des Reichen setzten,
Ihn zu erleichtern, waren just
Die Pappenheimer nicht die Letzten.
Mehr als die Andern hatten sie
Beim Sturm sich's sauer werden lassen,
Fußfähnlein, Reitercompagnie,
Sie wußten hier auch zuzufassen
Und lachten nun, wenn schwer bepackt
Sie auf der Gasse sich begegnet:
„Druck druf, Kam'rad! hübsch eingesackt?
So hat's uns lange nicht geregnet!"
„Gott sei gelobt!" klang's dann zurück,
„Heut zahlt der Krieg uns seine Renten,
Und bei den Weibern hat man Glück, —
Potz hunderttausend Sack voll Enten!"

Nachdem mit flatterndem Panier
Und festen, todesmuth'gen Schritten
Die Pappenheim'schen Kürassier
Sich in die Stadt hinein gestritten,
Gedachte Floris, aus der Maßen
Erfreut, daß ihn der Tod verschont·
Ob sich's der Mühe wohl verlohnt,
Das Haus zu suchen in den Straßen,
Wo Helmuth an dem Fenster stehn
Das hübsche Mädchen einst gesehn?

Am Breiten Weg, nicht weit vom Thor,
Ein Lindwurm, steingehau'n, davor:
Ein Lindwurm! — gar nicht zu verfehlen!
Schnell, Floris! — so du's nicht verwehrst,
Wird sich die Maid ein Andrer stehlen,
Und wer zuerst kommt, mahlt zuerst!
Das Lindwurmhaus ist bald gefunden;
Die Trepp' hinauf, — o weh! zu spät!
Da liegt ein Todter und verräth
Mit seinen frisch geschlagnen Wunden,
Daß hier schon Andere gehaust.
Die Thür steht auf, — verstreut, zerzaust
Sind Hausrath, Kleider dort und Scherben,
Zu werthlos, um dafür zu sterben,
Denkt Floris, hört im Nebenzimmer
Jetzt einen Schrei, dann leis Gewimmer,
Tritt ein, und sieh! da ringt und kämpft
Ein Mädchen, schlank und wohlgerathen,
Schon an der Kehle halb gedämpft,
Mit einem schäbigen Kroaten.
Den Kerl zum Brechen des Genicks
Mit einem Griff von hinten packen,
Daß gleich ihm alle Knochen knacken,
Ist nur ein Werk des Augenblicks
Für Floris, und zu Boden fliegt
Der Schuft, das Mädchen ist befreit,
Und Floris denkt, er hat gesiegt.
Der Schubiack aber schimpft und schreit
In seinem Kauderwelsch, es dringt
Bis in den Keller tief hinab,
Und horch! da kommt es trab trab trab

Die Trepp' herauf gestürmt, es klingt
Von Waffen, und die Spießgesellen
Des überfallenen Kroaten,
Die sich im Keller gütlich thaten,
Erscheinen, und es fängt ein Bellen,
Ein Kollern, Schnattern, Schimpfen an, —
Vier stehen gegen einen Mann.
Floris setzt sich in Positur,
Zieht blank und stellt als grimmer Drache
Sich in die Thür zu dem Gemache,
Daß diesen einen Ausgang nur,
Entschlossen, vor der Andern Wüthen
Die Maid gleich einem Schatz zu hüten.
Sein flegellanger Reiterdegen
Erlaubt ihm, weit sich auszulegen,
Daß ihm mit ihren kurzen Klingen
Zu nah nicht die Kroaten bringen.
Doch immer ernster wird die Lage
Des Kürassiers; mit wucht'gem Schlage
Hat er zwar einen Feind gefällt,
Bleibt aber noch von drei'n umstellt.
Sie fletschen vor Gier die blanken Zähne,
Des schwarzen Haars geflochtne Strähne
Und lange Schnauzbärte zotteln und wehn,
In den Augen ist das Weiße zu sehn,
Daß, wie er die wüsten Gesellen schaut,
Dem Kämpfenden bangt um seine Haut.
Da kommt in der Verlegenheit
Ihm Hülfe just zur rechten Zeit.
's ist Helmuth, der, sobald er sieht,
Wie dem Kam'raden hier geschieht,

Sich kräftig annimmt des Gefechts
Mit derben Hieben links und rechts.
Doch ein Kroat ist flugs entsprungen,
Und eh die andern ganz bezwungen,
Hat der geschrieen und gejohlt
Und Beistand schnell herauf geholt,
So daß bei weitem überzählig
Die Gegner wieder sind, allmählich
Die Kürassiere hart bedrängen
Und sich wie Kletten an sie hängen.
Auf einmal aber giebt es Luft;
Von hinten haut es, pufft und knufft
Jetzt auf den überraschten Feind
So nachdrucksvoll, so wohlgemeint,
Daß sich die Kerle drehn und winden
Und nun sich gegenüber finden
Noch einen dritten Kürassier,
Der riesenstark ist und sie schier
Wie wahres Lumpenpack behandelt,
Daß Alles sich im Nu verwandelt.
Floris und Helmuth werden frei,
Und Rembert — denn er ist der Dritte
Steht ihnen weiter tapfer bei,
Und die Kroaten, nun in die Mitte
Genommen, werden mit Stößen und Hieben
Und förderndem Fußtritt hinausgetrieben
Und sammt den Todten mit Beulen und Rissen
Kopfüber die Treppe hinunter geschmissen.
Dann wird von innen verriegelt die Thür,
Und nun unter sich sind die Kürassier.
Rembert steckt ruhig den Degen ein

Und lacht: „Nun, lieben Brüderlein,
Da hätten wir ja wider Verhoffen
Uns alle Drei hier glücklich getroffen.
Es weiß auch Jeder, warum es geschehn,
Also laßt uns das Mädel einmal besehn!"
Damit zieht aus dem Nebengemach
Er sich das zitternde Mädchen nach.
„Hübsch ist die Dirne, Potz Element!
So weiß ich keine beim Regiment."
Er rückt einen Tisch und vier Schemel her,
„So, Kind! nun setzen wir uns daher!
Und mach' uns kein so grämlich Gesicht,
An Kopf und Kragen geht Dir's nicht!"

Die Jungfrau sinkt auf den Schemel hin,
Kann immer noch vor Angst nicht sprechen,
Ist so verschüchtert in ihrem Sinn,
Daß ihr aus den Augen die Thränen brechen.
Da redet ihr Helmuth freundlich zu:
„Jungfer, getrost! nach dem harten Streite
Gebt Antwort mir in aller Ruh
Auf meine Fragen; ich bin der Gefreite,
Die Zwei hier müssen mir pariren
Und thaten's stets, wenn ich befahl!"
„Im Dienste, nicht beim Caressiren!"
Wirft Rembert ein, „doch wart' einmal!
Giebt's denn nichts Feuchtes hier im Hause?
Mich dürstet wie nach versalzenem Schmause."
„Ich werde mal in den Keller steigen,"
Spricht Floris, „ob nicht ein paar Neigen
Die Herren Kroaten noch übrig gelassen,

Falls sie nicht sitzen und weiter prassen."
Er geht, und Rembert spürt und sucht
Indessen nach Gläsern und kramt und flucht
Im Haus herum, in Küch' und Schrein;
Helmuth ist mit dem Mädchen allein.

Er schaut ihr nur immer ins Angesicht;
Sie hält die Augen niedergeschlagen,
Sitzt auf dem Schemel und rührt sich nicht,
Als dürfte sie kaum zu athmen wagen.
„Erinnert Ihr Euch," beginnt er dann,
„Daß eines Tags, eh die Wälle gebrochen,
— Mich will bedünken, es sind acht Wochen —
Ein Pappenheim'scher Reitersmann
Mit einem Trompeter geritten kam,
Hier seinen Weg vorüber nahm?
Am offnen Fenster standet Ihr,
Eine Kußhand warf Euch der Kürassier,
Ihr warft sie zurück und lachtet dabei
Mit einer holdseligen Schelmerei.
Besinnt Ihr Euch, wie auch die Zeit verstrich?
Nun seht mich an! der Reiter war ich!"
Da blickte sie auf; ins Antlitz stieg
Ihr helle Gluth, allein sie schwieg.
„Und wißt Ihr auch," fährt Helmuth fort,
„Warum ich, wie gebannt am Ort,
Euch stutzend in die Augen sah,
Als ob mir ein Mirakel geschah?
Weil Ihr von großer Ähnlichkeit
Mit Einer seid, die vor langer Zeit
Ich lieb gehabt; — die Zeit ist verklungen,

Die Maid hat, wie andre, der Krieg verschlungen;
Ich aber kann sie nimmer vergessen,
Hab' ich doch ihr Herz auch besessen.
Ihr ruft, ihr bringt sie mir zurück,
Es lebt wieder auf das gestorbene Glück,
Und darum wird mir vor Euch zu Sinnen,
Als könnt' ich Euch auch so lieb gewinnen."
Da schlug sie wieder den Blick empor,
Und Helmuth kam's dabei so vor,
Als ob Ihr aus den Augen da
Ein Schimmer von Freud' und Hoffnung sah.

Jetzt kamen Rembert und Floris wieder,
Der Eine mit Gläsern, der Andre trug
Einen großmächtigen thönernen Krug,
Den setzt' er nun frohlockend nieder:
„Da! der ist voll, und unten ist mehr,
Sie soffen Gottlob! nicht Alles leer;
Nun haben wir doch schon Weib und Wein,
Wie der Ketzer sagt, um lustig zu sein!"
„Prost, Bruder!" macht Rembert, „ich thu Dir's bringen,
Und 's Mädel da lehren wir auch noch singen
Ein Lied, wie Fink und Nachtigall
Es nicht vermag mit süßerm Schall!"
Sie sitzen und leeren ein volles Glas,
Und Rembert wendet sich zur Seite
Zu Helmuth hin: „So macht sich das!
Was hat nun zu sagen der Herr Gefreite?"
Und darauf Helmuth, nicht verletzt
Von Remberts Spott in Ton und Weise,
Fängt an: „Mein Fräulein, sagt uns jetzt,

Ihr heißt —?" — „Editha," spricht sie leise.
„Ist jener Todte dort im Flur
Eu'r Vater? wer gab ihm den Todesstoß?"
Sie schüttelt das Haupt: „Mein Oheim nur.
Ich bin aus Nordheim und elternlos.
Er hat mich bei sich aufgenommen,
Als meine Eltern im Krieg verkommen;
Beim Plünderungskampf in Häusern und Gassen
Mußten sie beide das Leben lassen.
Ich kam davon und blieb verschont;
Der Mutter Bruder holte mich ab;
Fünf Jahre hab' ich bei ihm gewohnt,
Kann doch nicht weinen auf seinem Grab.
Ein Hagestolz war er, mürrisch und karg,
Der seinen Verdruß mir nicht verbarg,
Daß ich an ihm war hängen geblieben;
Lernten nicht uns vertrauen und lieben."
So sprach das Mädchen und blickte bang
Die Reiter an in des Herzens Drang,
Zu rathen, was jeder im Sinne hegte,
Ob sich bei keinem das Mitleid regte.
„Hattet Ihr", fragt Helmuth, „Verwandte
Bei Vargula im Unstrutthal?
Einen Müller, dem die Mühle verbrannte?"
Sie schüttelt das Haupt zum andern Mal;
„Ich habe Niemand auf weiter Welt,
Bin ganz verlassen, auf mich gestellt,
Weiß nicht, was aus mir werden soll,'
Spricht sie und seufzt verzweiflungsvoll.
„Ich hab' Euch hier in Nöthen gefunden,"
Sagt Floris, „von dem Kroaten befreit,

Eu'r Schicksal ist an meines gebunden,
Wir bleiben vereint nun alle Zeit."
„Du sie gefunden?!" fällt Helmuth ein,
„Nie wärst Du in dies Haus gekommen,
Hätt'st Du nicht erst von mir vernommen:
Hier wohnt ein hübsches Mägdelein.
Gefunden hab' ich sie vor Wochen schon,
Darum gebührt mir auch als Lohn,
Daß mein sie wird und ist und bleibt
Und Niemand sie mir aus den Armen treibt!"
„Wär' ich nicht früher gekommen, als Du,
So wär' es der Jungfer übel ergangen,"
Erwiedert ihm Floris, „Du, sieh nur zu,
Dir anderwärts ein Lieb zu fangen;
Dies hier ist mein!" — „Ich wies Dir den Weg
Du kommst mir mit Unrecht ins Geheg!"
„Für mich entriß ich sie dem Kroaten!"
„Und warst doch bös in die Patsche gerathen!
Was wäre geschehn, sprang ich Dir nicht bei?"
„Halt einmal! jetzt komm' ich an die Reih!"
Lacht Rembert, „immer gemessen nur!
Und Alles hübsch nach der Tabulatur!
Ich war der Retter in eurer Noth,
Denn beide wäret ihr mausetodt,
Hätt ich euch aus der Kroaten Klauen
Im letzten Moment nicht herausgehauen!
Und damit hab' ich vor euch Zwei'n
Ein Privileg, — die Jungfer ist mein!"
„Niemals und nimmer geb' ich das zu!
Die Jungfer bekommst nicht Du, und nicht Du!"
Ruft Helmuth dagegen, springt auf und fährt

Heißblütig mit der Hand ans Schwert.
„Laß stecken!" sagt Rembert, „eh wir uns schlagen,
Wolln wir versuchen, uns zu vertragen.
Wir theilten uns schon so manche Beute,
Laßt es uns also thun auch heute,
Und weil wir unser Drei hier sind
Und nur ein einziges schönes Kind,
So will ich euch einen Vorschlag machen.
Ich habe hier allerhand hübsche Sachen,
Was man sich so beim Plündern verschafft,
In aller Eile zusammengerafft;
Damit will ich, statt daß wir uns raufen,
Jedem von euch sein Drittel abkaufen,
Das er an Recht hier zu haben meint, —
Seht's euch erst an, eh ihr wieder verneint!"
Geschwind nun holt er aus der Ecke
Ein Bündel, das er mitgebracht,
Doch während des Kampfes wohlbedacht
Verborgen hielt hier im Verstecke,
Legt's auf den Tisch hin rund und groß
Und knüpft gemächlich den Knoten los.

Edith, um welche die Geselln
Wie um ein Beutestück sich stritten,
Sah wohl: ihr Heil auf Flucht zu stelln
War so vergeblich hier wie Bitten.
Sie saß, das Angesicht verhüllt,
Als ob sie kaum Beachtung schenkte
Dem Streit, indeß von ihm erfüllt
Doch ihre Brust sich hob und senkte.
Die Lage, drin sie sich befand,

Ließ keinen Zweifel ihr bestehen,
Es frug sich nur, in we ff en Hand
Sie sollt' als Reiterliebste gehen.
Wenn sie nur Dem mit grauem Bart
Nicht etwa würde zugesprochen!
Er war ihr gräulich sammt der Art
Um sie zu feilschen und zu pochen.
Doch während über ihr Geschick
Sie peinvoll schwere Sorge hegte,
Geschah's, daß sich im Augenblick
Des Weibes Neugier in ihr regte
Und sie, nicht länger blind und taub,
Das Antlitz frei, sich vorwärts neigte,
Zu sehen, was für einen Raub
Wohl Rembert den Genossen zeigte.
Zum Vorschein kam da blitz und blank
Schmuck und Geräth von großem Werthe
Aus mehr als einem Silberschrank,
Erbrochen von des Plündrers Schwerte.
Da waren bunt gemischt vereint
Getriebne Schüsseln, glatte Schalen,
Halsketten, Ringe, schön gesteint,
Und Meisterwerke von Pokalen.
Was nur des Goldschmieds edle Kunst
An Zierrath liefert, schwer gediegen,
Vielleicht auch Gaben hoher Gunst
Und Lohn für Dienste, tief verschwiegen.
„Heiliges Kreuz! aus welchen vier Wänden
Hast Du das Alles so mordsgeschwind
Zusammengeraspelt mit Deinen zwei Händen?
Hat Dir's zu Haufen gewirbelt der Wind?“

Fragt Floris geblendet. Doch Rembert lacht:
„Hat mir geringe Mühe gemacht;
Was zwanzig Andre sich einzeln gestohlen,
Konnt' ich mir im Ganzen auf einmal holen,
Nahm Jedem ein Stücklein oder zwei,
Zusammen aber macht's viel Geschrei,
Auf tausend Dukaten taxir' ich den Fang;
Hört nur, wie leicht er mir gelang!
Ich kam in ein Haus, da rauften Dragoner
Mit Musketieren sich um den Schatz
Der eben erst erschlagnen Bewohner,
Und Keiner wich und wankte vom Platz.
Sie hatten schon anderswo reingefegt
Und Alles hübsch hinter sich niedergelegt,
Derweil sie fest auf einander hieben.
Da bin ich nicht lange stehen geblieben,
Ersah die Gelegenheit mir und nahm
Fürsorglich in Obhut den ganzen Kram.
Nachher, wenn vorüber die Balgerei,
Sieht um sein Häuflein sich Jeder betrogen,
Denkt, daß ein Rabe gekommen sei,
Der mit dem Blinkzeug davon geflogen.
Da habt ihr den Plunder! theilt euch drein
Und laßt mir die Jungfer dafür allein!
Mir diese Kette nur bleiben muß,
Die schenk' ich ihr für den ersten Kuß."
Wie er es hinschiebt mit der Hand,
Als wär' es Nürenberger Tand,
Blitzt es mit seinem hellen Schein
Dem Floris in die Augen hinein,
Und fragend blickt er zu Helmuth auf.

Der aber schüttelt: „Nichts von Kauf!
Ich nehme nicht Berge von Silber und Gold
Für dieses Mägdlein, lieb und hold;
Mir gilt sie mehr, und ich denk', ihr wißt,
Warum mir an ihr gelegen ist.“
„Daß Dich der Donner und Hagel erschlage!“
Braust Rembert auf, „Du Streithengst, sage:
Was schiert es uns, wenn anderweit
Du schon einmal ein Lieb besessen,
Daß Du bloß wegen der Ähnlichkeit
An der hier einen Narren gefressen?!
Entweder — oder! so geht's nicht fort,
Wir streiten hier wie Ligist und Schwede;
Drum hört jetzund mein letztes Wort,
Das ich zum guten Frieden noch rede!
Wenn wir uns denn nicht einigen können,
Weil ganz verbissen in Trotz und Neid
Sie Keiner mag dem Andern gönnen,
Potz Velten! so würfeln wir um die Maid!
Hier sind die Knöchel! der Becher hier!
Drei Wurf hat Jeder, die Augen zählen,
Im Übrigen — hier mein Rapier!
Nun, Tod und Teufel! mögt ihr wählen!“
Zwei Würfel kracht er auf den Tisch,
Dazu der Silberbecher größten
Und seinen langen Flederwisch,
Den blankgezogenen, entblößten.
Breitbeinig stand er, kraftbewußt,
Die Fäuste protzig in den Hüften,
Bereit, den Panzer auf der Brust
Zum Zweikampf augenblicks zu lüften.

Die Andern sahn, wie's stürmt' und stritt
In den zerschrammten, finstern Zügen,
Es war ihm bittrer Ernst damit
Und ihnen rathsam, sich zu fügen.
Noch schwankte Helmuth, sann und schwieg,
Sein Blick nur zeigte unumwunden,
Daß Kampflust ihm zu Kopfe stieg;
Es waren heiklige Sekunden.
Doch er bezwang sich; kurz und keck
Gebot er: „Sei's! das Glück entscheide!
Pack' ein Dein Gold, und Degen weg!
Platz für Fortuna's grüne Weide!"
„Sind auch die Schelmbein' echt und gut?"
Frug Floris, „darf man's damit wagen?"
Doch Rembert droht' in Zornesmuth:
„Nimm Dich in Acht mit Deinen Fragen!
Schenk' ein, Du Narr! daß wir mit Fleiß
Zuvor auf Fried und Eintracht trinken,
Wem auch als sein Gewinn und Preis
Die Maid mag in die Arme sinken!"
Sie tranken langsam, bedächtig aus,
Und im Gemach war tiefes Schweigen,
Indeß auf der Straße mit Lärm und Gebraus
Noch immer raste der schreckliche Reigen.

Editha ward es bei dem Handel
Bald eisig schauerlich zu Sinn,
Bald schoß das Blut in raschem Wandel
Gluhheiß ihr durch die Adern hin.
Der Zufall sollte walten, der schlimme,
Sie selber wurde nicht gefragt,

Wem sie nach ihres Herzens Stimme
Vertraut sich hätt' und wem versagt.
Mit ihren schwarzen Augen schielten
Die Würfel sie so tückisch an:
Die wir schon manchen Satz verspielten,
Wir bringen Dich auch an den Mann!
Beklommen saß sie da und drückte
Mit aller Kraft den Daumen ein,
Still wünschend, daß es Helmuth glückte,
Der Sieger in dem Kampf zu sein:
Für ihn in ihres Busens Wallen
War holde Neigung im Entstehn,
Er hatt' ihr damals schon gefallen,
Als sie vom Fenster ihn gesehn.
Aus seinem Wesen und Gebahren
Sprach ihr ein ritterlicher Sinn,
Nichts Arges könnt' ihr widerfahren,
So glaubte sie, nähm' er sie hin.
Der Trinker Blicke doch verschlangen
Die Schöne, von blühender Kraft geschwellt,
Von allem Jugendreiz umfangen,
Und Jeder wünschte sie sich ins Zelt.

Das Spiel begann, und der zumeist
Es jetzt betrieb, schier wie besessen
Von ungeduld'gem Spielergeist,
Sein Glück im Liebesstreit zu messen,
War Helmuth; hastig ging er dran,
Vom Tisch, was drauf stand, abzutragen
Und sprach, vor Unruh zitternd, dann:
„Kommt! laßt's uns mit einander wagen!“

„Es gilt!" rief Rembert, „aufgepaßt!" —
Die Würfel klapperten und klangen
Im Becher, den er schnell erfaßt,
Und die Geschüttelten entsprangen.
Sie rollten hin, sie lagen da, —
Vier Punkte starrten ihm entgegen,
Zwei hier, zwei dorten, — „hopsassa!"
Stampft' er und schrie, „so'n Pasch bringt Segen!"
Der nächste Wurf, den Floris that,
Gab fünf und sechs, das waren elfe,
„Ei!" sprach er froh, „da wird schon Rath,
Daß mir Fortuna weiter helfe!"
Helmuth erzielte sechs und drei,
„Ho!" rief er, „neun will viel bedeuten,
Vernehmlich hör' ich schon dabei
Des Glückes große Glocke läuten."
Und weiter, Blick und Athem hing
Am Tische, wo die Würfel rollten,
Als ob's um Tod und Leben ging,
Wie Wurf um Wurf sie fallen wollten.
Die Spieler, bis in Grund erregt
Von Leidenschaft, sahn eifersüchtig
Auf jeden Punkt, der hingelegt
Ein Mehr ergab, und tranken tüchtig.
Wie armen Sünders Galgenfrist
So folterte dies Becherschwenken
Die Bangende, sie sann auf List,
Das Spiel nach ihrem Wunsch zu lenken,
Und war versucht, auf freiem Tisch
Bei jedem Wurfe, der geschehen,
Dies' oder jenen Würfel risch

Zu ihren Gunsten umzudrehen.
Mit jedem Umgang sank ihr nur
Des Herzens Hoffnung tiefer nieder,
Bei jedem wilden Ausruf fuhr
Ein Schauder ihr durch alle Glieder.
Doch Rembert ward geduckt im Spiel;
Mit seinem dritten Wurse brachte
Zusammen er's auf kaum soviel,
Wie Floris mit dem zweiten machte.
Er fluchte, war aus Rand und Band,
Daß ihm entging die schöne Beute,
Und Floris, der am besten stand,
Verhehlte nicht, wie er sich freute.
Nach seinem dritten Wurse war
Sein Conto vollends so gestiegen,
Daß es so gut wie klipp und klar,
Auch Helmuth würd' ihm unterliegen.
Zwölf Augen konnt' als höchste Zahl
Helmuth mit einem Wurf erreichen;
Wenn er nicht zehn warf dieses Mal,
Mußt' er besiegt die Flagge streichen.

Ein einz'ger Wurf noch, und das Spiel,
Das frevelhafte, war beendet;
Sie harrten Alle, daß er fiel,
Kein Wort mehr ward darum verschwendet.
Ganz drin versenkt, gab Keiner Acht,
Wie immer lauter tobt' die Meute,
Als ob da draußen Sturm und Schlacht
Auf allen Gassen sich erneute.
Wie sie gefallen kurz vorher,

Noch unberührt die Würfel lagen,
Denn Helmuth stand gedankenschwer
Und zögerte, den Wurf zu wagen.
Doch als mit plötzlichem Entschluß
Er schon die Hand nach ihnen streckte,
Geschah etwas, das wie ein Schuß
Die weltvergeſſnen Spieler weckte.
Edith sprang auf wie Wirbelwind,
Warf vor den Augen der Verwirrten
Der Würfel einen pfeilgeschwind
Durchs Fenster, daß die Scherben klirrten,
Und rief, im Antlitz marmorbleich:
„So! das ist mein Wurf bei dem Spiele!
Nun ist es aus auf einen Streich,
Und so auch kommen wir zum Ziele.
Ich will, statt wehrlos, jammervoll
Mein Loos von Würfeln abzuzählen,
Den, dem ich angehören soll,
Mir wenigstens auch selber wählen!
Euch will ich folgen, wie ich bin,
Nehmt Ihr mich, Herr, und habt Erbarmen!“
Sie flüchtete zu Helmuth hin,
Und er umfing sie mit den Armen.
Wie nun an seiner Brust sie ruht
In zitterndem, verschämtem Bangen,
Da färbt ihr helle Purpurgluth
Die eben noch so bleichen Wangen.
Floris steht offnen Mundes, starrt
Auf Edith — auf die Fensterscheibe —
Und Rembert lacht: „Potz Quint und Quart!
Das Mädel hat Courag’ im Leibe!“

Floris haut auf: „Potz Sackerlot!
Verrath ist's!" fängt er an zu schelten,
„Das Spiel ist n i ch t aus, Mord und Tod!
Helmuth, so laß' ich's nimmer gelten!
Wirf zweimal mit dem einen Stein,
Und übertrumpfst Du mich, so lache!
Sonst aber ist das Mädchen mein,
So wahr ich auf den Tisch hier krache!"
„Floris, Du trankst aus einem Krug
Mit mir auf Einigkeit und Frieden,"
Sagt Helmuth, „denke, Schicksalszug
Wär's, wie Editha jetzt entschieden."
„Nichts da! Rembert soll Schiedsmann sein,"
Trotzt Floris, „wie wir uns vertragen;
Hier geht es um ein Mein und Dein,
Zu schön, ihm willig zu entsagen."

„Wischt euch in die Haare! freßt euch auf!
Gleich alle beide! dann leichten Kauf
Hab' ich allein hier —" er kam nicht weiter,
Zusammen zucken plötzlich die Reiter,
Denn von der Straße mit einem Mal
Tönt schmetternd das Regimentssignal
Zum eiligen Rückzug, das fährt in die Glieder
Den Kürassieren und reißt sie fort
Wie des Feldherrn ehern Kommandowort.
Und horch! und horch! da blasen sie wieder,
Die Hörner, die Pfeifen mit gellendem Schall,
Und Trommelwirbel tönt überall.

„Feurio! sie brennen an allen Enden!
Die Bürger haben es selber gethan,
Uns auszuräuchern aus ihren Wänden,

Aufs Dach sich gesetzt den rothen Hahn!"
Wie nun ans Fenster springen die Drei,
Um nachzuforschen dem Wuthgeschrei,
Da sehn sie, wie das Unheil geht,
Wie Haus bei Haus in Flammen steht.
„Vorwärts! macht fort! hier ist Gefahr,
Daß uns versengt wird Haut und Haar!"
Ruft Helmuth den beiden Andern zu.
Rembert versteht ihn und lächelt in Ruh.
„Verdammt!" spricht Floris, „wer hätt's gedacht!
Ich hab' ja noch keine Beute gemacht!"
„So spute Dich, thu's unverweilt!"
Räth Rembert ihm, und Floris enteilt,
Sich etwas zu retten aus Feuers Schoß
„Aha! den wären wir glücklich los,"
Lacht Rembert, — „und dies, ein steinern Haus,
Das fressen nicht so bald die Flammen,
Ein Lindwurm hält im Feuer aus,"
Und packt seine sieben Sachen zusammen.
Editha wirft er die Kette zu:
„Dir war sie bestimmt; da! nimm sie Du!
Dir, Helmuth, will ich den Becher schenken,
Behalt' ihn zu dieser Stunde Gedenken!"
Dann fragt er noch: „Wollt ihr nicht mit?
Es kommt uns näher Schritt für Schritt,
Es raucht und brennt ringsum im Kreis,
Die Hochzeitsfackel wird euch zu heiß!"
Und damit läßt er die Beiden allein.
    Editha hält noch Helmuth zurück:
„Schnell rücke von der Wand den Schrein!
Dahinter, und zum guten Glück

Von den Kroaten nicht entdeckt,
Liegt meines Oheims Geld versteckt,
Das nehmen wir mit." Er rückt den Schrank,
Nimmt aus der Mauer baar und blank
Das Gold, giebt ihr das Meiste jedoch
Und drängt: „Nun komm! sonst braten wir noch."
Doch sie, eh sie ihn weiter läßt,
Blickt ihm ins Auge tief und fest:
„Erst schwöre mir auf Reiterehre,
Mir niemals mit Gewalt und List
Zu nehmen, so lang' ich es wehre,
Was noch mein höchstes Eigen ist!"
    „Auf Reiterehre schwör' ich's Dir
Als Pappenheim'scher Kürassier!"
Sie schlingt um ihn die Arme rund
Und küßt ihn stürmisch auf den Mund,
Rafft dann noch mit geschwinder Hand
Zusammen Linnen und Gewand,
Und aus dem alten Lindwurmhaus
Ziehn beide herzensselig aus.
    Dort auf dem Tische ganz allein
Bleibt noch der eine Würfel liegen
Und lacht fünfäugig hinterdrein:
Wie sich die Leut im Kriege kriegen!

IV.

Beim Fahnenschmied.

———

Auf des Lagers linkem Flügel
Waren Biwacht und Quartiere
Für das Regiment von Baumgart,
Und in mäßiger Entfernung
Reihte sich daran als Ende
Der Bezirk des großen Trosses,
Wo die Weiber, Dirnen, Buben
Unter ihres strengen Weibel
Muckel Brändlins Obhut hausten.
Zwischen beiden aber lag noch
Eine kleine Schaar von Leuten,
Die zum Regiment gehörten,
Aber keine Streiter waren
Und gleichwohl zu gut sich dünkten,
Mit dem Troß sich zu meliren,
Wenn sie auch damit im Felde
Mancherlei zu schaffen hatten.
Wunderliche Käuze waren's,
Theils beliebt und theils gefürchtet,
Doch Verwalter wicht'ger Ämter
Und im Lager unentbehrlich.

Diese waren insbesondre
Der Profoß mit den Trabanten;
Der Rumormeister, der wuchtig
Mit den beiden Steckenknechten,
Auch Klauditgen wohl geheißen,
Streit und Raufereien ausglich
Und für Ruh und Ordnung bürgte;
Dann der Fahnenschmied nebst Hilfe,
Der den Hufbeschlag besorgte
Und mit Pferdekur vertraut war;
Der Proviant=, der Wagenmeister,
Feldscheer, Schreiber, Plattner, Weibel,
Und noch Mancher ihres Gleichen.
Alle wohnten sie beisammen
Nachbarlich quartiert und hielten
Gleich den stolzen Kürassieren
Treulich unter'nander aufrecht
Standesehr' und Kameradschaft.

    Eben dorthin lenkte Helmuth
Seine Schritte mit Editha,
Die ihm gern und fröhlich folgte.
Nicht im Troß, bei dem sich viele
Wackere Soldatenfrauen,
Ehrlich angetraut, befanden,
Doch zumeist ein arg Gesindel
Zuchtlos durch die Welt sich schleppte,
Wollt' er sie dem wüsten Treiben,
Das dort Brauch war, überlassen,
Sondern sie in guten Händen
Unter sicherm Schutze wissen.

Darum ging er graden Weges
Zu dem Zelt des Fahnenschmiedes
Meister Jakob Trümlin jetzo.
Nicht dem Range nach der erste
Unter jenen Würdenträgern
Zwischen Troß und Regimente
War der Fahnenschmied, doch war er
Der beliebteste von allen,
Der durch sein biderbes Wesen,
Seine Klugheit und Erfahrung
Und durch immer gute Laune
Vor den Andern sich hervorthat,
Daß sie gern sich um ihn scharten
Und in auserlesnem Kreise
Ein erbauliches Convivium
Oft vor seinem Zelte stattfand,
Wo dann über Dienst und Führung,
Weltlauf, Staatskunst, Krieg und Frieden
Hoch politisch diskutirt ward.
Einen einz'gen Feind nur hatt' er,
Der ihn angriff und verfolgte,
Tag und Nacht nicht von ihm abließ,
So daß oftmals zwischen beiden
Es ein heiß Scharmützel setzte,
Bei dem Alles, nur kein Blut floß.
Dieser aufdringliche Quälgeist
War der Durst; doch Jakob Trümlin
War so glücklich, in der Nähe
Ein wohl ausgerüstet Zeughaus
Wider seinen Feind zu haben,
Eine Marketenderbude,

Deren löbliche Besitz'rin
Gar sein ehelich Gespons war.
Die Frau Fahnenschmiedin hatte
Wohlverdienten, starken Zuspruch;
Auch die Herren Offiziere
Kamen gern, und selbstverständlich
War der Fahnenschmied ihr Stammgast.
Derb und brall in der Erscheinung,
War sie just nicht schlank zu nennen,
Unter Mittelmaß im Wuchse,
Mit gesunden, kräft'gen Armen,
Kurzen, weichen Maulwurfspfötchen
Und zwei kleinen, klugen Augen
In dem kupferrothen Antlitz.
Immer heitern Sinnes war sie,
Lachte gern und gab zu lachen,
Wenn sie neben ihrer Bude
Trippelnd um die Bänke huschte
Und schlagfertig mit dem Mundwerk
Auf die stark gewürzten Scherze
Ihrer Gäste neckisch einging,
Die sie doch, sobald sie wollte,
Streng im Zaum zu halten wußte.

Dieses würd'gen Ehepaares
Guter Ruf im Lager war es,
Worauf Helmuth seine Pläne
Für Editha's Bleiben baute.
Drin im Zelt und, wie er freudig
Bald erkannte, völlig nüchtern
Fand den Fahnenschmied er knieen

Und an einer Kiste hämmern.
Als er den Besuch gewahrte,
Stand der Meister auf vom Boden,
Reckte seinen Hünenkörper,
Und die busch'gen Augenbrauen
Wölbten sich ihm hoch vor Staunen
Über das, was er erblickte.
Doch sein tiefgefurchtes Antlitz,
Das von einem grauen Barte
Dicht umrahmt war, lang und struppig,
Zog sich in ein breites Grinsen,
Als er, auf Editha zeigend,
Unumwunden Helmuth fragte:
„Lagerliebchen Dir gefangen?
Mitgebracht? im Sturm genommen?
Gar nicht übel! gar nicht übel!
Aber, Schenk, was sagt denn Muckel,
Wenn Du noch sein Volk vermehrest?"
„Muckel kriegt sie nicht," sprach Helmuth,
„Ihr sollt sie behalten, Jakob!"
„Ich? ja wie denn ich? was meinst denn?"
Frug der Fahnenschmied betroffen;
„Doch warum nicht? — gerne, — aber —
Aber denke doch, — Camille!"
„Richtig! Frau Camilla mein' ich,"
Lachte Helmuth, „träumst Du etwan,
Daß ich Deinen Schmiedefäusten
Mir nichts, dir nichts eine Rose
Zur Bewahrung anvertraute?"
Nun erzählt' er erst dem Alten,
Wo und wie, nach welchem Streite

Er das Mädchen aufgefunden
Und errungen, eine Waise,
Die von heut an unantastbar
Unter seinem Schutze stünde.
„O Du mild barmherz'ger Bruder!"
Lachte Trümlin augenzwinkernd,
„Nun, Gott lohne Dir die Gutthat,
Daß Du Dich der hülfsbedürft'gen
Armen Waise freundlich annimmst
Und das schöne Mädchen trösten
Und beschirmen willst im Kriege!"
Helmuth doch, des Spotts nicht achtend,
Fuhr gelassen fort, er hoffte,
Daß des Schmiedes Eheliebste,
Frau Camilla, seine Bitte
Ihm gewähren und der Jungfrau
Bei sich Obdach und Verpflegung
Angedeihen lassen würde.
Jakob sollt' ihn unterstützen,
Helmuth würd' ihm mit Vergnügen
Eine billige Verehrung
Für den Freundschaftsdienst erstatten.
„So! hm! hm! das klingt schon anders,"
Sprach der Fahnenschmied bedächtig.
„Nun, ich will Dir gerne helfen,
Aber, weißt Du, die Camille,
's ist ein liebes, gutes Weibchen,
Nur ein bischen stätsch im Kopfe
Und hartmäulig ist sie manchmal.
Kinder, ob's wohl nur glücklich abläuft?!
Aber kommt! versuchen wolln wir's,

Ihr das Eisen anzunageln;
Wenn sie nur dabei nicht ausschlägt!"

    Als die Drei nun mit einander
Zu Camilla Trümlin kamen,
War auch sie erstaunt und blickte
Von dem Einen zu dem Andern.
Aber Jakob ließ sie klüglich
Gar nicht erst zum Fragen kommen,
Sondern sprach: „Ja, schau nur, Alte,
Was ich Dir hier Schönes bringe!
Denke Dir! begegn' ich eben
Ganz durch Zufall unserm Schenk hier
Mit der allerliebsten Jungfer.
Zwei spitzbübischen Kroaten
Hatt' er tapfer sie entrissen,
Wollte nun aus purem Mitleid
Sie erprobten, sichern Händen
Irgendwo hier übergeben;
Denn mußt wissen, eine Waise
Ist die tugendsame Jungfer,
Hat nicht Hind, nicht Kind auf Erden.
Halt! dacht' ich in meinem Sinne,
Dein lieb Frauchen, die Camille,
Wird mit jedem Tag schon älter,
Hat es auch nicht mehr so nöthig,
Sich zu schinden und zu schuften,
Wird allein auch kaum noch fertig
Mit dem Kram; da ist ihr sicher
Eine Hülfe sehr willkommen.
Dacht's und sagt' es unserm Freunde,

Macht' ihm offen selbst den Vorschlag,
Dir das Mädel anzutragen
Als Gehülfin bei dem Ausschank.
Anfangs wollt' er nicht drauf eingehn,
Hatte mit ihr andre Pläne,
Ließ sich endlich doch bereden,
Willigt' ein, und nun, — hier ist sie!
He? nicht wahr? Du bist mir dankbar."
Doch mit unverhohlnem Mißtrau'n
Sah Camilla bald zu Helmuth,
Bald zu ihrem Mann auf, meinend:
Alter Flunkrer, Vogelfänger!
Ich durchschau' euch alle beide;
Aber mich ins Garn zu locken,
Müßt ihr etwas früher aufstehn!
Darauf ließ sie sich vernehmen:
„Älter alle Tage werd' ich?
Kann's allein nicht mehr bedrücken?
So! was Du nicht Alles ausheckst!
Nun, da will ich Dir nur sagen,
Was ich denke, und Du schreibe
Dir es hinter beide Ohren:
Wenn ich Hülfe haben wollte,
Könnt' ich zehn für eine kriegen,
Und, mit Achtung zu vermelden,
Wenn der lockre Herr Gefreite
Für die tugendsame Jungfer,
Die mir nicht so schüchtern vorkommt,
Daß man sie bemuttern müßte,
Einen annehmbaren Platz sucht
Und Gelegenheit, sein Liebchen

Tag und Nacht zu kareſſiren,
Mag er ſie zu Muckel bringen,
Wo ſie hingehört; bei mir hier
Wird ſo ein Herumſcharwenzeln
Und Charmiren nicht geduldet
Und auf keinem Weg gelitten."
„Frau Camilla! laßt Euch ſagen —"
Wollte Helmuth ihr erwiedern,
Aber Jakob unterbrach ihn:
„Sage nichts! kein Wort verliere!
Sondern thu jetzt, was vorher ſchon
Du zu thun beſchloſſen hatteſt.
Gehe hundert Schritte weiter
Zur Dragoner=Merkatantin;
Lotte nimmt das Mädchen gerne,
Wird ſich freuen, ihrem Handel
Mit dem neuen Aushängſchilde
Eines hübſchen Frauenzimmers
Flotten Aufſchwung zu verſchaffen."
„Was? zu wem will er ſie bringen?"
Frug Camilla, bös erſchrocken,
„Doch nicht zur Dragonerlotte,
Die vor Brotneid platzen möchte?
Soll die etwan mit der Jungfer
Meine Gäſte mir verlocken
Und die Kundſchaft mir verderben?
Nein! daraus wird nichts, bewahre!
Lieber nehm' ich ſelbſt das Fräulein,
Wenn ſie brav und ehrbar ſein will.
Einer Jungfer als Bedienung
Kann ſich bei uns Pappenheim'ſchen

Keine sonst im Lager rühmen,
Und ich hoffe, daß sich's einbringt
Im Geschäft durch größern Umsatz.
Also bleibe hier, mein Täubchen!"
Schloß sie, zu Editha schreitend
Und die Hand ihr freundlich bietend,
„Leg Dein Bündel in die Bude;
Hinterm Vorhang ist noch reichlich
Platz für Dich zur Lagerstätte."
„Alles recht und gut," sprach Jakob,
„Aber Schenk hat auch ein Wörtlein
Mitzureden, ob er Lust hat,
Dir Editha hier zu lassen.
Nicht, Schenk?" wandt' er sich an diesen,
Leise mit dem Arm ihn stoßend,
„Hast gewiß doch, eh Du zustimmst,
Noch Bedingungen zu stellen —"
„Ach, was ist da von Bedingung
Noch zu schwatzen!" rief Camilla,
„Setzt euch hin! ein gutes Trünklein
Sei das Laufgeld bei der Werbung!
Abgemacht! komm her, Editha!
Daß ich Dir die Flasche zeige
Und Du lernst die Art und Weise,
Vor den Herren Offizieren
Mit dem Gläslein wohl zu spielen
Und es ihnen hinzusetzen.
Hier den Beiden aufzuwarten
Sei Dein erster Dienst als Schenkin!"
Edith aber sagte lächelnd:
„Will mir Fleiß und Mühe geben;

Stets die Herren Offiziere
Flink und freundlich zu bedienen,
Und es soll Euch nicht gereuen,
Daß Ihr mich in Eure Wirthschaft
Aufgenommen, Frau Camilla!"
Und mit einem Liebesblicke
Voller Innigkeit auf Helmuth
Trat sie raschen, festen Schrittes
In die Marketenderbude.

Helmuth und sein Helfershelfer
Setzten an der schmalen Tafel
Sich einander gegenüber,
Sahn sich an und hatten Mühe,
Nicht mit schallendem Gelächter
Überfroh herauszuplatzen,
Daß die List des Fahnenschmiedes
So geglückt war und Editha
Nun ein sichres Obdach hatte.

Abends nach dem großen Sturme
Ging's im Lager wie beim Trosse
Gegen die Gewohnheit still her.
Mancher liebe Kamerad,
Mancher holde Trautgeselle
Hier und dort, mit dem man allzeit
Freuden, Drangsal und Gefahren
Brüderlich getheilt bis heute,
Saß nicht mehr am alten Platze,
Kehrt' auch niemals darauf wieder.
Wittwen gab's, verlaßne Liebchen,
Leere Sättel, leere Zelte,

Lücken überall und Trauer
Um die große Zahl der Todten.
Nah gerückt in kleinen Gruppen,
Sprach man von den Abgeschiednen,
Wo und wie der Freund gefallen,
Was man Alles schon seit Jahren
Mit ihm durchgemacht im Kriege,
Was er für ein herzensguter,
Lustiger Kumpan gewesen,
Lobt' und rühmt' ihn, dachte seiner,
Ihn beklagend, und verstummte.
    Windgetrieben zog in Wolken
Dunkler Rauch sich übers Land hin
Von dem Brand der Stadt; die Flammen
Schlugen noch an vielen Enden
Draus empor, den Himmel röthend,
Und die Dämmrung sank hernieder.
Leise kam die Nacht gewandelt,
Allen Müden Ruhe bringend;
Sterne blinkten in der Höhe,
Und in weitgedehntem Kreise
Flackerten die Lagerfeuer.

Die Honoratioren.

 ags darauf war Alles anders.
Schnell vergessen wird im Kriege,
Was des Todes scharfe Sichel
Niedermäht im blut'gen Kampfe.
In die Lücke springt der Nächste,
Daß sich Reih'n und Rotten schließen;
Des Vermißten warme Stelle
An des Liebchens Seite füllet
Ungerufen aus ein Andrer
Als Ersatz und ist willkommen.
Die des Grausens längst Entwöhnten·
Lebten sorglos im Getümmel
Eines immerfort erkämpften,
Übermüthig kecken Daseins
In den Tag hinein, nicht wissend,
Ob's ein Morgen für sie gäbe.
Ruhetag war für die Truppen,
Und sie nützten ihn; im Lager
War ein bunt bewegtes Treiben.
Reitersleut und Fußsoldaten
Schwärmten, wogten durch einander,

Ihrer Thaten bei dem Sturme,
Ihrer Beute sich berühmend,
Damit tauschend, darum würfelnd.
Für den Troß auch war's ein Festtag.
Manch ein werthvoll gülden Kleinod,
Manches köstliche Gewandstück
Magdeburg'scher Kaufmannsfrauen
War dem nimmersatten Volke
Heut aus gebelust'gen Händen
Strömend in den Schoß gefallen,
Und mit Pelz und Sammt und Seide
Prächtig ausstaffirt, stolzirt' es,
Sich wie Pfauen darin brüstend,
Auf und ab die Lagergassen.
Einen Erntetag auch gab es
Heute für die Marketender.
Die Soldaten, die den Beutel
Sich gespickt beim Plündern gestern,
Lösten ehrlich alle Bären,
Die sie während der Belagrung
Allseits angebunden hatten,
Ließen nun erst recht was draufgehn
Und bezahlten auf der Stelle
Blank und baar die großen Zechen,
Die sie heute wieder machten.

Helmuth hatte Wort gehalten
Und dem Fahnenschmiede dankbar
Ein paar goldgeprägte Füchse
In die Hand gedrückt, zum Abend
Ihm auch ein erklecklich Fäßlein

Bier gesendet, daß nun Jakob
Mit den Troßhonoratioren,
Wie das Regiment sie nannte,
Auszustechen im Begriff war.
Vor dem Zelt des Fahnenschmiedes
Waren sie bereits versammelt,
Die aus aller Herren Länder
Unter deutschem Zepter stammten
Und in ihren jüngern Jahren
Selber mitgestritten hatten;
Nur der Weibel Muckel Brändlin
Fehlte noch, doch endlich kam er
Keuchend, schwitzend angelaufen.
Wohlbeleibt zwar, hatt' er dennoch
Bei dem Troß, den er beständig
Wie der Schäferhund die Herde
Jagen, hetzen, treiben mußte,
So sich angewöhnt das Laufen,
Daß er immerfort im Trab war.
„Na, wo steckst denn wieder, Muckel?"
Frug der Fahnenschmied den Säum'gen,
„Sind die Hufe Dir vernagelt?
Oder hast den Spat und lahmst mir?"
„Dö vermaledeiten Weiber!"
Schimpfte Muckel, der in Östreich
Heimisch war, fast außer Athem,
„Heunt geht's drunter wied'r und drüber,
Alles rast si um den Plunder
Den's den Magdeburgern g'numma.
So a Tag nach aner Plündrung
Is a rechtes Kreuz und Elend."

„Ei so trink alz mol a Schlickle!
Dees ischt ällemol doch's Beschte,
Wenn mer so recht beeschperat ischt,"
Rieth, den vollen Krug ihm reichend
Der Rumorer Ignaz Dorschel,
Der ein Schwabe von Geburt war.
Muckel trank und sprach dann weiter:
„Holla, Jockl! vor der Hütt'n
Deiner Alten is beim Schank wol
Heunt der Teufel los? glei Alles
Druckt si, steßt si umranand da,
Und a ganz neug's Madl siech i.
Sakrisch fesch und nudlsauber,
G'schaftln dort bei der Camilla.
Neamb hat von der mir g'sagt was;
No, mir scheint, die Kürassierer
Sein ja ganz vernarrt ins Madl,
Schrei'n und joll'n und saufen alle,
Werd'n wol ganz verruckt no werd'n."
„Also ist's. Auch mich erstaunt' es.
Die Korazzen stürmen förmlich
Eure Bude, die Camilla
Wird bald auf dem Trocknen sitzen,"
Stimmten auch die Andern alle
Muckel Brändlin zu und forschten
Nach des Mädchens Art und Herkunft.
„Eben erst hereingekommen,"
Gab der Fahnenschmied zur Antwort,
Kniff ein Auge zu und raunte:
„Ist was Feines, was Apartes!
Will mir nicht das Maul verbrennen,

Aber soviel mögt ihr wissen:
Einer, der was gilt im Heere,
Dessen Hand sehr hoch hinauf reicht,
Hat das Fräulein nur pro forma
Meiner Alten anbefohlen,
Weil er sie — na, ihr versteht mich!"
„Jakob, willst uns doch nicht etwan
Hier silentium imponiren
Und mit blauen Enten füttern?"
Sagte da der Harnischmacher.

„Was denn für ein großer Vogel
Soll es sein, der Deiner Alten
Dieses Ei ins Nest gelegt hat?
Gar der Oberst? der Feldmarschall?"
„Pst! ich darf nichts weiter sagen,"
Sprach der Fahnenschmied, „in summa:
's ist ein reputirlich Weibsen;
Stellt euch gut mit ihr, begegnet
Ihr mit Cortasie und macht sie,
Wie ihr könnt, euch favorabel!"
Alle steckten ihre Nasen
In die Krüge, sinnend, rathend,
Wer wohl dieses fremden Mädchens
Mächtiger Beschützer wäre.
„Wißt ihr schon," sprach Christof Zuckschwert.
Der Profoß, der meistens wortkarg,
Aber heute gut gelaunt war,
„Daß der Alte nächstens abzieht
Und uns Pappenheimer hier läßt
Mit Befelch, den Schwedenkönig
Von der Elbe fern zu halten?"

„Dat's schon mäglich, un ick kann mi
Dor woll eenen Vers ut maken,"
Ließ sich aus der Wagenmeister,
Ein geborner Mecklenburger.
„Wi oll Pappenheim'schen hewwen
Um dit zackermentsche Nest hir
Mihr uns rümmerslagen möten,
As de Annern alltausamen;
Dorüm is't ok recht un billig,
Dat wi dünn hir sitten bliwen
Un de Ihr uns tauerkannt würd,
Wat wi sülwsten namen hewwen,
Sülwsten nu ok fast tau hollen."
„Unser alter Wagenschmierer
Hat damit gewiß nicht Unrecht,
Doch es steckt noch mehr dahinter,"
Nahm darauf das Wort der Feldscheer.
„Gestern Abend hat's, so heißt es,
Zwischen Pappenheim und Tilly
Einen bösen Streit gegeben.
Erstrer nämlich hat entschieden
Bei dem Alten drauf gedrungen,
Mit gesammter Hand in Eile
Jetzt die Schweden anzugreifen,
Wie der Kaiser es erwartet.
Aber Tilly will nach Hessen,
Gegen Landgraf Wilhelm ziehen,
Für den Abfall ihn zu strafen
Und sein offenkundig Bündniß
Mit dem Weimaraner Bernhard.
Darauf hat ihm der Feldmarschall

Pflichtverletzung vorgeworfen,
Maßen er dem Bayernherzog
Mehr gehorch', als selbst dem Kaiser,
Und nun wolln die zwei Gewalt'gen,
Spinnefeind, sich separiren.
Tilly geht mit seinen Völkern
Und läßt uns hier elend sitzen,
Daß wir wieder wie gewöhnlich,
Gleichsam als verlorner Haufen
Hier die Wacht der Brücke haben."
„Wenn ich mer'sch so iewerlege,"
Sprach der Schreiber, „is mer'sch eegal,
Ob mir bleiwen oder kehen.
Da's nu eenmal so befohlen,
Bleiwen mir, un weeßt de, Karle,
's is hier kar noch nich so iewel,
Un uns Babbenheimer solln se
Schonst hier ooch nich Kleene kriegen."
„Mir kann's recht sein," sagte Muckel,
„I halt's aus, i hab beim Marsch no
Viel mehr Schererei und was ·nit
Mit den Weibern, bö am liabst'n
Mitranander fahren möcht'n,
Daß i gar nit waß, woher i
All bö Wägen auftreib'n soll no."
„Mich zieht's auch nicht fort," bemerkte
Nun der Fahnenschmied, „warum auch?
Menschlich sieht's hier ziemlich rauch aus,
Doch ich hab' ein sanftes Leben,
Kann's in aller Ruh erwarten,
Bis mir hier der Schwedenkönig

Vor die Schmiede kommt geritten,
Daß ich ihm sein Pferd beschlage;
Will's ihm tadellos besorgen.“
„Bärenhäuter seid ihr, faule!“
Schimpfte Dorschel, der Rumorer,
„Net wahr? schtill den Tag verbringe
Und sich satt von dene Andre,
Die drum Leib und Lebe wage,
Füttre lasse, jo, dees g'fallt uich!
Lieber doch den Gaul beschteige,
Dunnerschlag! und reite möcht' i!
Nebenan mit dene Schwede
So a kloins Scharmitzle mache
Und derno im Land mi tummle
Und a bissle 'rumschpoliere.
Freilich halt, i glaub's gar nimmer,
Daß der General uns fraget,
Was wohl's Klügschte wär' und Schönschte,
Wenn mer scho drei Tag und Nächte
Drüber dischkutire thät' no.“
„Nein! das glaub' ich auch nicht,“ lachte
Der Profoß, „Du alter Plündrer
Suchst nur Okkasion, wo solche
Sich zum Beutemachen findet,
Und betreibst ex fundamento
Das Geschäft und nach Methodum.“
„Hoscht scho Reacht, und mei Methodum
Will i mol uich demonschtrire.“
Gab ihm Dorschel drauf zur Antwort.
„Je derno mer Zeit und Luscht hot
Und was do ischt, hot's beim Plündre,

Merkt's uich! vier verschiebne Schtufe.
‚Mol hinschaue‘ ischt die erschte
Und hot wenig zu bedeute;
‚Leicht ânplündre‘ schafft scho besser,
Dobi geht e bissle mehr mit;
‚Moderirt verwüschte‘ nennt mer,
Wo mer halt so Alles mitnimmt
Und dees Andre kurz und kloin schlagt,
Was net niet= und nagelfescht isch,
Nur 's Abbrenne kann mer schpare.
‚Ord'nanzmäßig dewaschtire‘,
Dees ischt's Gründlichschte von Allem;
Dobi derf mer nix verschone,
Nix bleibt schtehe dann und liege
Und koi Schtein mehr uf dem andre,
Haus und Scheuer, Schtall und Garte,
Alles glei gemacht dem Bode,
Daß koi Gräsle mehr druf wachset.“
„O du Nichtsnutz!“ überrannte
Der Profoß ihn, „ord'nanzmäßig
Auf das Rad geflochten ließ' ich
Dich des Henkers Tauben füttern
Für Dein gründlich Dewaschtire!
Hat es Sinn wohl und Verstand, sag',
Alles blindlings zu verwüschte,
Daß alsdann die nachher kommen,
Kaum das leere Nest noch finden,
Ratzekahl, nicht Trunk noch Bissen.
Durst und Hunger nur zu stillen?
Auch an Andre soll man denken,
Andern auch was übrig lassen.“

„Ja! das ist auch meine Meinung,"
Sprach der Pfennigmeister; „fällt mir
Eine lustige Histori
Wieder ein vom Ranzioniren.
Unser Drei, auf Seitenwegen,
Kamen eines Tags nach Schkeubitz,
Ritten schnurstracks vor das Rathhaus,
Den Wohlweisen dort zu melden,
Daß dreihundert Kürassiere
Ihre Stadt besetzen würden.
Na, der Schreck! sie frugen, flehten,
Ob das drohende Verhängniß
Nicht noch abzuwenden wäre,
Und wir gaben zu verstehen,
Ja, wir machten uns verbindlich,
Daß für baare fünfzig Gulden
Lösegeld die Kürassiere
Sonder Aufenthalt und Plündrung
Ruhig durchpassiren würden.
Darauf fingen Rath und Bürger
An zu handeln, blechten aber
Seufzend endlich dreißig Gulden.
Na, wir sackten's ein und machten
Damit schnell uns aus dem Staube.
Die dreihundert Kürassiere
Sollen heute noch durch Schkeubitz
Ohne Plündrung durchpassiren."
„Nun, wie nennst Du das denn, Ignaz?"
Frug der Feldscheer den Rumorer.
„Dees? saumäßig g'loge nenn' i's
Oder aber —— nix für unguat! —

Schtraßesegerisch gegartet!"
Sagte Dorschel, und die Andern
Stimmten rundum ein und lachten.

Lange noch nicht ausgetrunken
War das aufgelegte Fäßchen,
Mit so lobenswerthem' Beispiel
Seinen selbst nicht blöden Gästen
Auch der Fahnenschmied voranging.
Denn ein Trinkgefäß benutzt' er,
Das mehr Kanne war, als Krüglein
Und ihn bald vor allen Andern
In so großen Vorsprung brachte,
Daß die Kraft des starken Bieres
Sich an ihm zuerst bewährte
Und er auf dem besten Weg war,
Sich ein Räuschlein anzutrinken.
Durch die Nacht aus Näh' und Ferne
Tönte lauter oder schwächer
Brausen, Jubel, Lärm und Lachen
Andrer froher Zecherrunden,
Und vom sanften Wind getragen,
Schallten weit herüber klingend
Fest im Chor gesungne Lieder.
Leise summend fiel erst Einer
Fröhlich ein und dann auch Andre
Von den alten Kriegskonsorten,
Dreister schon und immer lauter,
Bis sie balde sammt und sonders
Mit aus vollem Halse sangen.

Vernehmt, ich bring' ein gut Geschrei
Mit Trommeln und Trompeten,
Zu Felde geht es frisch und frei
Mit Schlangen und Musketen.
Als Kleinhans ziehn wir hungrig aus,
Als Großhans komm'n wir satt nach Haus,
Den Beutel voll Moneten.

Wir schlucken Regen, Staub und Wind,
Blank wird es, wo wir kehren,
Und bringen, wenn wir einig sind,
Das Kriegshandwerk zu Ehren.
Halt' euch nur steif und fest daran,
Man richtet uns mit Spießen an,
Der Haut muß man sich wehren.

Wir laufen Sturm auf Wall und Schanz
Und brechen Thor und Mauern;
Ist bei den Bürgern aus der Tanz,
Beginnt er bei den Bauern,
Daß Jeder sich was Gut's verschaff',
Bezahl' es Küster oder Pfaff,
Ein Landsknecht soll nicht trauern.

Denn wißt ihr wohl, der Durst verdirbt
Den besten Muth zum Raufen,
Drum soll man, eh man nüchtern stirbt,
Die arme Seele taufen.
Das Lungern vor dem leeren Faß
Gedeiht uns wie dem Hund das Gras,
Kriegsgurgeln wollen saufen.

Doch wo ein Mägdlein schläft und wacht,
Da sind wir auch zur Stelle,
Da schildern wir wohl Tag und Nacht,
Thun Rond und Sentinelle.
Und wenn sich sträubt das Jüngferlein,
So nehmen mit Gewalt wir ein
Bastion und Citadelle.

Stoßt an und laßt die Würfel rolln,
Laßt rollen die Dukaten!
Wir können leben, wie wir wolln,
Die Welt ist voll Soldaten.
Wer murrt und knurrt, wird aufgespießt,
Und wenn's den Papst in Rom verdrießt,
Wir sind die Potentaten!

Dunkelroth am Horizonte
Kam der Mond emporgestiegen,
Und mit immer hellrem Glanze
Schaut' er auf ein Bild hernieder,
Das er schon in diesen Zeiten
Manches Mal beschienen hatte.
Jetzt in ihrem frohen Kreise
Hörten die vom Schwall Getrennten,
Traulich unter sich Gebliebnen
Schritte nahn und eine Stimme
Zornig sprechen: „Mit dem Leutnant
Komm' ich doch noch mal zusammen,
Und er mag sich vor mir hüten!"
Alle lauschten, andre Stimmen
Noch vernehmend. Trümlin sagte:

„Das ist Schenk; da hat's gewittert!"
Helmuth war's auch, in der Mitte
Zwischen Rembert und dem Fähnrich,
Die beschwicht'gend den Erregten
Arm in Arm von dannen führten.
Vor der Bude Frau Camilla's
Mit den Kameraden trinkend,
War er im Verlauf des Abends
Eifersüchtig erst auf Floris
Und noch mehr dann auf den Leutnant
Seiner Compagnie geworden,
Weil die Beiden unaufhörlich,
Leutnant Mallebrein besonders,
Sich mit Zärtlichkeitsversuchen,
Die sein Blut in Wallung brachten,
Um Editha's Gunst bemühten.
Im Verdruß darüber trank er
Rasch und immer rascher, vollends,
Als er zu bemerken glaubte,
Daß Editha mehr als nöthig
Sich am Tisch der Offiziere
Dienstbereit zu schaffen machte.
Als nun seinen Arm der Leutnant
Um Editha's Hüften legte
Und ins Ohr ihr etwas flüsternd,
Was ein Lächeln ihr entlockte,
Sanft sie an sich drückte, konnte
Helmuth sich nicht mehr beherrschen,
Fuhr empor und wollte schnurstracks
Seinem Offizier zu Leibe.
Aber Rembert und der Fähnrich

Hielten schnell ihn fest, noch Andre
Sprangen auf, um ein Vergehen
Zu verhindern, das den Thäter
Seinen Hals gekostet hätte,
Und mit großer Müh gelang es,
Den von Wein und Wuth Erhitzten
Ohne Störung fortzuschaffen.
Eh die Drei herangekommen,
Flüsterte der Fahnenschmied noch
Schnell den Andern zu: „Wir haben
Nichts gehört und wolln nicht fragen,
Warum Schenk dem Leutnant drohte!“
Denn der alte Schlaufuchs ahnte,
Daß hier Eifersucht im Spiel sei,
Und bei der Erörtrung wäre
Seine frech erfundne Fabel
Von dem mächtigen Beschützer
Ediths offenbar geworden.
Dennoch ließ er nicht die Wandrer
Ohne Gruß an sich vorüber,
Sondern rief sie an und meinte:
„Nun, ihr Herrn, so früh schon müde?
Schöne Nacht das! kommt doch näher!
Nehmt noch einen kühlen Schlaftrunk
Auf den Wein, der bei Camilla
Sicher euch vollauf gemundet!
So ein Krüglein starken Bieres
Löscht die Gluth und stillt den Nachdurst.“
„Guter Vorschlag! kann passiren!“
Lachte Rembert, „fast gelegen
Kommt uns eine kleine Nachzech.

Denn es ruht sich trefflich sanft drauf."
Und die Drei mit allem Danke
Ließen noch einmal sich nieder
Bei den älteren Gefährten,
Die mit Scherzen, Schwänken, Schnurren
Sämmtlich ihre späten Gäste
Zu erheitern sich bestrebten,
Was auch leichtlich ihnen glückte.
Aber wenn mit krummem Finger
Dann und wann der Zecher einer
An des Fasses Boden klopfte,
Klang es hohl und immer hohler,
Denn das Naß darin sank tiefer,
Und des Fahnenschmiedes Zunge
Wurde schwer und immer schwerer.

Endlich durch das Lager hallte
Ein Kanonenschuß zum Zeichen,
Daß die Mitternacht heran war.
„Bum!" sprach Dorschel, „Feierabend!
's ischt e Jammer! wenn's am beschte
An zu schmecke fangt, do muß mer
Sich de schönschte Durscht verkneife
No, was hilft's, i muß mi trolle.
Daß vor dene Bude Ruh wird,
Werd' halt meine Noth no habe,
All die überschwemmte Gurgeln
Heim ins Nescht zu praktizire;
Also wünsch' i wohl zu schlafe!"
Damit ging er. Auch die Andern
Tranken langsam aus und trennten

Freundlich sich mit Händeschütteln.
Bei dem Zelt allein geblieben
War der Fahnenschmied, erhob sich
Mühsam auf die Beine, blickte
In den Krug, wo tief im Grunde
Doch noch eine Neige blinkte,
Und ihn erst dem Mond am Himmel
Hoch entgegen haltend, sprach er:
„Du! nicht wahr? ich sauf' heut wacker!
Prosit! Du sollst leben, Bruder!
Wir zwei beide werden immer
Wieder voll, — doch ich noch öfter, —
Kommst mit mir nicht mit, — ich bin's schon."
Darauf setzt' er an und leert' ihn
Bis zum allerletzten Tropfen.
Dann mit einem Fußtritt stieß er
Noch das Faß vom Bock herunter,
Daß es überstürzend rollte,
Heftig an den Amboß prallte
Und sich von dem altersschwachen
Springend ein paar Reifen lösten.
„Hoppas! ‚moderirt verwüschte‘,
Würde Ignaz Dorschel sagen,"
Lallt' er vor sich hin und schwankte
In sein Zelt, sich auszustrecken.

VI.

Auf dem Marsche.

——

rab trab trab trab!
   Nun traben die Reiter,
   Die reisigen Streiter,
Die Kürassiere,
Die Arkebusiere,
Lanzierer, Dragoner,
Die Sattelbewohner,
Den Zaum in der Linken,
Frohlockend auf flinken,
Glatthaarigen Rossen,
In Gliedern geschlossen
Und dichten Geschwadern,
In Herzen und Adern
Das wallende Blut
Und den stürmenden Muth.

Trab trab trab trab!
Mit klingenden Hufen
Auf Stegen und Stufen
Der staubigen Erde
Hin trotten die Pferde.

Sie schütteln die Mähnen
Und knirschen mit Zähnen
Auf Zügel und Stangen
Und fuchteln mit langen,
Nachschleppenden Schweifen
Und krümmen den steifen
Glanznacken und nicken
Mit feurigen Blicken
Und schnauben und blasen
Aus Nüstern und Nasen
Gluthodem und Dampf,
Vorahnend den Kampf.

Trab trab trab trab!
Im Morgenwind stehen
Die Fahnen und wehen
Und rauschen im Fliegen
Von künftigen Siegen.
Die ihnen geschworen,
Den Krieg sich erkoren,
Nach tapferem Werben
Mit Ehren zu sterben,
Sie reiten in Freuden,
Bereit zu vergeuden
Ihr Leben mit Fechten,
Das Schwert in der Rechten.
Und wie sie sich heben
Im Sattel und schweben,
Vertraut in der Runde
Mit lachendem Munde
Sich rufen und grüßen,

Von Kopf bis zu Füßen
Gewappnet, gerüstet,
Da fühlet, da brüstet
Sich Jeder im Feld
Und dünkt sich ein Held.
Trab trab trab trab!

Dahingegangen waren Wochen,
Die Pappenheim unendlich fand,
Seit Tilly zürnend aufgebrochen
Von Magdeburg nach Hessenland.
Da wurde dem Feldmarschall Kunde,
Im Anmarsch sei das Schwedenheer,
Gelbröcke zeigten in der Runde
Um Jerichow sich mehr und mehr.
Bei Tangermünde sei von Schiffen
Auch eine Brücke schon gebaut,
Die Stadt vom König angegriffen
Und auch genommen nach Verlaut.
Dem Grafen war's willkommne Zeitung;
Schlagfertig, wie er immer war,
Bedurft' er keiner Vorbereitung,
Ihn rief und lockte die Gefahr.
Doch sandt' er schleunig Brief und Boten,
Succurs erbittend, dem Gen'ral
In seiner äußerst schwer bedrohten,
Haltlosen Stellung, schwach an Zahl.
Tilly, von seinem Rachezuge
Schon auf dem Rückmarsch, kam herbei
Und schickte Pappenheim im Fluge
Mit auserlesner Reiterei,

Fünftausend Mann, allein den Schweden
Entgegen, wie auch dieser ihn
Noch einmal suchte zu bereden,
Mit ganzer Macht ins Feld zu ziehn.
Denn Pappenheim konnt's kaum erwarten,
Den Feind im Land frisch anzugehn,
Um ihn mit fliegenden Standarten
In offner Feldschlacht zu bestehn.
Ward jetzt vom Schweden er geschlagen,
So war es einzig Tilly's Schuld,
Doch länger ließ sich nicht ertragen
Des Reiterherzens Ungeduld.

So rasselten die Staubaufrührer,
Die Regimenter hin im Trab,
Kampflustig folgend ihrem Führer,
Der ihnen Siegeshoffnung gab.
Noch kannten Pappenheims Soldaten
Die Schweden nicht und nicht im Streit
Des Königs Kraft, von dessen Thaten
Die Welt erfüllt war weit und breit.
Doch trieb sie jetzt ein heiß Verlangen
An diese Nordlandssöhn' heran,
Die fromme Kirchenlieder sangen,
Wie Bären gingen auf den Mann,
Nicht plündern durften und nicht rauben
Und, ungebetnen Gästen gleich,
Als Streiter für den Ketzerglauben
Einfielen in das deutsche Reich.
Drum wer nicht einzig focht um Beute,
Ein echt und recht Soldatenblut,
Feldherr wie Reiterknecht, der freute

Sich auf den Kampf jetzt, frohgemuth,
Aus dem langweil'gen Lagerleben
Und seinem müß'gen Einerlei
Im Sattel flott hinaus zu schweben
Dem Feind entgegen mit Juchhei!
So trabten sie, bis daß zum Schritte
Befehl erging die Reih'n entlang,
Worauf alsbald aus ihrer Mitte
Das Pappenheimerlied erklang
Gleich bei dem ersten Verse fielen
Die Regimentstrompeten ein,
Mit ihrem schmetternd lust'gen Spielen
Das Lied begleitend voll und rein.

Wie schön leucht't uns der Morgenstern
Am blauen Himmel hoch und fern
Mit seinem hellen Glanze!
Wir reiten bei des Tages Grau'n,
Wir reiten, eh' wir die Sonne schau'n,
Und schwingen Schwert und Lanze.
Die Pappenheimer greifen an,
Wie Windsbraut stürmen Roß und Mann
Daher zum eisernen Tanze.
Trara! tarida! trara!
Hurrah! zum eisernen Tanze.

Lebwohl, lebwohl, mein Herzenslieb!
Und wenn dein Schatz im Felde blieb,
So kommt er dir nicht wieder.
Dann weine nicht die Äuglein roth,
Der schnellste Reiter ist der Tod,

Sprengt mitten in die Glieder.
Doch sitz' ich noch im Sattel fest,
Die Zügel in die Faust gepreßt,
Reit' ich den Beelzebub nieder.
Trara! tarida! trara!
Hurrah! den Beelzebub nieder.

Marsch marsch nun über Stock und Stein!
Hurrah! die blut'gen Sporen ein!
Heraus die blitzende Wehre!
Es braust die Schlacht, es brennt der Kampf.
Wie Donner rollt das Hufgestampf,
Das Fähnlein flattert am Speere.
Ihr Pappenheimer, packt und schlagt,
Daß ihr im Feld den Sieg erjagt
Und unserm Kaiser die Ehre!
Trara! tarida! trara!
Hurrah! dem Kaiser die Ehre!

So hatten jubelnd sie gesungen
Aus voller Brust in Reih und Glied,
Und als beendet und verklungen
Das Allen wohlbekannte Lied,
Hielt der Feldmarschall rechts zur Seiten
Und ließ sein stolzes Regiment
Im Schritt an sich vorüber reiten
Zur Schau, die Compagnien getrennt.
Die Richtung war so schnurgerade,
So straff die Haltung und der Schluß,
Als wär' in Mustrung und Parade
Das Regiment aus einem Guß.

Es glitzerte von hellen Lichtern
Auf Harnisch, Helm und Eisenhut,
Und aus den männlichen Gesichtern
Sprach unerschütterlicher Muth.
Da grüßte seine Kürassiere
Graf Pappenheim mit blankem Schwert,
Denn jeder Mann auf seinem Thiere
War dem Gestrengen lieb und werth.
Er ritt den Mecklenburger Rappen,
Den Wallenstein ihm zugesandt,
Ein edler Hengst, des Herzogs Wappen
Trug er am Schenkel eingebrannt.
Es war ein hochgebauter Renner,
Doch muskelstark, mit breiter Brust,
Ein Freudenanblick für den Kenner
Und seines Reiters ganze Lust.
Denn Pappenheim war selbst ein Hüne,
Durchdringend seines Blickes Zwang,
Ernst sein Gesicht, das dunkle, kühne,
Schnurrbart und Spitzbart schwarz und lang.
Er war des Kaisers bester Degen,
Nichts, als Soldat, ein Mann von Stahl,
Heiß, leidenschaftlich, wild, verwegen,
Ein echter Reitergeneral.
„Freiherr von Baumgart, ich muß loben,
Das Regiment ist gut im Stand!"
Sprach er, die Stimme laut erhoben,
Zu Jenem an des Weges Rand.
Drauf winkt' er deutend seinem Stabe,
Daß dieser ohn' ihn weiter zieh',
Und ritt allein in kurzem Trabe

Heran zur ersten Compagnie.
Dort kannt' er Viele selbst bei Namen
Und sprach sie öfter freundlich an,
Daß sie nicht in Verwirrung kamen,
Wenn er, wie heut, einmal begann:
„Sieh, Schenk! so kann ich wieder brauchen
Den lahmen Arm zu Hieb und Stoß!
Es lief gut ab; so ein Verstauchen
Wird man nur langsam wieder los."
Und Hellmuth sprach: „Ich wünsch' Eu'r Gnaden
Viel Glück zur Heilung! hatten doch
Die Magdeburger auszubaden
Das eingestoßne Ärmelloch."
Zu Rembert sagt' er! „Du! bewahre
Den Degen scharf, wohl adjustirt!"
   „Eu'r Excellenz, er schneidet Haare,
Ich habe mich damit barbirt."
„So!" lachte Pappenheim, „ich dachte,
Den Wachtelstrich da im Gesicht
Hätt'st, alter Raufbold, Du zu Nachte
Beim Würfeln wieder abgekriegt.
Wachtmeister Kumpfert, Euer Schimmel
Wird runder, als ihm tauglich ist;
Bedenkt', er bringt Euch nicht in' Himmel,
Wenn er gemausten Hafer frißt."
   „Auf Schimmeln oder schwarzen Fohlen,
Das, Herr Feldmarschall, bleibt sich gleich,
Der Teufel wird uns doch mal holen
Und sicher nicht ins Himmelreich."
So liebte Pappenheim zu scherzen
Und hört' es von den Leuten gern,

Wenn sie aus unverfrornem Herzen
Auch Antwort gaben ihrem Herrn.
Und weiter noch im Vorwärtsdringen
Sprach er mit manch gemeinem Mann;
Das freute sie, und balde fingen
Sie wiederum zu singen an.

Wohl her, Geselln, nun wetzet
Die Klinge scharf und setzet
Hoch über Graben weg und Zaun
Frisch in den Feind, drauf einzuhau'n,
Laßt nimmer euch grau'n!

Kampf suchen wir hienieden,
Wir wollen keinen Frieden,
Weil's da nicht Beute gäb' und Sieg,
Kein Roß mehr unterm Reiter stieg',
Es lebe der Krieg!

Uns ist es nicht gegeben,
Beschaulich still zu leben,
Der Reiter wirbt um Ehr und Ruhm,
Schläft nicht in seinem Eigenthum,
Streift fröhlich herum.

Wir wissen nichts von Sorgen,
Wir nehmen oder borgen
Und sagen nicht Gottslohn dabei
Und sausen fort vom Wehgeschrei,
Der Reiter ist frei.

Wir wetten hoch und wagen,
Die Haut vor'n Feind zu tragen,
Wir gehn wie Blitz und Hagel dran
Und stehn bis auf den letzten Mann,
So reite, wer kann!

Und singend zog der Haufen weiter
Mit seinem Troß mit Mann und Maus,
Dragoner schwärmten, leichte Reiter,
Aufklärend in das Land voraus.
Am Wege trabte, nach Belieben
Bald vorn, bald hinten, kreuz und quer,
Ein Reiterjunge, keck, durchtrieben,
Auf einem Esel nebenher.
Nicht Vater hatt' er und nicht Mutter,
Nicht Anhang und nicht Halt und Heim,
Fand Obdach, Nahrung doch und Futter
Beim Regimente Pappenheim.
Er war schon früh vertraut mit Pferden,
Ein schmucker Bursch, gerad' und schlank,
Bald konnt' er selbst Kürisser werden,
Sein Auge blitzte froh und frank.
Noch wollt' er sich zu nichts bequemen,
Da wünschte Leutnant Mallebrein,
Als Leibschütz ihn in Dienst zu nehmen,
Und David schlug mit Freuden ein.
Nur wenig hatt' er Hand zu reichen
Dem Offizier in Stall und Zelt
Und Zeit genug zu dummen Streichen,
Denn dazu kam er auf die Welt.
Er war jedoch mit seinem Grauen

Im ganzen Lager gern gesehn,
Und mit den Mädchen auch und Frauen
Schien er auf bestem Fuß zu stehn.
Stets hatt' er Eine sich erkoren,
War dann ihr Freund und Herzenswart
Und jetzt bis über beide Ohren
In schön Editha gar vernarrt.
Der Leutnant durft' es nur nicht wissen,
Daß sein Vasall und offenbar
Sein Zwischenträger, dienstbeflissen,
Geheim sein Nebenbuhler war:
Heut sollt' es nun ein Zufall fügen,
Daß er dem Schelm in seinem Sold
Sich in des Mädchens Gunst zu lügen,
Gelegenheit gab ungewollt.

Da, wo das Regiment sich mühte
Auf heißem Marsch in Staub und Rauch,
Stand auf dem Feld in voller Blüthe
Seitwärts ein wilder Rosenstrauch.
Zu dem war schnell herangeritten
Vom Wege Leutnant Mallebrein
Und hatt' ein Sträußlein abgeschnitten,
Das putzt' er nun von Dornen rein.
Dann rief er seinem Reiterjungen,
Und David kam in Sturm und Braus
Auf seinem Langohr angesprungen,
Schon ahnend, wem bestimmt der Strauß.
„Da nimm!" sprach Mallebrein, „den bringe
Editha hin als Gruß von mir
Und sag' ihr, tausend süße Dinge

Träumt' ich von ihr im Sattel hier."
David gelobte, das Bestellte
Wohl auszurichten Wort für Wort,
Empfing den Rosenstrauß und schnellte,
Den Esel spornend, damit fort.
Den Vorgang, Pflücken und Verschicken
Der Rosen hatt' auf seinem Roß
Helmuth mit eifersücht'gen Blicken
Gesehen, was ihn schwer verdroß.
„Hast Du's bemerkt?" sprach er im Reiten
Zu Rembert, der sein Nebenmann,
„Das Possenspiel mit Zärtlichkeiten
Vom Leutnant fängt schon wieder an."
„Nun, laß ihn!" mußte Rembert lachen,
„Wenn Du des Mädchens sicher bist,
Wird's keinen großen Eindruck machen,
Wie hoch er ihre Huld bemißt.
Mit diesem Strauß begeht er schwerlich
An Deinen Rechten einen Raub,
Die Rosen sind Dir ungefährlich,
Die wirft sie doch nur in den Staub."
„Ja, sicher! wenn ich das nur wäre!"
Sprach Helmuth, „sie hat heißes Blut;
Wie ich ihr Wesen mir erkläre,
Steckt Leichtsinn drin und Übermuth.
Vom alten Oheim kurz gehalten,
Will sie die Freiheit, lang erträumt,
Genießen nun und damit schalten,
Als hätte sie schon was versäumt,
Und jetzt als Schenkin, im Verkehre
Mit Männern jeder Art und Schicht,

Ihr Müthlein kühlen; Frauenehre,
Die freilich wächst im Lager nicht."
    „Ja, Treu' ist Wildpret im Lagerleben!
Doch wenn sie sich zuviel erlaubt,
So mußt Du ihr den Laufpaß geben,
Du bist ja nicht mit ihr verschraubt."
    „Fast bin ich's doch; das ist es eben!"
Rief Helmuth, „und Du weißt es ja,
Ein Bild aus meinem Jugendleben
Steht mir in ihr vor Augen da.
Und darum kann ich sie nicht missen
Und will's nicht, sonst zum zweiten Mal
Wär' die Geliebte mir entrissen,
Die ich verlor im Unstrutthal.
Ich glaube selber fast, ich liebe
Die Eine nur der Andern willn,
Kann nur, wenn mir Editha bliebe,
Die Sehnsucht nach Helene stilln." —

Dem Heereszuge folgten Wagen
Mit Rüstzeug jeglicher Gestalt,
Mit Schanzgeräth zum Lagerschlagen
Und Stoff zum Lebensunterhalt.
Camilla selbst und Edith lenkten
Ein Fuhrwerk jede, straff und strack,
Daran sich Hundekarren henkten
Und Weibervolk mit Sack und Pack.
    Jetzt machte David sich verwegen
An Ediths Wagen dicht heran,
Hielt ihr den Rosenstrauß entgegen
Zu ihrem Fahrsitz und begann:

„Ich sann und suchte, wo ich trabte,
Ob ich nicht irgend etwas fand,
Womit ich Dich erquickt' und labte,
Doch Kirschen giebt's nicht hier zu Land.
Nur wilde Rosen konnt' ich brechen,
Die pflückt' ich Dir, schnitt sorglich aus
Die Dornen, daß sie Dich nicht stechen, —
Nimm an von mir den Liebesstrauß!"

„Ei Dank! mein tapfrer Eselritter!
Wie lieb, daß Du an mich gedacht!
Ich gäbe nicht für seidne Flitter
Das Sträußlein, das mir Du gebracht."
So sprach mit einem holden Lächeln
Editha, nahm die Rosen hin,
Sich Kühlung damit zuzufächeln
Und seufzte dann: „Ach Gott! ich bin
So einsam in der Wagenreihe,
Als ob ich ganz verlassen wär';
Steig' auf! 's ist Raum genug für Zweie,
Dein Grauer trottelt nebenher."
Das ließ er sich nicht zweimal sagen,
Der Racker, band den Esel fest
Und saß flugs unterm Plan im Wagen
Mit Edith wie in einem Nest.
„Jetzt dank' ich aber Dir, du Gute,"
Sprach er, „für diesen Sitz bei Dir,
Mir wird ganz wonnesam zu Muthe,
Geschwinde reich' Dein Mäulchen mir!"
Sie aber, als er Anstalt machte,
Fuhr mit dem Strauße lang und quer
Ihm über Nas' und Mund und lachte:

„Wenn der nun noch voll Dornen wär'!"
„Was? keinen Kuß für meine Rosen?"
Rief er, „so steck' ich selber nun
Dir an die Brust die Dornenlosen,
Halt' still! mit Freuden will ich's thun."
Sie ließ ihn, wie er wollte, schalten
Und half ihm nicht, bis ganz und gar
An ihrem Brustlatz ohne Falten
Das Sträußchen eingenestelt war.

„Mußt's aber Helmuth Schenk nicht sagen!"
Sie sprach mit einem bittern Zug:
„Wie kannst Du denken! wir vertragen
Uns ohnehin schon schlecht genug.
Er mäkelt, unsern Gästen allen
Zeigt' ich zu rasch ein warm Gefühl
Und ließe mir zuviel gefallen,
Doch selber ist er schroff und kühl.
Solch Mucken und beständig Zanken
Und Kälte, die verletzt und schmerzt,
Bringt wahre Neigung auch zum Wanken;
Geliebt sein will ich und geherzt!"
„Natürlich! pfui, solch Überwachen!
Komm her, laß mich Dein Tröster sein!"
Sprach er, und sie — sie gab mit Lachen
Und ohne Sträuben sich darein.
So fuhren sie nun ohne Sorgen,
Vor Blicken durch den Plan gedeckt,
Selbst vorn Camilla blieb's verborgen,
Wen ihre Schenkin hielt versteckt.
Sie spürten nicht des Weges Länge
Und wünschten ihm kein End' und Ziel,

Das Rößlein zog von selbst die Stränge.
Das Grauchen trieb sein Ohrenspiel.
Da scholl in langgezognen Tönen
Trompetenruf zu Halt und Rast,
Und fort von seiner Lieben, Schönen
Sprang David nun in Eil' und Hast.
Den Esel hatt' er schnell bestiegen,
Noch einen Gruß dem süßen Schatz,
Dann sah ihn Edith vorwärts fliegen
Zum ausgewählten Lagerplatz.

Auf's Brachfeld an der Elbe schwenkten
Die Regimenter, um zu ruhn,
Die Marketenderwagen lenkten
Schwerfällig nach und hielten nun.
Die Kürassier, rasch abgesessen,
Erfrischten sich mit Speis' und Trank
Und ließen ihre Pferde fressen
Und führten sie zur Uferbank.
Nachdem auch Helmuth unverzüglich
Sein Pferd gefüttert und getränkt,
Kam er zum Wagenplatz vergnüglich
Mit Rembert, Arm in Arm verschränkt.
Ein Liedchen trällert' er im Gehen,
Und Rembert brummte leise mit,
Doch jäh verstummend blieb er stehen,
Als hemmt' ein Schrecken seinen Schritt.
Er hatte dort an Ediths Busen
Die wilden Rosen jetzt erblickt
Und ihr — nicht Segenswunsch der Musen
Von bleichen Lippen zugeschickt.

„Da hast Du's!" rief er, „liegt im Staube
Nun unsers wackern Leutnants Strauß?
Wo bleibt da Lieb' und Treu und Glaube?
Ach! fort! und aus dem Herzen 'raus!
Ihn als trophäum gar zu tragen,
Den Strauß, das ist doch grabezu,
Als wollte sie dem Leutnant sagen:
Wo Deine Rosen, ruh' auch Du!
Komm mit! wir stellen sie zur Rede
Und fordern offenes Visir."

„Mach' keinen Lärm! das thäte Jede,
Der Blumen schenkt ein Offizier."
Doch Helmuth ließ sich nicht mehr halten
Und zog auch Rembert mit nach vorn
Zu Ediths Stand, eh zu erkalten
Zeit hatten Eifersucht und Zorn.
„Der Strauß ist wohl," setzt' er die Worte,
„Der Schlüssel des Herrn Leutenant,
Der ihm erschließt die Herzenspforte,
Falls er sie nicht schon eingerannt?"
„Des Leutenants?" Editha schaute
Fremd auf mit staunendem Gesicht,
Als ob sie nicht den Ohren traute;
Dann sprach sie keck: „Warum denn nicht?"
Schnell war ein Licht ihr aufgegangen:
Er glaubte, daß von Mallebrein
Die wilden Rosen sie empfangen,
Drum dachte sie: räumst du es ein
Und lässest ihn auf falscher Fährte,
So bleibt die Wahrheit unentdeckt,
Und Niemand ist, der ihm erklärte,

Wer dir das Sträußchen angesteckt.
„Ich werd' doch thun und lassen können,"
Fuhr sie dann fort, „was mir beliebt?
Die Freiheit mußt Du mir schon gönnen,
Zu nehmen, was mir Einer giebt."
„So nimm die Freiheit auch von Einem,
Der Dich von Grund der Seele haßt!"
Rief Helmuth, „laufe hin zu Deinem —,
Zu dem ins Zelt, der zu Dir paßt!"
Damit wandt' er sich ab und kehrte
Den Rücken ihr; sie aber stand,
Als ob ein Blitzschlag sie versehrte,
Der ihr die Zung' im Munde band.
  Es hatte Keiner von den Andern
Den harten Streit mit angehört,
Doch Helmuth sprach im Weiterwandern
Zu Rembert, innerlich empört:
„Die Heuchlerin! in allen Stücken
Thut sie, als wär' sie gerne mein,
Und hat doch hinter meinem Rücken
Kundschaft mit diesem Mallebrein.
Nun sage selbst: soll ich das leiden?
Ich bin in Ehren ihr Sponsier,
In Zärtlichkeiten sehr bescheiden
Und fordre wenig Gunst von ihr,
Doch duld' ich nicht, daß unterweilen
Sie noch ein Andrer karessirt;
Wagt's Einer, hier mit mir zu theilen, —
Gott straf' mich! der wird abgeschmiert!"
„Nur nicht so hitzig bei der Sache!"
Sprach Rembert, „in Dir schäumt und sprüht

Es gleich, als brennt' es unterm Dache,
Mir scheint, Dich plagt ein schwer Geblüt
Das kommt vom lang im Lager Liegen;
Zeit ist es, daß wir bald einmal
Die Schweden vor die Klinge kriegen,
Den Arm zu regen und den Stahl."

„Da hast Du Recht! das Schwert befragen,
Mich schlagen will ich, bis aufs Blut!
Wüßt's auch nicht anders mehr zu tragen,
Als auszufechten meine Wuth.
So sehr, daß ich den Degen schwinge,
Hat es mich lange nicht gebrannt;
Rembert! ich nehm' ihn vor die Klinge!"

„Den Schweden?" — „Nein, den Leutenant!"

„An Mallebrein willst Du Dich machen?
Willst fordern Deinen Offizier?
Helmuth, da muß ich wirklich lachen!
Und glaubst Du denn, er stellt sich Dir?"

„Er muß! ich werd' ihn dazu zwingen;
Gnad' ihm, wenn er sich davor drückt!"
Rembert blieb stehen, wo sie gingen,
Und lachte: „Mensch, Du bist verrückt!"
Da bliesen die Trompeten wieder;
Sie eilten hin und saßen auf,
Und weiter ging im Schluß der Glieder
Der Marsch entlang des Stromes Lauf.
Wie Remberts Knie das Helmuths streifte,
Rieth er doch nicht, was dieser sann,
Was in ihm aufging, in ihm reifte,
Und schweigend ritten sie hindan.

VII.

Im Dorfquartier.

———

Noch einmal auf dem Marsche stiegen
      Die Reiter ab, das kleine Heer
      Blieb Stunden lang noch einmal liegen,
Und manche Tonne wurde leer.
Man wartete die Vorgeschickten
Der Holkischen Dragoner ab,
Ob sie vom Feind etwas erblickten,
Und als sie spät in schlankem Trab
Und mit der Meldung wiederkamen,
Daß sie von Schweden nichts gesehn,
Entschloß man sich, in Gottes Namen
Noch ein Stück weiter vorzugehn
Und an ein Dorf sich anzulehnen
Zur Nacht, das für den Fall der Noth
Den Truppen, statt sich auszudehnen
Beim Angriff gute Deckung bot.
So war es Abend denn geworden,
Als man nach Angern endlich kam
Und ruhig, mit der Front nach Norden,
Hier Lagerplatz und Stellung nahm.
Im Dorf ersahn die Kürassiere

Sich. Raum nach Ranges Unterschied,
Camilla selbst kam zu Quartiere
Mit Edith und dem Fahnenschmied.
Sie machten's sich bequem auf's Beste,
Und Jakob that sich dick und groß:
„He, Bauer! kriegst ein wenig Gäste,
Wärst sie wohl gerne wieder los!
Trag' auf und schreib' es an mit Kreide!
Brennt's Haus, geht auch die Kreid' in Rauch,
Und wir sind quitt und ledig beide,
Das ist so alter Landsknechtsbrauch.
Klopft an, tretet ein, zertrümmert Alles!
Heißt's ordinari, und folgt dann noch
Das Punktum eines Büchsenknalles,
Wir sind ausbündig höflich doch.
Drum soll Dir weiter nichts geschehen;
Man muß nur immer ins Gemein,
Weil's doch die Gänse nicht verstehen,
Kurzweilig vor den Leuten sein.“
Schmalhans saß in des Bauern Küche
Und hatte nichts für Mensch und Pferd,
Nicht Bratenduft, nicht Würzgerüche
Entstiegen seinem kalten Herd.
So holte man, was man gebrauchte,
Denn von Camilla's Wagen her
Und aß und trank, und Jakob rauchte
Und hatte weiter kein Begehr.

Die Drei, eh sie sich schlafen legten,
Der Fahnenschmied und seine Frau
Mit ihrer Schenkin Edith, pflegten

Noch ein Gespräch im engen Bau.
Camilla sprach: „Mit dem Geschäfte
Ging's heute gut; vorhin im Feld
Kam beinah über meine Kräfte
Ein Durst daher, stark wie ein Held."
„Kein Wunder an dem heißen Tage,"
Sprach Jakob, „Staub, wie Mehl gesiebt
Und knochentrocken, wird zur Plage
Für Einen, der das Feuchte liebt."
„Die Herren Offiziere gingen
Mit gutem Beispiel auch voran,"
Sagt' Edith, „soviel mußt' ich bringen,
Als ich nur immer tragen kann."
Camilla rief: „Da könnt ihr's sehen!
Das ist mein wahrer Stolz und Prunk:
Wohin die Herrn Off'ziere gehen,
Da giebt's den allerbesten Trunk."
„Und's allerschönste Mädchen!" höhnte
Der Fahnenschmied, „wer weiß, wie's wär',
Wenn sie Editha nicht verwöhnte
Mit ihrem Lächeln hin und her!
Sie ist den Herren allerwegen
Gefällig, wie sich das gebührt,
Doch Manchem kommt sie sehr entgegen,
Der sich bei ihr gut eingeführt."
„Entgegen? ich? daß ich nicht wüßte!"
Gab sie zurück, „wenn Ihr nicht meint,
Daß ich gleich Jeden beißen müßte,
Der freundlich mir zu nahen scheint."
„Das wollt' ich mir doch sehr verbitten!"
Sprach Frau Camilla, „Du, gieb Acht!

Bei mir ist Jeder wohlgelitten,
Der eine gute Zeche macht."
„Und sie bezahlt mit blanken Gulden!"
Fiel Jakob ein, „nicht wahr? Du bist
Nicht sehr für einen Gast mit Schulden,
Ob's Großhans oder Kleinhans ist."
    „Die Herren Offiziere machen —"
        „— nie Schulden! nie! im Leben nicht!"
Rief Einer da mit lautem Lachen,
Und wie der Fuchs ins Häuschen bricht,
Trat David ein, der Reiterbube.
Er hatte vor der Thür gelauscht,
Was die hier in der Bauernstube
Für Red' und Antwort ausgetauscht,
Und stellte sich mit leerem Magen
Und einem vollen Herzen ein,
Theils um den Marketenderwagen,
Theils um Editha nah zu sein.
Und weil er auch den beiden Alten
Stets dienstbereit war und zu Willn,
So durft' er sich zu ihnen halten
Und manchmal seinen Hunger stilln.
Auch heut gelang ihm dies, und kauend
Mit beiden Backen wohlgemuth
Und dabei munter um sich schauend
Begann er nun: „Ihr habt's hier gut!
Mein Leutnant liegt in enger Kathen
Und hat zum Bett nur Schilf und Ried."
„Du brauchst's ihm auch nicht zu verrathen,
Wo wir sind," sprach der Fahnenschmied.
„Noch wen'ger aber dem Gefreiten,

Dem Schenk!" nahm seine Frau das Wort.
„Sonst kommt er her, nur um zu streiten,
Falls wir noch bleiben hier am Ort."
Ich werde mich wohl hüten! dachte
Der selbst verliebte Bösewicht,
Schaut' Edith zärtlich an und lachte:
„Den Teufel! allen Beiden nicht!"
„Was habt ihr denn mit Schenk zu zanken?"
Frug Jakob, „haltet Fried' und Ruh!
Du, Mädchen, hast ihm viel zu danken,
Und, Alte, wie mich dünkt, auch Du!
Dich hat gezäumt er, so zu sagen,
Und Deinen Schritt zu uns gelenkt,
Und Du bist auch nicht schlecht beschlagen,
Seit sie bei Dir das Krüglein schwenkt."
„Wenn er nur Frieden halten wollte,"
Sprach Edith, „und nicht immerfort
In Eifersucht gerieth' und schmollte,
Gönn' ich auch Andern mal ein Wort!"
    „Wird auch wohl Ursach dazu haben,
Und nicht zu fragen brauch' ich ihn,
Ich seh' es ja, Du hast die Gaben,
So recht das Mannsvolk anzuziehn.
Das ist ein Lächeln dann und Nicken
Und ein Gethu, und hinterdrein
Folgt Mancher Dir mit heißen Blicken,
Besonders Leutnant Mallebrein."
Editha sprach mit Achselzucken:
„Ich sehe Jedem ins Gesicht,
Und wem's beliebt, mir nachzugucken, —
Ei nun, verbieten kann ich's nicht."

Dann schwieg sie still und seufzte leise.
Camilla sprach: „Viel Ehre schier
Sind Gnadenblick und Gunstbeweise
Von solchem Herrn und Offizier."

„Des Teufels Kleingeld sind sie!" brauste
Der Fahnenschmied, „ihr Weiber denkt
Schon gar, daß euch der Affe lauste,
Wenn euch ein Leutnant Rosen schenkt.
Und, Junge, Dir treib' ich den Koller
Noch aus mit einem Besenstiel!
Die Sache wird mir immer toller
Mit Deinem Zwischenträgerspiel."

„Was? ich?" rief David schnell, „bewahre
Der Himmel mich vor Eurem Zorn!
Ich armes Unschuldswurm erfahre
Von solchen Dingen nicht ein Korn."

   „Wo schläfst Du denn? in keinem Falle
Ist hier noch Platz für Dich, da sieh!"
   „Wo soll ich schlafen, als im Stalle,
Wie immer, bei dem lieben Vieh."

   „So mache Dich nur fort und trolle
Dich zu dem andern Esel hin;
Gott geb' uns eine friedevolle
Nachtruhe, weil ich müde bin!"
David zog ab; die Andern streckten
Sich auf ihr Lager hin von Stroh
Zum Schlaf, bis die Trompeten weckten;
Doch Eine wurde sein nicht froh.

Editha's Augen floh der Schlummer
Auf ihrer Ruhstatt, hart und karg,

Noch lange Zeit, gescheucht von Kummer,
Den sie vor Aller Blicken barg.
Sie liebte Helmuth seit der Stunde,
Da er mit ihr vom Lindwurm ging
Und sie in schnell geschloss'nem Bunde
Zuerst an seinem Arme hing.
Auch er, wie Niemand sonst auf Erden,
Schien ihr von Herzen zugethan,
Und Hoffnung, glücklich noch zu werden,
Umflog schon ihre Lebensbahn.
Bald aber stiegen ihr, erst leise,
Dann stärker in der Tage Lauf
Und schließlich augenfäll'ger Weise
An seiner Liebe Zweifel auf.
Oft war er über alle Schranken,
Hielt sie mit Armen ihn umstrickt,
Ganz anderswo mit den Gedanken
Wie Einer, der ins Weite blickt.
Da war's ihr endlich klar geworden:
Er liebte sie nicht wie sie ihn,
Und wie von lecken Schiffes Borden
Sah sie der Rettung Segel fliehn.
Der Schatten, der um Helmuth schwebte
Am lichten Tag, in dunkler Nacht,
Helene hieß er! und sie bebte
Vor dieser Unsichtbaren Macht.
Die Fremde, die sie selbst nicht kannte,
Und deren Züge sie doch trug,
Stand zwischen ihnen stets und bannte
Sein Herz, daß es für sie nur schlug.
Denn er vertauschte sich die Beiden,

War körperlich der Einen nah,
Sich an dem Spiegelbild zu weiden,
Drin er im Geist die Andre sah.
Editha wußt' es; sich besinnend,
Was er im Lindwurm ihr vertraut,
Und mehr und mehr ihm abgewinnend,
Hatt' ihn ihr Scharfsinn längst durchschaut.
Da wuchsen in ihr wilde Triebe,
Versahen sie mit schlechtem Rath,
Aufwuchernd in verschmähter Liebe
Wie Unkraut in der Weizensaat.
Den Schwur, den seiner schönen Beute
Er einst in Magdeburg gethan, —
Nicht er, sie war's, die ihn bereute,
Daß er ihr niemals sollte nahn
Mit heißem, stürmischem Begehren.
Sie ahnt' es damals nicht, wie's kam,
Wie's an ihr selber würde zehren,
Daß er sie nicht zum Weibe nahm.
Um ihn geflissentlich zu reizen,
Begann sie gegen Helmuth nun
Mit ihrer Liebeshuld zu geizen
Und spröd und zimperlich zu thun.
Als ihn das auch nicht wärmer machte,
Entschloß sie sich zu einem Spiel,
Das Eifersucht in ihm entfachte
Und das ihr selber baß gefiel.
Sie konnte mehr Verehrer zählen,
Weit mehr, als Finger an der Hand
Und brauchte daher nur zu wählen,
Mit wem sie sich zum Spaß verband.

Zum Beispiel Floris, der noch immer
Sich dreist um ihre Gunst bewarb,
Zeigt' ihr, daß ihm ein Hoffnungsschimmer
Auf ihre Neigung nicht erstarb.
Die größte Huldigung von Allen
Bracht' ihr der Leutnant aber dar,
Dem sie auch suchte zu gefallen,
Weil er — nun, weil er Leutnant war.
Im Grunde war ihr nichts gelegen
An diesem sichtlichen Triumph,
Sie spielt' ihn eitel und verwegen
Nur gegen Helmuth aus als Trumpf.
David mit seinem frischen Wesen,
Der keck daher gesprungen kam
Und ohne langes Federlesen
Sie lachend in die Arme nahm,
Sie herzte, drückte, küßte, koste
Und nicht erst frug, ob's recht gethan,
Der war, wie ausgesucht zum Troste,
Ihr ein willkommener Gespan.
Und die ihr selbst im Innern brannten,
Muthwill und Abenteuerlust,
Die warfen sie dem Geistverwandten
Unwiderstehlich an die Brust. —

Still lag das Dorf und so verlassen,
Als ob's kein Reiter heut durchritt.
Da kam gewandelt durch die Gassen
Mit leis gedämpftem Sporenschritt
Ein Kriegsmann, blieb zuweilen stehen
An Thüren hier, an Fenstern dort

Und späht' und lauscht' im Weitergehen,
Als spionirt' er rings im Ort.
Der Mann war Helmuth; Hütt' und Klause
Umwittert' er dem Raubthier gleich
Auf Kundschaft, wo Editha hause
Spät Abends nach dem Zapfenstreich.
Um die er heut im Groll erblaßte,
Jetzt mußt' er es wohl selber nicht,
Ob er sie liebte oder haßte,
Und wär' er mit ihr ins Gericht
Der Rosen wegen jetzt gegangen,
So hätt' er ihr gewiß verziehn,
Weil ihm bereits das Straußempfangen
In einem andern Licht erschien.
Das Wort, das er mit rauhen Tönen
Ihr heute zurief, reut' ihn schier,
Er wollte sich mit ihr versöhnen,
Fänd' er nur auf ihr Nachtquartier.
    So für den Frieden eingenommen,
Hört plötzlich in gemeſſnem Schritt
Er Jemand sich entgegen kommen,
Der ihm alsbald den Weg vertritt
Und drohend fragt: „Wer treibt mit Lauern
Sich hier umher in dunkler Nacht?
Wohl Einer, der um Zaun und Mauern
Im Dorfe Jagd auf Mädchen macht?"
Hellmuth erbebt in raschem Grimme,
Es geht ihm heiß durch Mark und Bein,
Denn augenblicklich an der Stimme
Erkennt er Leutnant Mallebrein.
„Selbst Mädchenjäger auf infamen

Schleichwegen!" schimpft er, eh er flieht.
„Ha! steh, Halunke! Deinen Namen!"
Ruft Mallebrein in Wuth und zieht.
Doch Helmuth, waffenlos, entschwindet
So eilig, daß der Leutenant
Des Frechen Spur nicht wiederfindet,
Den er im Dunkeln nicht erkannt.
Er kam allein von einer Ronde,
Wo er die Wachen visitirt,
Und dacht' an Braune nicht und Blonde,
Die sich im Dorf hier einquartiert.
Doch Helmuth glaubte fest, er habe
Mit Edith etwas eingebrockt
Und sie durch seine Liebesgabe
Zu nächt'gem Stelldichein verlockt,
Wohin er nun, von ihr beschieden,
Soeben auf dem Wege sei;
Da war's mit seiner Lust zum Frieden
Und zur Versöhnung schnell vorbei.
Geschreckt von seiner Tritte Schalle,
Verwirrt und rathlos, was zu thun,
Kehrt' er, das Herz voll Gift und Galle,
Heim ins Quartier, um auszuruhn.

VIII.

Der Überfall.

Nun schliefen, die ein Unterkommen
Gefunden unter Dach und Fach,
Die in den Hütten eingenommen
Heuboden oder Wohngemach,
Die sich auf Karren oder Wagen
Ein' mangelhaftes Bett bestellt,
Und die auf freiem Felde lagen
Ums Dorf her unterm Himmelszelt.
Sie ruhten auf Befehl gerüstet,
Die Wehre nahe bei der Hand,
Damit der Feind, hätt's ihn gelüstet,.
Sie kampfbereit in Waffen fand.
Unfreundlich war die Nacht und dunkel,
Gewitterhaft des Windes Wehn,
Nicht Mondenschein, nicht Sterngefunkel
Ließ Fernes oder Nahes sehn.
Die Schläfer schnarchten um die Wette,
Hier stampft' einmal ein Roß im Stall,
Dort heult' ein Hund an seiner Kette;
Jedoch der Wind vertrug den Schall.
Die Stunden schlichen träg, wie immer

Für die, so schlaflos um sich schau'n,
Bis daß im Ost ein matter Schimmer
Verkündete des Tages Grau'n.
Da pötzlich — ist das Donnerkrachen?
Nein, Schüsse! Schüsse links und rechts,
Vorn und auf beiden Seitenwachen
Und Schrei'n und Rufen im Lärm des Gefechts:
„Die Schweden! die Schweden! wir sind überfallen!
Weckt den Feldmarschall!" Die Wachen ziehn
Sich kämpfend zurück, die Schüsse knallen,
Dann wüst durch einander Anstürmen und Fliehn.
Fanfaren schmettern, die Ruhenden schwingen
Erschreckt aus dem Schlaf sich auf's schnaubende Roß
Und sausen dahin mit gezogenen Klingen,
Verachtend des Feindes pfeifend Geschoß.
Die draußen gelegen, die Arkebusiere,
Bestehen tapfer den ersten Strauß,
Da kommen die Pappenheim=Kürassiere
Schon angesprengt aus dem Dorf heraus.
Die andern Regimenter zu Pferde,
Holk, Bernstein und Montecuculi,
Die in Beiendorf, Burgstall am Bauernherde
Sich einquartiert, unterstützen sie.
Kühn werfen sich auf den Feind die Schwadronen
Und werden hart im Kampfe bedrängt
Vom schwedischen Fußvolk, das mit Patronen
Zu laden versteht und sie feuernd empfängt.

   Derweilen ums Dorf wird heiß gestritten
Und Jakob in Hast die Wagen bespannt,
Kommt David im Getümmel geritten
Auf einem Pferde vom Leutenant,

Steigt ab und schleicht zu Edith verstohlen,
Von Niemand beachtet, und flüstert und spricht:
„Komm mit auf mein Pferd, eh die Schweden Dich holen!
Wir kneifen aus, hier merkt man es nicht."
Sie folgt ihm schnell, er hebt sie im Schwunge
Zu sich in den Sattel als Retter und Held
Und jagt mit ihr fort aus dem Wirrwarr im Sprunge,
Verschwindet mit ihr auf dem dämmrigen Feld.

  Dorf Angern aber ist nicht zu halten,
Die Schweden kämpfen in Übermacht,
Die sie vordringend im Bogen entfalten
In tosender, blutiger Reiterschlacht.
Der König selbst kommandirt die Mitte,
Den rechten Flügel Graf Baudissin,
Den linken der Rheingraf, daß Schritt vor Schritte
Sie näher die Kaiserlichen umziehn.
Graf Pappenheim läßt zum Rückzug blasen
Und räumt dem Feind das Schlachtfeld ein,
Der Troß und die Wagen alle rasen
Schon flüchtend davon in holpernden Reih'n.
Verfolgt vom Sieger, muß in Eile
Der Rückzug, doch in Ordnung geschehn,
Dabei haben einzelne Heerestheile
Noch Reitergefechte zu bestehn.
Und endlich nicht mehr behelligt vom Feinde,
Vereinigt das Heer sich in Wolmirstedt,
Quartiert sich ein bei der Stadtgemeinde
Und denkt: wir machen's ein andermal wett!
Doch Pappenheim kann's kaum ertragen,
Daß ihn beim ersten Zusammenstoß
Die Schweden in die Flucht geschlagen,

Und bricht vor Ingrimm schäumend los.
Denn hätte Tilly angenommen
Den dringenden Rath vom Feldmarschall,
Wär's nun und nimmer dahin gekommen
Zu diesem schmählichen Überfall.

In Wolmirstedt ward umgeschlagen,
Um festzustelln, wieviel dem Heer
Abgang gebracht das kühne Wagen.
Da gab nicht Jeder Antwort mehr
Auf dem Rumorplatz nach den Listen
Bei seines Namens Aufgebot,
Und Niemand wußt', ob die Vermißten
Gefangen waren oder todt.
Bei Pappenheims Leibregimente
Von tausend Pferden an Bestand
Kam auf dem Mustrungspergamente
Manch schwarzes Kreuz heut an den Rand.
Dem Obersten von Baumgart gingen
Die schmerzlichen Verluste nah,
Als er so viele tapfre Klingen
Nicht mehr im Regimente sah.
Vier seiner Compagnieen waren,
Durch einen Scheinangriff verhetzt,
Absichtlich flieh'nden Reiterschaaren
Ins zweite Treffen nachgesetzt
Und dort in Hinterhalt gerathen,
Mit frischen Pferden attaquirt
Und bei dem Kehrt von Fußsoldaten
Mit schnellen Salven decimirt.
Zu denen, die beim Aufruf schwiegen,

Gehört' auch Rembert; abgethan
Und stumm blieb er vor Angern liegen,
Der treue, fröhliche Kumpan.
Helmuth stand aufrecht in der Runde,
Denn noch kam seine Kugel nicht,
Doch traf ihn Remberts Todeswunde
Tief in die eigne Lebensschicht.
Er hatte selbst beim Rückwärtsweichen
Ihn stürzen sehn mit voller Wucht
Und konnt' ihm nicht die Hand noch reichen
In jener zügellosen Flucht.
Sein bester Freund war der gewesen,
Den er im Morgengrau'n verlor;
Still ging er fort nach dem Verlesen
Vom Lärmplatz und hinein ins Thor.

Wie er so hinschritt durch die Gassen
Und selbst die Kameraden mied,
Ganz seiner Trauer überlassen,
Begegnet ihm der Fahnenschmied,
Erregt, erhitzt, doch völlig nüchtern,
Die Stirne roth und unbedeckt,
Und fragt halb ärgerlich, halb schüchtern:
„Helmuth, weißt Du, wo Edith steckt?"
Helmuth, als hätt' er kaum verstanden,
Spricht „Edith?" mit gedehntem Ton,
„Editha? kam sie denn abhanden?
Ist sie denn nicht mit euch entflohn?"
„Hufnägel könnt' ich drüber fressen!
Bin dampfig wie der Gaul im Stall!"
Verschwört sich Jakob hoch vermessen.

„In dem Tumult beim Überfall
War sie auf einmal uns buchstäblich
Spurlos entrückt im Handumdrehn,
Wir riefen, suchten, doch vergeblich,
Nicht mehr zu hören und zu sehn."
Helmuth spricht wie im Traum: „Gefangen?"
Der Schmied versetzt: „Unmöglich schier!"
Und Helmuth: „Oder durchgegangen!
Jedoch mit wem? er ist ja hier!
Vielleicht bei Muckels Ingesinde?"
Doch Jakob schüttelt unruhvoll:
„Fort wie ein Saamenkorn im Winde!
Ich weiß nicht, was ich denken soll."
„Komm mit! wir wollen Christof fragen.
Der alte Jagdhund, der Profoß,
Weiß Alles, was sich zugetragen,
Kennt jeden Mann und jedes Roß,"
Sprach Helmuth, und die Zwei beschlossen,
Nun in der Stadt sich umzusehn
Nach Christof Zuckschwert, dem Profossen,
Als könnte dem kein Ding entgehn.
Sie mußten lange nach ihm suchen
Und forschten hier und frugen dort,
Der Fahnenschmied fing an zu fluchen,
Helmuth verlor kein unnütz Wort.
Er hatte heimlich im Verdachte
Den Leutnant Mallebrein, daß der
Editha über Seite brachte,
Entweder schon geplant vorher,
Im Einverständniß mit dem Mädchen,
Oder beim Rückzug mit Gewalt;

Dann war womöglich hier im Städtchen
Ihr gut verborgner Aufenthalt.
Darüber brannten ihm die Wangen
Vor Unmuth, mehr vor Sehnsucht noch,
Denn ob geflohen, ob gefangen,
Fort war sie, und sie fehlt' ihm doch.

Es war in rauchiger Spelunke,
Genannt ‚Zum wohlgefüllten Glas‘,
Wo der Profoß beim Vespertrunke
Verknurrt mit Ignaz Dorschel saß.
Sie hatten beiderseits sich offen
In Zorn geredet mehr und mehr,
Durch wessen Fehler sie getroffen
Ein Nackenschlag so unheilschwer,
Und merkten nicht, indem sie stritten,
Wie Jakob Trümlin, ihr Kam'rad,
Mit Helmuth Schenk herein geschritten
Und ihrem Tische sich genaht.
Doch als sie beide nun erblickten
Gottlob! noch lebend vor sich stehn,
War ihre Freude groß, sie drückten
Den Zwei'n die Hand beim Wiedersehn
Und Dorschel rief: „G'schwind holt uich Schtühle!
's ischt e mordsmäßiges Getränk,
Womit mer halt do 'nunterschpüle
Den Groll, die Bosheit und's Gezänk,
Wer schuld ischt an der Niederlage,
Und wie's hätt' anderscht komme könnt';
Was helfet's denn? mer sind geschlage,
Nu sauft, so lang ma's uns vergönnt!"

Sie stießen an mit vollen Krügen,
Doch Zuckschwert sah im Augenblick
An der Hinzugekommnen Zügen:
Etwas war nicht in Rück und Schick.
„Was ist mit euch, ihr Sauertöpfe?"
Kam er dem Fahnenschmied zuvor,
„Ihr zieht das Maul und hängt die Köpfe,
Als ob man euch die Wolle schor."
„Hast Recht," sprach Trümlin, „und wir bauen
Auf Dich und Deinen Spürersinn,
Daß Du uns hilfst das Ding durchschauen:
Camilla's Schenkin ist dahin."
„Pah! weiter nichts? was will das heißen!"
Rief Zuckschwert, „müssen Männer dran,
Vom Roß hinab ins Gras zu beißen,
Kommt's auf ein Weibsstück auch nicht an."
Helmuth verzog die Augenbraunen
Und ward bis an die Stirne roth,
Doch Ignaz Dorschel sprach mit Staunen:
„Die Edith? ja, — ischt sie denn todt?
Sie ischt ja doch no grad entschprunge
Zu Anfang glei bei dem Geschrei,
I hab's doch g'sehn, sie und den Junge,
Uf eirem Pferd die alle Zwoi!"
„Was? was sagst Du? Du hast gesehen
Sie mit des Leutnants Jungen ziehn?"
Rief Helmuth wild. „Und 's ist geschehen,"
Frug Trümlin, „noch vor unserm Fliehn?"
    „No aber g'wieß! i han sie beide.
G'nau g'nug von Angesicht erkannt,
Fort g'ng's im allerschärfschte Reite.

Sie hätte bald mi umgerannt."
Da sprach der Schmied: „So stimmt denn Alles,
Wie ich mir's selbst zurecht gegeigt;
David ist fort, denn andern Falles
Hätt' er sich längst bei mir gezeigt.
Der Junge steckt ja voll Finanzen;
Weil er das Mädchen stets umschlich,
Droht' ich ihm an, ihn zu koranzen,
Allein die Zwei verstanden sich.
Noch gestern bei uns war der Bengel,
Da hat er's mit ihr eingerührt
Und heute früh den Tugendengel
Auf seines Leutnants Pferd entführt."
„Und zwar mit seines Leutnants Wissen,
Auf sein Geheiß," fiel Helmuth ein,
„Denn der das Mädchen mir entrissen,
Kein Andrer ist's, als Mallebrein!
Ich traf ihn Nachts im Trüben fischen,
Ausspüren die Gelegenheit
Und konnt' im Dunkeln ihm entwischen,
Denn wir geriethen schon in Streit."
„Dein Amt ist's," sagte zum Profossen
Der Schmied, „daß Du empor Dich raffst,
Verfolgst den uns gespielten Possen
Und uns das Mädchen wiederschaffst!"
Zuckschwert, dem auf das unbewegte,
Stets mürrisch finstre Angesicht
Sich ein noch tiefrer Schatten legte,
Saß da und rührt' und regt' sich nicht.
Die Blicke der Gefährten hingen
An seinem fest geschlossnen Mund,

Was der für Antwort würde bringen,
Doch gab er keine Meinung kund.
„Laßt's laufe, treibt's net uf die Schpitze,"
Rieth Ignaz, „'s Mädle hat koi Luscht,
Am Sudelzapfe do zu sitze,
Sonscht wär's net ebe 'nausgewuscht."
Der Fahnenschmied jedoch bedrängte
Den Alten, daß er mit Verlaub
Ihm Antwort gäb', was er verhängte
Nach Reiterrecht für Mädchenraub.
„Dem Leutnant hab' ich nichts zu sagen,
Der Jung' ist nicht mein Kriegsgenoß;
Ihr könnt' es vor den Schultheiß tragen,
Wenn's euch beliebt," sprach der Profoß.
„Du willst dem Leutnant nicht zu Leibe?"
Rief Helmuth, „nun, dann sollt ihr sehn,
Daß ich es ihm nicht schuldig bleibe,
Die Rechnung mit ihm durchzugehn!"
Auf sprang er, stieß den Schemel nieder,
Rannt'. ohne Gruß davon sogleich.
„Obacht! sell wird alz g'wieß no wieder,"
Sprach Ignaz, „a blitzdumme Schtreich!"

Haß, Eifersucht und Abscheu stritten
In Helmuth, daß er Rache schnob,
Als er allein mit langen Schritten
Nun durch die engen Gassen stob.
Er sah, was sich ihm fast beim Hören
Der Nachricht aufbrang als Verdacht,
Erwiesen, um darauf zu schwören,
Daß Edith in des Leutnants Macht.

Denn daß auf eigne Faust gehandelt
David, schon längst kein Junge mehr,
Und selbst mit Edith angebandelt,
Das ahnt' er nicht von ferne her.
Vermuthlich war sie in der Runde
Versteckt in einem Bauernhaus,
Lacht' ihn am Ende gar zur Stunde
In ihres Buhlen Armen aus.
Ihm war, als müßt' er rasend werden
Bei dieser Vorstellung, und nun
Nicht einen wahren Freund auf Erden,
Der ihn berieth, was da zu thun!
Ach! fehlt' ihm schon am ersten Tage
Rembert, der gute Kamerad,
Der überall, in jeder Lage
Ihm treulich half mit Rath und That! —
    So kam er, ohne selbst zu wissen
Auf welchem Wege, zu dem Stall,
Drin ohne Heu= und Haferbissen
Sein Pferd stand und mit lautem Schall
Aufwiehernd seinen Reiter grüßte
Und zu ihm wendete den Kopf,
Als früg's, wofür es hungernd büßte.
Er faßt' es mit der Hand am Schopf
Und schmiegte traulich Wang' an Wange:
„O Du mein liebes, treues Thier,
Du wartest wohl auf mich schon lange
Und horchst und schaust Dich um nach mir!
Du, schändlich hat man uns betrogen,
Derweil wir stritten über Nacht,
Ich selbst mein blankes Schwert gezogen

Und Dich in Noth und Tod gebracht.
Denk' Dir, mein Schmutel! wirst Du's glauben?
Die Edith hat man uns entführt!
Ja freilich, ja, da mußt Du schnauben
Und prusten, wie sich das gebührt.
Und weißt Du, wie sich's zugetragen?
Mit wem sie hat ihr Stelldichein?
Komm her, ich will's ins Ohr Dir sagen:
Mit unserm Leutnant Mallebrein!"
Das Rößlein sah, als wollt' es sprechen,
Ihn mit den klugen Augen an.
„Nicht wahr? uns schimpflich auszustechen!
Das thut kein braver Reitersmann.
Soll'n wir nun lachen oder weinen
Um Beider Tück' und Hinterlist?
Ich trumpfe, denk' ich, ab den Einen
Und laß' die Andre, wo sie ist.
Du scharrst? — ja, gleich! doch hör' erst weiter:
Denk' Dir! heut früh ums Morgenroth
Ist er gefall'n, der wackre Streiter,
Rembert ist, unser Rembert, todt!
Sahst Du's denn nicht im Kugelregen
Wie sich sein Brauner überschlug,
Der Jahre lang den tapfern Degen
In Kampf und Wind und Wetter trug?
Lieb Rößlein ach! mir zuckt die Lippe,
Denk' ich an seinen letzten Ruf."
Das Pferd biß in die leere Krippe
Und trat den Boden mit dem Huf.
„Ja, ja! es soll an nichts Dir fehlen,
Du willst nun auch Dein Abendbrot,

Ich schaffe Dir's, und müßt' ich's stehlen,
Dich laß' ich nicht in Hungersnoth."
Dann nahm er Futtersack und Eimer
Fort eilend aus dem niedern Dach,
Das Roß sah seinem Pappenheimer
Verständnißvollen Blickes nach.

Als Morgens ihn die Sonne weckte,
Ging Helmuth aus auf Feld und Flur,
Ob er nicht weit und breit entdeckte
Von Edith irgend eine Spur.
Da sah er einen Reiter kommen
Grad auf dem Weg zur Stadt herein,
Und als er ihn auf's Korn genommen,
Erkannt' er Leutnant Mallebrein.
Heiß stieg's ihm auf bei dem Gedanken
Er kommt von ihr! er war die Nacht
Bei ihr! und Rachsucht ohne Schranken
Gewann in ihm die Übermacht.
Zum Glücke hatt' er seinen Degen
Noch zu dem Gang nicht umgeschnallt,
Sonst ließ' er sich wohl gar bewegen
Im Zorn zur offenen Gewalt.
So that er denn beim Weitergehen,
Als hätt' er im gelassnen Schritt
Den Vorgesetzten nicht gesehen,
Der jetzt an ihm vorüber ritt.
Der Leutnant ließ ihn erst passiren,
Rief aber dann ihm herrisch zu:
„He, Schenk! kannst Du nicht salutiren?
Nachtwandelst hellen Tages Du?"

„Ihr seid's, Herr Leutnant?" sagte kecklich
Der Angehaltne, „o verzeiht!
Ich dacht, 's wär' Einer, der erklecklich
In Liebchens Arm verschlief die Zeit."
„Ha! Du! ich habe diese Stimme
Gehört in Angern letzte Nacht,"
Sprach Mallebrein in vollem Grimme,
„Wo Du Dich feig davon gemacht.
Und jetzt —" „— gilt's wieder Mädchen jagen,"
Fiel außer Fassung Helmuth ein,
„Nun laßt's Euch auch bei Tage sagen:
Ihr wißt nicht mehr, was mein und dein!
Ihr habt Editha mir gestohlen,
Wart bei ihr bis zum Morgenlicht,
Und, Herr, Euch soll der Teufel holen,
Stellt Ihr Euch meiner Klinge nicht!"

„Was? Du mich fordern? Gott verdamm' mich)!
Der Reiterknecht den Offizier?"

„Das thu' ich! und von Ahnen stamm' ich
Mit älterm Adelsbrief, als Ihr!"

„Schenk, schäme Dich, am frühen Morgen
Schon oder noch bezecht zu sein!
Schlaf' aus den Rausch! dann bleib's verborgen!"
Und in die Stadt ritt Mallebrein.
Dort mußt' er straff nach Reitersitte
Vor dem Feldmarschall meldend stehn:
„Auf dem befohlnen Kundschaftsritte
Hab' ich vom Feinde nichts gesehn."

IX.

Gustav Adolf.

— · — ··

Die Schweden begruben mit allen Ehren
Die Todten der Walstatt von beiden Heeren
Und senkten Freund und Feind hinab;
Geschütze donnerten über dem Grab
Des Oberst von Bernstein, des Höchsten von Allen,
Die bei den Kaiserlichen gefallen.
Dann zogen mit ihrer Beute die Sieger,
Mit manchem gefangnen, verwundeten Krieger
Sich in ihr festes Lager zurück.
Dies Lager, ein kriegerisch Meisterstück,
Das auf der Erinnerung eherner Tafel
Zum Ruhme des Königs verzeichnet steht,
Bei Werben war's, wo die sanfte Havel
Hinein in den Strom der Elbe geht.
Im Rücken und auf den Flanken geschützt
Vom Wasser, und in der Front gestützt
Auf die Stadt mit Gräben, Mauern und Thürmen,
Mit Dämmen und Sümpfen, unmöglich zu stürmen,
Glich's einer Festung mit Werken und Wällen,
Von keinem feindlichen Angriff zu fällen.

Vergangen war jetzt grad ein Jahr,
Seit Gustav Adolf gelandet war
Auf Usedom. Erst hatt' er Pommern genommen,
Von hier aus ins Herz des Reiches zu kommen,
Des Glaubens willen, so hieß es geschickt,
Und um das Restitutionsedikt
Rückgängig zu machen, das Mönchen und Pfaffen
Mit einem Federstrich oder mit Waffen
Zurück gab den reichen Besitz und Lohn,
Den ihnen entrissen die Reformation.
Doch andere Gründe wohl führten ihn her:
Ihm galt es, die Herrschaft im baltischen Meer
Den Habsburgern abzuringen im Streit,
— Drum hatt' er Stralsund von ihnen befreit —
Und um zu erobern die Ostseeküsten,
Ließ er das Heer und die Flotte rüsten.
Als er jedoch vom dänischen Frieden
Zu Lübeck gänzlich ward ausgeschieden
Und dann ein kaiserlich Heer in Polen
Ihn hindern wollte, sich Lorbeer zu holen,
Entschloß er sich muthig auf eigene Hand
Zum Kriege mit Kaiser Ferdinand,
Und Richelieu half ihm dabei mit Gold,
Denn Frankreich war Habsburg niemals hold.
Noch hatt' er keinen Bundesgenossen,
Weil Anfangs die Fürsten, unentschlossen,
Dem fremden Eroberer nicht recht trauten;
Doch als sie dessen Erfolge schauten,
Da hielten sie's für an der Zeit,
Ihm beizustehn im Glaubensstreit,
Vereinigten sich auf einem Konvent

Zu Leipzig wider das Reichsregiment,
Und Landgraf Wilhelm warb nunmehr
Das erste deutsch=protestantische Heer.
Wo nicht Verhandlung ein Bündniß schlang,
Da fruchtete Drohung, da wirkte Zwang,
Daß freier sich konnte der König regen
Und an der Oder hinaufbewegen.
Es kam für Frankfurt der Unglückstag;
Des nordischen Löwen Tatzenschlag
Richtete dort ein Blutbad an,
Für das man Tilly zu schelten begann,
Weil der in Schlachten ergraute Held
Die Schweden nicht im offnen Feld
Hatt' angegriffen, bevor er ging
Und Magdeburg einschloß mit eisernem Ring,
Wie er's auch nachher noch nicht that,
Als es gefallen nach Gottes Rath.
Des Königs Ansehn aber stieg
In Aller Augen nach jenem Sieg
Und machte durch's ganze Reich die Runde,
So daß von seinem Vormarsch die Kunde
Den Einen mußte Furcht und Schrecken,
Den Andern Trost und Hoffnung erwecken
Und das evangelische Deutschland bald
In Gustav Adolfs Herrschergestalt
Den Retter sah aus seiner Noth,
Ihm beinah die Krone des Kaisers bot.

Er war auch ein Genius, wie auf dem Thron
Nur wenige saßen vor ihm schon,
Und schwer zu sagen ist in der That,

Ob größer in ihm der Diplomat,
Der Feldherr oder der Friedensregent,
Denn alles das war sein Element,
Was ausmacht in jedem Zoll und Faden
Den wahren König von Gottes Gnaden.
Wie weise herrscht' er in seinem Land!
Wie hatt' er mit segnender, bessernder Hand
Die Kirchen gehoben, die Schulen gestaltet,
Die Steuern vertheilt und die Gelder verwaltet,
Gesorgt für des Rechtes Ordnung und Pflege
Dem Handel gebaut und eröffnet die Wege,
Sein schwach bevölkertes Reich gebracht
Zu einer achtunggebietenden Macht!
Für Kriegsbereitschaft war er im Norden
Bahnbrecher, Schöpfer und Lehrer geworden.
Er hielt in Mannszucht ein stehendes Heer,
Gab ihm zuerst ein leichter Gewehr,
Verwarf die schwere Gabel als Stütze,
Nahm statt der großen kleine Geschütze,
Erfand die Kartusche, verkürzte die Lanzen
Und lehrte den Bau von Brücken und Schanzen.
So war er ein Kriegsfürst, der hoch und weit
In Allem voraus war der ringenden Zeit
Und dennoch nur nach schwerem Bedacht,
Dann aber fest, sich entschloß zur Schlacht,
Zum Wagniß, ungeheuerlich groß
Wie Schicksalsspruch und Todesloos.
Er wurde vergöttert von seinen Soldaten,
Er wurde bewundert um seine Thaten;
Leutselig, würdevoll, maßvoll und mild,
War ein in Hoheit strahlendes Bild

Der blonde König; von seinem Mund
Drang jedes Wort zu Herzensgrund,
Und wer in die blauen Augen ihm sah,
Stand wie bezaubert vor ihm da.

In seinem Lagergezelte saß
Der König allein und schrieb und las
An einem Tisch voll Plänen und Karten.
Im Winkel lehnten die beiden Standarten,
Von Kugeln durchlöchert und arg zerschlissen,
Die man dem Feinde vor Angern entrissen.
Die Eine zeigte noch deutlich genug
Die Göttin des Glücks in schwebendem Flug,
Von einem flatternden Band umragt,
Drauf stand geschrieben: Seid unverzagt!
Die Andre schlangenumwunden ein Schwert,
Die Unterschrift, des Deutens werth:
His ducibus; wie war's gemeint?
Warum war Schlang' und Schwert vereint?
Der König dachte darüber nicht nach
In seinem lustigen Kriegsgemach;
Er forschte nur nach Mitteln und Wegen,
Den Krieg nach Sachsen hin zu verlegen.
Schwer stützt' er das Haupt jetzt auf die Hand,
In Sinnen verloren, doch endlich stand
Vom Stuhl er auf und reckte die Glieder,
Schritt im Gezelt nun auf und nieder,
Und sein tief ernstes Angesicht
Ward nach und nach entwölkt und licht.
Er trug das mächtige Haupt erhoben,
Von einem freudigen Stolz umwoben,

Daß er beim erſten Treffen gleich
Mit Tilly'ſchen Truppen im Deutſchen Reich
Juſt Den als ſeinen Gegner gefunden,
Der ihm von allen am höchſten ſtand.
Daß er den Pappenheim überwunden,
Das ſchien ihm größern Glückes Pfand,
Als hätt' er bei jenem nächtlichen Jagen
Den Generaliſſimus ſelber geſchlagen,
Und es verlangte den Schlachtenleiter,
Von jenem gewaltigſten aller Reiter
Mehr zu erfahren. Er unterbrach
Sein Wandeln im Zelte, ſchellt' und ſprach
Zur Ordonnanz: „Es bringe wer
Den vornehmſten der Gefangnen her!"
    „Kein Offizier und kein Cornet
Ward lebend gefangen, Eu'r Majeſtät!"
    „So ſchickt mir den erſten beſten Mann,
Einen Deutſchen, mit dem ich reden kann!"

    Bald ſteht vor Guſtav Adolf hier
Ein hagebüchner Küraſſier,
Der den linken Arm in der Binde trägt
Und vor des Königs muſterndem Blick
Freimüthig auch im Mißgeſchick,
Die graue Wimper nicht niederſchlägt.
„Welch Regiment?" die Frag' ergeht
Zuerſt an ihn aus Königsmunde.
„Regiment Pappenheim, Majeſtät!
Oberſt von Baumgart," erwidert der Wunde.
    „Dein Name?" — „Rembert werd' ich genannt,
Rembert Rickman aus Süd=Brabant."

„Also kein Deutscher!" — „Ich bin Wallone,
Aber seit zwanzig Jahren wohne
In deutschen Sätteln ich oder liege
Zu Feld und lernte mein Deutsch im Kriege."
    „Wie warbst Du gefangen?" — „Ich bin gestürzt,
Das Pferd warb mir unterm Leib erschossen,
Ich lag darunter, den Fuß verschürzt
Im Bügel und von Blut überflossen."
    „Weißt Du, wo General Tilly steht?"
    „In Magdeburg mit dem ganzen Heer."
    „In Magdeburg?! mit dem Heer? und geht
Nicht gegen mich vor? schickt auch nicht mehr,
Als fünf Regimenter, nur Reiterei,
Nicht Fußvolk mit und nicht Arkelei?
Unglaublich! es wäre zuviel gewagt!"
    „Das hat der Feldmarschall ihm auch gesagt,
So hört' ich, als ich zu Pferde stieg,
Doch —", Rembert zuckte die Achseln und schwieg.
    „Ihr seid dem Feldmarschall wohl sehr ergeben?"
    „Ja, Majestät! auf Tod und Leben!
Wir lassen für ihn uns in Stücke hauen,
Und da ist Keiner, dem so wir trauen,
Den Einzigen immer ausgenommen,
Der durch die Scribenten in Wien, die verruchten,
Die Gottverdammten, ewig verfluchten,
— Licenz, Majestät! — ums Kommando gekommen."
Der König lächelte: „Kennst Du ihn denn?"
    „Ha! ob ich ihn kenne! ein Aber und Wenn
Ist freilich dabei, so sich Einer vermißt
Zu kennen den, der unergründlich ist.
Wenn der Friedländer eine Schlacht kommandiert,

Das ist, wie der Herrgott die Welt regiert;
Er thront in Wolken, man sieht ihn nicht,
Man hört ihn nur, wie er im Donner spricht;
Doch ist er unfehlbar; er kommt und siegt,
Sein Wille, sein Wort und Gedanke fliegt
Wie Sturmwind über das Erdenrund.
Er steht ja mit den Sternen im Bund,
Die sagen ihm, wenn er sie leuchten sieht,
Was nach des Schicksals Schluß geschieht."
 Der König hörte sinnend zu;
„Und Pappenheim?" frug er nach kurzer Ruh.
 „Ja, der ist ganz anders, ist immer voran
Wo sich der heißeste Kampf entspann,
Ist stets mit uns, wenn's gilt zu schlagen,
Allgegenwärtig, möcht' ich fast sagen.
Wir folgen ihm blindlings, wohin es geht,
Ganz einerlei, was vor uns steht;
Und spräch' er: Seht ihr die Mauer dort?
Da müßt ihr mit mir jetzt drüber fort!
Wir kämen hinüber und ritten drauf los,
Und wäre dahinter der Hölle Schoß.
Es ist, als ob sein Feuergeist,
Der im Gefecht ihn vorwärts reißt,
Aus seinem Leib in sein Pferd,
Aus seinem Arm in sein Schwert,
Aus seinen Augen in uns Soldaten
Hinüberströmte zu Wunderthaten;
Denn in der Welt nicht noch einmal
Giebt's solchen Reitergeneral,
Und Reiterlust und Reiterleben
Ist nur unter ihm so; wir denken eben,

Wir Pappenheimer, ich sag' es dreist,
Wir wissen allein, was reiten heißt."

„Oho, Wallone! wir Gothen und Schweden
Haben wohl auch noch mitzureden."

„O Eure Gelben — all Achtung und Ehr'
Und wenn ich kein Pappenheimer nicht wär',
So wüßt' ich —," er vollendete nicht.

Der König sah ihm scharf ins Gesicht:
„So möchtest Du gar ein Schwede sein?
War's so gemeint? nimm Dienst bei mir!
Du bringst es vielleicht zum Offizier."

Doch Rembert schüttelte kräftig: „Nein!
— Geht nicht, Majestät! mein Regiment
Verlaß' ich nicht, komm' ich wieder frei,
Und der Kaiser in Wien hat mein Juramem,
Dem gehört meine Treu und mehr, als Treu."

„Und außerdem, — Du bist ja katholisch."

„Nein, Majestät! reformirt evangelisch."

„Du bist evangelisch? und hast Dich entschlossen,
Zu kämpfen wider Glaubensgenossen?"

„Majestät hält's mir zu Gnaden schon, —
Was kümmert den Reiter die Religion?!
Die Pfaffen haben es aufgebracht,
Haben ein Spiegelfechtung erdacht,
Nennen's conscientiam, ist so voll List,
Daß auch kein Schulfuchs und Latinist
Sich je zurecht darin finden kann,
Geschweig' ein ehrlicher Reitersmann.
's ist wider mein politisch Gemüth,
Zu fragen, wer uns das eingebrüht,
Daß sich die Fürsten und Völker schlagen

Und nicht als Christenmenschen vertragen.
Hier ist mein Eid und hier mein Schwert,
Zusammen nur sind die Zwei was werth,
Wie das Mandat, so ist die That;
Wäre man anders noch ein Soldat?
Soll man uns, eh wir zur Fahne schwören,
Den Katechismus erst überhören?
Der mir befiehlt, und der mir gehorcht,
Nur um die Beiden bin ich besorgt;
Der Eine, der meine Kräfte wägt,
Mein Vorgesetzter und Offizier,
Der Andre, der auf dem Rücken mich trägt,
Mein immer getreues, mein muthiges Thier,
Das wie einen Bruder und Freund ich pflege,
Das wie ein Liebchen im Herzen ich hege,
Mit dem ich verwachsen, ein Seel' und Sinn,
Ein einziges Wesen und Ganzes bin.
Und stehen wir Beide nur unsern Mann,
So geht uns das Andre den — gar nichts an;
Zu schnüffeln nach Tauf' und Testimon
Ist nicht dem Reiter sein Profession."

   Mit ernstem Antlitz sagte dazu
Der König: „Denken Viele wie Du?"

   „So denken wir Alle, Majestät!
's ist hergebrachte Libertät,
Daß Keiner fragt, was der Andre glaubt,
Wär' sein Evangelium auch noch so verstaubt."

   „Graf Pappenheim auch?" — „O nein! der ist
Strenggläubig katholisch, ein frommer Christ;
Doch plagt er uns nicht mit Beten und Fasten
Und überläßt es beim Reiten und Rasten

Uns selber, so gut wie mit unsern Pferden
Mit unsern Gewissen auch fertig zu werden."
    Der König schritt, das Haupt gesenkt,
In seinem Zelt jetzt auf und nieder,
Blieb dann vor Rembert stehen wieder,
Die Arme vor der Brust verschränkt:
„Seltsam, was ich von Dir vernommen!
Du bist im Land herumgekommen,
Sag', wie sieht's aus im Deutschen Reich?"
    „O Majestät! einer Wüste gleich;
Ein einzig großes Schlachtfeld nur
Ist dieses Land, des Krieges Spur
Ist ihm als Stempel aufgeprägt,
Der Blut und Thränen im Wappen trägt.
Ihr glaubt's nicht, eh Ihr's selbst gesehn,
Wie grauenhaft die Dinge stehn.
Ja, unter Eurer Herrlichkeit
Kehrt ein Vertrau'n und Sicherheit.
Ihr werdet ‚der Befreier‘ im Land
Schon bis zur letzten Hütte genannt.
Man segnet Euch, wo Ihr erscheint,
Denn unter Eurem Schutz vereint
Erstehen Handel und Gewerbe,
Der Sohn sitzt auf des Vaters Erbe,
Der Bürger und der Handwerksmann
Legt wieder Hand zur Arbeit an,
Der Bauer schreitet hinterm Pflug,
Und Alles geht im alten Zug.
Wohin aber unsre Völker gerathen,
Wir Kaiserlichen, zumal die Kroaten,
Wo die gehaust, gegrast, gestritten,

Da ist das letzte Korn geschnitten.
Im Kreis von Meilen ist das Land
Erst eine Brunst, ein Rauch und Brand,
Dann eine Öde um und um,
Ein Bild der Trauer, starr und stumm.
Wo vorher lachende Fluren waren,
Vernichtet die Saat, verpestet die Luft,
Die schwarzen Vögel nur flattern in Schaaren
Um das, was liegen bleibt ohne Gruft.
Die Höfe gehn in Flammen auf,
Ein halb verkohlter Trümmerhauf,
Aus dem es manchmal leise wimmert,
Zeigt an, wo friedlich, schmuck gezimmert,
Einst, Herd an Herd, ein Dörfchen stand,
Und über der Verzweiflung Rand
Treibt Greuelthat und Hungersnoth
Viel tausend Menschen in den Tod.
Gemordet werden Mann und Weib,
Geschändet jeder junge Leib,
Haus, Hütte, Hab und Gut zerstört
Mit Grausamkeiten, unerhört.
Uns Reitern, hart wie unser Erz,
Giebt's manchmal einen Stich ins Herz,
Wenn wir das Elend mit Augen sehn
Und müssen noch mehr ihm zu Leibe gehn.
Ist aber als Bettler der Bauerssohn
Aus Schutt und Leichen lebend entflohn,
Was bleibt ihm übrig vor'm eignen Sterben?
Er folgt dem Kalbsfell und läßt sich werben,
Den Spieß oder die Muskete zu tragen
Vielleicht bei den nämlichen Schächern und Sündern,

Die eben ihm Vater und Mutter erschlagen;
Da wird er doch satt beim Rauben und Plündern. —
Ihr schaudert, Herr? nicht übertrieben
Hab' ich in dem, was ich Euch beschrieben.
Rückt vor, kommt weiter ins Reich hinein,
Hört Noth und Jammer zum Himmel schrei'n,
Seht selbst, wie des Krieges dröhnender Schritt
Alles Leben in Grund und Boden tritt,
Und glaubt, daß man oft darum mied
Den Einmarsch in ein groß Gebiet,
Weil nichts mehr aus ihm heraus zu pressen,
Kein Krümlein drin, kein Halm zum Fressen.
Durchzieht das Land, und habt Ihr's durchzogen,
So laßt mich hängen, wenn ich gelogen!"
  „Allmächtiger Gott! o Herr der Welt,
Dir will ich danken früh und spät —"
Da trat ein Offizier ins Zelt:
„Der Herzog von Weimar, Eu'r Majestät!"
Der König nickte und sprach sodann:
„Gebt augenblicklich diesem Mann
Ein tüchtig Pferd mit Sattel und Zaum
Und einen Paßport und laßt ihm Raum! —
Du bist von Stund an frei, Wallone!
Setz' in den Bügel Deinen Fuß
Und bringe, Deiner Wahrheit zum Lohne,
Dem Grafen Pappenheim meinen Gruß!
Ich achtet' ihn hoch, kannst ihm bestelln,
Und wollt' ihm einen wackern Geselln
Nicht vorenthalten in seinem Heer,
Drum schick' ich Dich ihm mit Roß und Wehr."
  „Dank, Majestät! doch — die mit mir gefangen?"

„Die werden auch nicht gleich gehangen;
Wir schicken sie hinter die Front zurück,
Da mögen sie weiter versuchen ihr Glück.“
    „Eu'r Majestät! mein Leben lang
Vergeff' ich nicht dieser Stunde Gang,
Daß ich mit Euch hier durfte reden,
Daß ich dem großen König der Schweden
Ins Auge gesehn! mein Feind seid Ihr,
Ich bin nur ein simpler Kürassier,
Der niemals seinen Kaiser verräth,
Doch ruf' ich: Gott schütz' Euer Majestät!“ —

Nicht lange blieb Gustav Adolf allein,
Da trat der Herzog von Weimar ein.
Der König streckt' ihm die Hand entgegen:
„Willkommen, Herzog, auf allen Wegen!
Schade, daß Ihr nicht früher gekommen!
Denn Ihr hättet hier Dinge vernommen —,
Wir standen dabei die Haare zu Berge.
Bernhard! sind wir des Todes Scherge
Oder ein Werkzeug in Gottes Hand
Für dieses unglückselige Land?
Aber nun hört, was lobesan
Johann Tserklaes Tilly gethan!
Der alte Zögling der Jesuiten,
Den ich als Gegner sonst schätz' und ehre
Mit seiner Kriegskunst und seinen Partiten
Aus Alba's und Juan d'Austria's Lehre,
Hat nicht allein, in Starrsinn befangen,
Den ungeheuren Fehler begangen,
Nach Magdeburgs Fall nicht auch sofort

Mich anzugreifen, vielmehr von dort
Gegen Euch und Wilhelm nach Hessen zu traben,
So daß mir Zeit und Muße blieb,
Derweilen er euch zu Paaren trieb,
Mich hier in Werben einzugraben.
Nein, — auch noch ein ander Meisterstück
Hat er fertig gebracht: er ist zurück,
Liegt wieder in Magdeburg mit dem Heer
Und schickt den Pappenheim mit nicht mehr
Als fünf Regimentern gegen mich vor,
Wie sehr ihn dieser auch bat und beschwor!
Was sagt Ihr dazu?" — „Begreif' es, wer kann!
Doch was beschließt mein König fortan?
Hier auf ihn warten? Vorwärts mit Macht!
Bietet die Stirn ihm, zwingt ihn zur Schlacht!
Treibt den Alten heraus aus dem Nest,
Setzt Euch selber in Magdeburg fest —"
    „Ruhig! — was bringt Ihr mir aus Berlin?
Wird Georg Wilhelm mit uns ziehn?"
    „Der Kurfürst schwankt noch, zögert und zaudert,
Gott weiß, was er Alles mir vorgeplaudert!
Doch hoff' ich das Beste, denn Euer Herr Schwager
Kommt selber hierher zu Euch ins Lager."
    „Ha! kommt er wirklich? fort soll er nicht wieder!
Ich halt' ihn, ich bind' ihn, ich drück' ihn nieder,
Bis er mit Haut und Haaren mein,
Neutral laß' ich Keinen im Kriege sein.
Den Tilly erwarten wir ruhig hier
Hinter den wohlarmirten Schanzen,
Und er soll sein Adlerpanier
Nicht so leicht auf den Wall uns pflanzen.

Bis er den Kopf sich blutig gerannt,
Matt und müde sich hier gestritten,
Hat ein Streifkorps allen Proviant,
Alle Zufuhr ihm abgeschnitten.
Zieht er dann ab, so folgen wir nach,
Überflügeln ihn allgemach,
Drängen ihn seitwärts wider Verhoffen,
Lassen nur einen Weg ihm offen,
Den nach Sachsen; da will ich ihn haben!
Da will ich seinen Ruhm begraben.
Sowie der Alte dort eingedrungen,
Wird der kurfürstliche Zecher gezwungen,
Mit seinem Heer mir beizustehn,
Denn mit dem Kaiser kann er nicht gehn,
Und beide schlagen wir dann vereint
Den Generalissimus, eh er's vermeint.
Kur=Sachsen, Kur=Brandenburg, Mecklenburg, Hessen
Als Bundesgenossen, so kann ich mich messen
Mit Ferdinand, in einer Schlacht
Zertrümmr' ich die ganze katholische Macht.
Erst Leipzig! das ist mein nächstes Ziel,
Von dort aus haben wir leichtes Spiel
Nach Süden hinab, nach Bayern und Franken,
Und endlich zuletzt? — all meine Gedanken
Stürmen nach Wien; eh kein Paktiren!
Dort will ich dem Kaiser den Frieden diktiren!"

   „Ein herrlicher Plan! mein König, Glückauf
Zum unwiderstehlichen Siegeslauf!
Und habt Ihr am morschen Stamme gerüttelt
Und Kronen Euch aus den Zweigen geschüttelt,
So nehmt Ihr wohl selber—" — „Nicht weiter, Freund

Noch sind wir in Werben, und stark ist der Feind.
Was später wird mit dem deutschen Land,
Das steht allein in Gottes Hand.
Jetzt kommt! wir wollen durchs Lager reiten,
Und was wir gesprochen, — sind Heimlichkeiten!"

Sie stiegen zu Pferd, durchritten gelassen
Mit prüfendem Blick die Lagergassen
Und fanden überall, her und hin,
Ordnung und Zucht und soldatischen Sinn.
Die blonden Burschen, die bärtigen Krieger
Sahn dem geliebten König und Sieger,
So hoheitsvoll, so freudenwach,
Mit hellaufleuchtenden Augen nach.
Es war, als ob ihn ein Glanz umfloß,
Es war, als ob auf weißem Roß
Aus grauer Vorzeit wundersam
Baldur, der Lichtgott, geritten kam.
Bernhard von Weimar sprach: „Seht an!
Mit einem solchen Heeresbann
Könnt Ihr das Erdenschicksal erproben!"
Der König blickt' auf und — wies nach oben.

X.

Roß und Reiter.

Ganz berauscht noch und befangen
Von des tapfern Schwedenkönigs
Hochgebietender Erscheinung,
Seiner Großmuth, Huld und Gnade,
Ritt nun, wie nach einem Traume
Mühsam die Gedanken sammelnd,
Rembert übers Feld gen Süden.
Alles war so schnell gegangen,
Der Befehl, ihn unverzüglich
Gut beritten zu entlassen,
War so augenblicks vollzogen,
Daß er selber fast nicht wußte,
Wie er aus dem großen Lager
So geschwind heraus gekommen,
Und sich über das Erlebte
Hinterher besinnen mußte.
Traun! der alte Doppelsöldner
Hatt' im langen Lauf des Krieges
Mehr als einmal Aug' in Auge
Seinen sieggewohnten Feldherrn,
Mansfeld, Pappenheim und Tilly,

Gegenüber schon gestanden,
Hatte selbst den Herzog Friedland
Auch in nächster Näh' gesehen,
Aber nie war ihm so eigen,
So erregt zu Muth gewesen
Wie vor König Gustav Adolf.
Solche Majestät im Antlitz,
Solche feste Kraft und Ruhe
Hatt' er noch bei keinem Andern
So vereinigt je gefunden.
Ahnungsvoll und unabweislich
Drängte sich ihm das Gefühl auf.
Wider den im Feld' zu streiten
War ein schweres Unternehmen,
Und er möchte diesen Augen
Niemals in der Schlacht begegnen.

In der Freude seines Herzens,
Frei zu seinem Regimente,
Das ihn seit dem Tag von Angern
Sicher zu den Todten zählte,
Wiederum zurück zu kommen,
Hatt' er gar nicht drauf geachtet,
Was ihm von den Herren Schweden
Für ein Gaul da vorgeführt ward,
War nur eilends aufgesessen
Und mit Dank davon geritten.
Aber jetzt, allein und einsam,
Trieb es den erfahrnen Reiter,
Sich mit seinem neuen Pferde
Näher doch bekannt zu machen.

War ein langgemähnter Brauner,
Kurz von Haaren, glatt und glänzend;
Einen rechten Hirschhals hatt' er,
Trug den Kopf etwas in Lüften.
„Bist mir doch kein Sternengucker?"
Sagte Rembert, „nun, die Mücken
Will ich Dir schon abgewöhnen;
Besser ist's, als wenn Du träum'risch
Mit dem Kopf am Boden schlichest,
Um den fünften Fuß zu suchen.
Aber nun gieb Achtung, Schwede!
Laß mal sehn, was Du gelernt hast.
Doch was red' ich? Du verstehst ja
Gar nicht Deutsch und ich nicht Schwedisch."

Weit umher war ebner Boden,
Nur mit kurzem Gras bewachsen
Und wie ausgewählt zur Reitbahn.
Erst im temperirten Feldschritt
Probte Rembert seinen Braunen,
Der dabei gut trug, leicht auftrat
Und auch gute Folge hatte.
Dann versucht' er ihn im kurzen
Und darauf im langen Trabe,
Bog sich vor, um nachzusehen,
Wie die Vorderfüße hauten,
Und war mit dem Trott zufrieden.
Nun Galopp, erst auf die linke,
Danach auf die rechte Hand auch,
Und sieh da! das Pferd gehorchte
Jedem leisen Schenkeldrucke,
Jeder noch so kleinen Hülfe.

Endlich im gestreckten Rennlauf
Ließ er's durch die Ebne preschen
Und versammelt' es dann wieder,
Bracht' es in gemeßnen Paßschritt,
Klopft' ihm nun den Hals und fühlte
Mit der Hand auf Bug und Kruppe,
Doch der wackre Braune hatte
Nicht ein nasses Haar am Leibe
Rembert, so mit jeder Gangart
Seines Thieres einverstanden,
Saß nun ab, um sich dasselbe
Jetzt von unten zu betrachten.
„Eine Blässe!" rief er staunend,
„Und da hinten hoch gestiefelt!
Hm! das konnt' ich übersehen?"
Und den Kopf bedenklich schüttelnd
Fuhr er fort: „Der Stern hier oben,
Bis zur Nase fast verlängert,
Ja, das ist ein glückhaft Zeichen,
Weist auf Willigkeit und Scharfsinn
Und noch andre Complexionen
Guter Art; die weißen Stiefel
An den Hinterfüßen aber,
Die bedeuten leider Übles,
Boshaft, störrisch, nicht verläßlich,
Sagt man, wären solche Balzans;
Also Vorsicht mit der Mähre!"
Bei der weiteren Beschauung
Fand der Reiter nichts zu tadeln,
Denn das Pferd war wohlgegliedert,
Hatte breite Sprunggelenke,

Glatte Hufe, starken Rücken
Und gerade Sattellage.
„Aber zeig' mal Deine Zähne!"
Sagte Rembert; „nicht ins Maul
Sieht man dem geschenkten Gaul,
Heißt es zwar, jedoch Dein Alter
Muß ich wissen, — so! ich seh's schon.
Sechs bis sieben Jahre zählst Du;
Nun, da bist Du noch ein Jüngling,
Und ich darf Dir etwas bieten."
Als er jetzt ums Pferd herum ging,
Um das Zaumzeug auch zu prüfen,
Rief er plötzlich überrascht aus:
„Hunderttausend Sack voll Enten!
Ist das Zufall? dieser Sattel
Kommt mir wundersam bekannt vor;
Dieser hohe Hinterzwiesel,
Höher noch, als wir ihn haben, —
Das ist ein Lanzierer=Sattel!
Drin ich auch dereinst gestritten,
Darum merkt' ich's nicht beim Reiten."
Und das Seitenkissen hebend,
Sah er eingepreßt ein M dort,
„Montecuculi! da steht es!"
Lacht' er laut heraus, „o Bläße!
Bist ein Beutepferd, ein deutsches,
Das sie herrenlos in Angern
Eingefangen! und Dein Reiter?
Liegt erschossen unterm Rasen.
Nun, mein Erstling bist Du auch nicht,
Wir Zwei passen zu einander;

Also vorwärts zum Feldmarschall!"
Wieder schwang er sich in Sattel,
Und des todten Kameraden,
Der vor ihm darin gesessen,
Und den er nicht kannte, denkend,
Fand ein Lied er im Gedächtniß.
Leise stimmt er's an beim Reiten,
Sang's zu Ehren des Gefallnen,
Und mit tiefer, rauher Stimme
Kam es schwermuthsvoll und traurig
Aus der alten Reiterkehle.

Ein Reiter ritt aus heißer Schlacht
Auf müdem Rosse still und sacht
Durch weite, blühende Heide.
Die Heide stand so roth, so roth,
Und Roß und Reiter litten Noth,
Wund waren sie alle beide.

„Lieb Rößlein, bald sind wir in Ruh,
Sag', wieviel Reiter trugest du?"
„Manch einen, doch keinen herwieder,
Dem Einen brach ein Blei das Herz,
Dem Andern durchstach ein Speer das Erz,
Sie stürzten vom Rücken mir nieder."

Kein Lüftchen ging, kein Vogel sang,
Dumpf scholl der Hufschlag, leise klang
Das Schwert in seiner Scheide.
Der Himmel floß in Abendgluth,
Von Roß und Reiter tropfte Blut
Hinab auf die blühende Heide.

„Lieb Reitersmann, Bescheid mir thu',
Wieviele Rosse rittest du?"
„Ach! vielen saß ich im Bügel;
Mit manchem zog ich freudig aus
Und brachte nichts von ihm nach Haus,
Als einen blutigen Zügel."

Das Roß trug keinen Reiter mehr,
Der Reiter ritt kein Roß auch mehr,
Hin sanken sie alle beide.
Und als der Mond sein Licht ergoß,
Da lagen Reitersmann und Roß
Todt in der blühenden Heide.

Langsam ritt in ernster Stimmung
Rembert seines Weges weiter,
Blieb zu Nacht in einem Dorfe,
Und sich wieder früh erhebend,
Stieß er bald am nächsten Tage
Unweit Stendal auf den Vortrab
Schon des kaiserlichen Heeres,
Das in drei getrennten Haufen
Jetzt auf Werben zu marschirte.
Der Feldmarschall — so vernahm er —
War mit Tilly bei dem Haufen,
Der sich als der rechte Flügel
Hart am Strome fortbewegte,
Doch sein Regiment befand sich
Hier in diesem Heereszuge,
Den der Generalwachtmeister
Otto Graf von Fugger führte.
Seitwärts von der Straße trabte

Rembert längs der Marschkolonne
Nun dem Regiment entgegen,
Und als ihn, den Todtgeglaubten,
Seine Compagnie erkannte,
Brach ein Sturm von Jubelrufen
Laut hervor aus ihren Reihen.
Alle wollten ihn begrüßen,
Ihn umarmen, Alle streckten
Ihm vom Pferd die Hand entgegen.
Helmuth aber, vor Erstaunen
Und vor Freude beinah sprachlos,
Winkt' aus dem geschlossnen Gliede
Seinen liebsten Kameraden
Zu sich her an seine Seite.
Doch der hatte sich zuförderst
Beim Rittmeister jetzt zu melden
Und dem Herrn zu rapportiren,
Was sich mit ihm zugetragen,
Wo er herkam, was inzwischen
Er erlebt, was er gesehen
Als Gefangner bei den Schweden.
„Und wo hast Du denn den Gaul her?"
Frug Rittmeister Neipperg endlich.
„Auf Befehl des Königs selber
Aus dem Lager," sagte Rembert.
„Ist ein Montecuculi'scher,
Den vor Angern sie erbeutet."
    „Bist zufrieden mit dem Balzan?"
    „Bin ich, Herr!" — „Nun, so behalt' ihn!
Trittst an Deine Stelle wieder,
Jetzt rück' ein, wo grade Platz ist!"

Ein paar Pferde hinter Helmuth,
In das sechste Glied des Zuges,
Wo ein Mann am Flügel fehlte,
Schwenkte Rembert ein, die nächsten
Machten gern ihm Platz und ließen
In der Mitte neben Floris
Den von All'n Vermißten reiten.
Da nun ging es an ein Fragen
Und Erzählen; Rembert mußte
Alles ganz genau berichten,
Wie es in dem Schwedenlager
Ihm ergangen war die Tage.
Stolz und freudig wiederholt' er
Sein Gespräch mit Gustav Adolf,
Konnte gar nicht fertig werden
Mit dem Lob des großen Königs,
Rühmte dann die Zucht und Straffheit
In der Haltung der Soldaten,
„Und das könnt ihr glauben," schloß er,
„Eine Festung ist ihr Lager!
Manche Kugel wird es kosten,
Bis wir darin pressa schießen."
Neben, hinter ihm und vor ihm
Lauschten rings die Kürassiere
Und besprachen das Gehörte
Lebhaft dann mit ihren Nachbarn.
Seinerseits frug nun auch Rembert,
Was sich mittlerweile Neues
In der Compagnie begeben.
Darauf hin erfuhr er Dinge
Solcher Art aus Floris' Munde.

Daß er sie nicht glauben wollte,
Bis die Rottgesellen sämmtlich
Sie bestätigten im Kreise.
Mallebrein, erzählte Floris,
Hätte durch den Reiterjungen
Edith über Seite bringen
Und entführen lassen, hielte
Sie versteckt, — wo, wüßte Niemand;
Helmuth aber hätte deßhalb
Ihn gefordert — „Was? wahrhaftig?"
Fiel zum Tod erschrocken Rembert
In das Wort ihm, „und der Leutnant
Hat sich auch mit ihm geschlagen?"
„O er denkt nicht dran!" sprach Floris,
Und die Kürassiere lachten;
„Sich mit Helmuth Schenk zu schlagen,
Dazu ist er doch zu feige.
Das ist unser Aller Meinung;
In der ganzen Compagnie schon
Ist's herum, da kocht und gärt es
Gegen Mallebrein, den Keiner
Leiden mag und gegen den wir
Auch noch andre Klagen haben.
Darum wolln wir nächstens heimlich
Zu den Ring zusammentreten
Und berathen, ob's nicht Zeit ist,
Diesem maledeiten Leutnant,
Der uns unsre Mädchen wegfischt,
Unsern Klingen aber ausweicht,
Den Gehorsam aufzukünd'gen."
„So! zum Ring zusammentreten

Will die Compagnie," sprach Rembert,
„Nun, da bin ich ja gerade
Noch zur rechten Zeit gekommen,
Mit zu rathen und zu thaten.
Gieb Parole mir und Handschlag,
Daß ihr ohne mich nichts anfangt!"

    „Gerne! hier ist meine Hand drauf!
Du nur warst es, der uns fehlte,
Denn die Kameraden folgen
Keinem so wie unserm Rembert."

    „Meinst Du? nun es soll mich freuen,
Wenn sie auf mein Wort was geben;
Doch jetzt still davon!" sprach Rembert,
„Laß mir Zeit und Überlegung,
Eurem Anschlag nachzusinnen."
Auf den Sattelknopf nun starrt' er
Und ritt schweigsam, finster brütend
Seinen Strich dahin im Gliede.

XI.

Die erste Compagnie.

In der Biwacht, als die Rosse
Abgezäumt, gepflöckt, gefüttert
Und der Lagerdienst besorgt war,
Nahm sich Rembert Den bei Seite,
Der das Drohende verschuldet,
Helmuth Schenk, ließ sich im Einzeln
Alles leider Vorgefallne
Noch einmal von ihm berichten
Und erspart' ihm nicht den Vorwurf,
Daß er sich, trotz Remberts Warnung,
Doch so weit vergessen hatte,
Seinen Offizier zu fordern.
„Hast Du denn Beweise," frug er,
„Daß es Mallebrein gewesen,
Der das Mädchen Dir entführt hat?
Ist er öfter fortgeritten,
Um sie heimlich zu besuchen?"
    „Was weiß ich, wo er die Nacht ist!"
„Narrenspossen!" brauste Rembert,
„Wenn sie mit dem Reiterbuben
Durchgebrannt ist, steckt sie längst auch

Mit ihm unter einer Decke,
Und der Leutnant glaubt am Ende,
Du hast sie entführen lassen,
Nur um sie vor ihm zu hüten."

Helmuth stampfte mit dem Fuße,
Wilden Blicks die Augen rollend.

Rembert sagte: „Möcht'st Du wirklich
Aus der Haut ein wenig fahren?
Ja, willst Du dem Reiterburschen,
Falls Du jemals ihn erwischest,
Kurzer Hand den Hals umdrehen, —
Thu' es! aber dazu brauchst Du
Doch die ganze Compagnie nicht.
Was sagt Jakob zu der Sache?"

„Schimpft und flucht." — „Auf Dich natürlich!
Dazu hat er wahrlich Ursach.
Und der allerdümmste Streich ist,
Daß das Ding Du ausgeschwatzt hast,
Dich mit Deiner Fordrung brüstest
Und dem Leutnant Feigheit vorwirfst.
Hast Du schon ihn feig gesehen?
Blieb er je beim Schlagen hinten?
Er thut seine Pflicht wie Jeder,
Und er ist ein guter Fechter,
Streng, das geb' ich zu, viel strenger,
Als der Dienst es von ihm fordert,
Barsch und bissig, darum lieben
Wir ihn auch nicht, doch gehorchen,
Ohne Murr'n gehorchen müssen
Wir dem Offizier, und wenn er
Der leibhaft'ge Teufel wäre!"

„So gehorch' in Teufels Namen
Deinem Mallebrein! Dir hat er
Ja kein Mädchen noch gestohlen;
Ich, ich nehm' ihn vor die Klinge!"
  „Ei, so fahre Blitz und Donner
Doch dazwischen!" brüllte Rembert.
„Wahnwitz ist's, purlautrer Wahnwitz,
Was Dein Hirn da ausgeheckt hat
Mit dem Mädchenraub, dem Zweikampf
Und dem Künd'gen des Gehorsams.
Mit der Compagnie im Ringe
Red' ich selber noch ein Wörtlein,
Und die Meuterei vor'm Feinde
Wird ihr Rembert Rickman legen!" —

Nach zwei Tagen endlich langte
Tilly's Streitmacht an vor Werben,
Schlug zu längerm Aufenthalte
Schnell ein Lager auf, verschanzte,
Viel dabei gestört vom Feinde,
Rings die Batterien und setzte
Zum Beginn des ernsten Angriffs
Alles sorglich in Bereitschaft.
Weit zurück ins Hintertreffen
Kam die Reiterei zu liegen,
Die beim Kampfe der Geschütze
Keine Hülfe leisten konnte,
Und man lebte schnell sich wieder
Ein in die gewohnten Gleise.
In der ersten Compagnie doch
Waren die Gemüther alle

Tief erregt jetzt durch die Frage,
Ob man wohl des Leutnants wegen
In den Ring zusammentreten
Oder davon abstehn sollte.
Eine Kühnheit war's, Beschlüsse,
Die auch für die Überstimmten
Unverbrüchlich bindend waren,
Durch den Ring herbeizuführen,
Und ein Schritt von ungewissen,
Unberechenbaren Folgen.
Niemand konnte vorher wissen,
Ob der Stoß, wenn er gethan ward,
Den vernichtend treffen würde,
Auf den einzig er gezielt war,
Oder ob der Spieß sich umdrehn
Und die niederrennen würde,
Die zuerst gezückt ihn, Alle
Mit in das Verderben reißend,
Die Hand angelegt beim Ausfall.
  Die der Fahne Zugelaufnen,
Deren ausgelerntes Handwerk
Fechten war und Landverwüsten,
Hatten, was den Dienst belangte,
Sich an eisernen Gehorsam
In des Krieges harter Schule
So gewöhnt schon, daß er ihnen
Wie ans Herz geschmiedet festsaß
Und, wo's Menschenkraft vermochte,
Kein Befehl, einmal gegeben,
Unvollzogen blieb, und wenn er
Graden Wegs zum Tode führte.

Dafür aber auch verlangten
Die Geworbnen, daß ihr Obrer
Als Soldat ein ganzer Mann war,
Der durch Dick und Dünn mit ihnen
Und in der Gefahr voran ging;
Daß man ihnen selber Wort hielt,
Anerkannte Forderungen
Und Gebühren ungeschmälert
Ihnen zugestand und wahrte,
Sei's der Sold, das Recht, zu plündern
In mit Sturm genomm'nen Städten,
Oder sei's die Gunst des Liebchens,
Und daß man an ihrer Ehre
Sie nicht unverschuldet kränkte.
Wenn von allen diesen Dingen
Eines nur mißachtet wurde,
O dann bäumte sich gewaltig
In den ungeschliffnen Geistern
Das beleidigte Gefühl auf;
Freiheitssinn und Selbstbewußtsein,
Eifersucht und Rachsucht hetzten
Zur Empörung, die Ergrimmten
Pochten auf ihr Recht und setzten
Jeder zugefügten Kränkung
Unbotmäß'gen Trotz entgegen,
Hielten Rath und revoltirten.

In der ersten Compagnie war
Solch ein Fall jetzt eingetreten.
Leutnant Mallebrein, so hieß es,
Hatte Helmuth, dem Gefreiten,

Seine Liebste weggekapert
Und Genugthuung verweigert.
Solchen Frevel also konnte
Sich die Compagnie mit Ehren
Nimmermehr gefallen lassen,
Und derweil in heißem Kampfe
Vorne die Kartaunen krachten
Und von Feind zu Feind hinüber
Mörderische Kugeln flogen,
Ward hier hinten im Geheimen
Trotz und Aufruhr angezettelt.
Zwei Parteien gab's, die stärkste
Drang verbissen auf Entscheidung
Durch den Mehrheitsspruch im Ringe.
Die der Zahl nach kleinste wollte
Dies um jeden Preis verhindern
Und den Streit in Frieden schlichten.
Offizier' und Korporale
Merkten wohl, daß etwas vorging,
Doch es war nicht ungewöhnlich,
Daß die Reiter unter 'nander
Einen Zwist zum Austrag brachten,
Der sich nur um ihr Verhältniß
In der Kameradschaft drehte,
Und so ließen sie sie schalten,
Ohne sich darum zu kümmern.
Die Parteien hielten Abends,
Streng gesondert, Vorberathung,
Schickten auch sich gegenseitig
Abgesandte zum Verhandeln,
Und was Schauerliches hatt' es,

Wenn gleich finsteren Dämonen
Diese hohen Mannsgestalten
In der schwarzen Eisenrüstung
Durch die tiefe Dämmrung schlichen
Und an abgelegnem Orte
Wie im Bunde mit dem Bösen
Spukhaft sich zusammenscharten.
Leise ging es her, gedämpft nur
Tauschten aus sie Wort und Meinung;
Durch das Raunen und das Flüstern
Klang wie Wind in dürrem Astwerk
Das Gerassel und Geklirre
Der bewegten Eisenglieder.
Manchmal auch aus dem Gemurmel
Ward im Kreis ein kurzer Ausruf
Oder auch ein derber Fluch laut,
Oder eine heft'ge Rede
Ward vernehmlicher gesprochen
Und mit Beifall aufgenommen,
Namentlich bei den Verschwornen
Gegen Mallebrein, die damit
Immer stärker sich erhitzten.
Helmuth selber hielt absichtlich
Sich zurück von diesem Treiben,
Maßen er in eigner Sache
Nicht den Richter machen wollte,
Während mit dem größten Eifer
Floris für ihn sprach und eintrat,
Weil am wenigsten von Allen,
Außer Helmuth, er dem Leutnant
Die entführte Schöne gönnte,

Die er, wenn sie wiederkehrte,
Selbst noch zu gewinnen hoffte.
Rembert mit den Doppelsöldnern
In der Compagnie und Andern,
Die schon mehr erlebt im Kriege,
Als die jungen Brauseköpfe,
That sein Möglichstes, um diese
Von dem Schritt zurück zu halten,
Und bemühte sich, vor ihnen
Helmuths thörichte Behauptung
Als verhängnißvollen Irrthum,
Völlig grundlos, darzustellen
Und damit auch seine Fordrung
Als unhaltbar zu erweisen.
„Fraget doch den Leutnant selber!“
Sprach er unwirsch, „hat er's Mädchen,
Wird er kaum ein Hehl draus machen,
Oder aus der Art der Antwort
Könnt ihr auf die Wahrheit schließen.“
„Frag' doch Du ihn, wenn Du Lust hast,
Einen Rüffel Dir zu holen!“
Riefen sie ihm zu, „wir brauchen
Nicht noch wörtliche Bestät'gung.“
„Daß doch Donner gleich und Hagel
Euch in Grund und Boden schlüge!“
Braust' er auf, die Fäuste ballend.
„Mäuler wie die Fuhrmannstaschen
Habt ihr, aber eure Schädel,
Weiß der Teufel! sind noch härter,
Als das Eisen eurer Helme;
Da geht nichts hinein, als was man

Mit handgreiflichen Beweisen
Gleichsam wie mit Keulenschlägen
Aufs Gehirn euch demonstriret!"
Immer schärfre Worte flogen
Hin und her, die Augen schossen
Finstre Blicke, Drohn und Murren
Ward im Kreis, und vorschnell zuckte
Manche Hand schon nach dem Schwerte.

Also half denn nichts; kein Mittel,
Die Empörer zu beschwicht'gen,
Schlug mehr an; die große Mehrzahl
Ließ sich nicht im Zaume halten,
Und die Abstimmung im Ringe
Ward zuletzt beschloßne Sache.
In drei Tagen sollt's geschehen
Und bis dahin Ruhe bleiben,
Daß nicht bei den Vorgesetzten
Ein zu häufiges Rottiren
Endlich noch Verdacht erregte.

Rembert hielt sich düster schweigsam;
Doch am andern Vormittage
Sprach er zu dem Freunde: „Willst Du
Nicht noch in der letzten Stunde
Frieden machen mit dem Leutnant?"
„Wenn er Edith mir herausgiebt;
Anders niemals!" knurrte Helmuth.
Aber Rembert drängt' ihn weiter:
„Helmuth, laß von Deiner Fordrung
Und bekenne Deinen Irrthum,
Eh wir in den Ring noch treten!

Denke doch nur an das Unglück,
In das hundert brave Kerle,
Weil zu Meuterern geworden,
Nur durch Dich gerathen, Helmuth!
Hast Du noch für einen Heller
Alte Freundschaft für mich übrig,
Nimm Vernunft an! oder — warte!
Na? wo seid ihr denn?" — er suchte —
„Hier! hier sind sie! — nun? was meinst Du?"
Wieder die geliebten Würfel
Holt' er vor und ließ sie klappern.
„Wirfst Du's Meiste, sag' ich nichts mehr,
Sollst dann Deinen Willen haben;
Doch werf' ich mehr, so verzichtest
Du auf Alles, kannst Dir aber
Außerdem ein Stück noch wählen
Meiner Magdeburger Beute,
Weißt doch! von den Silbersachen —"
      „Wird noch grade viel von da sein!"
      „Nicht zehn Stück von allen fehlen,
Frage Jakob! der verwahrt mir's.
Nun? was sagst Du? einverstanden?
Ich kann nichts dabei gewinnen,
Thu' es nur, um Dich zu retten."
„Lieber, Guter, Alter, Treuer!"
Sagte Helmuth, den Gefährten
Fest an beiden Schultern fassend
Und ihm in die Augen blickend,
„Habe Dank für Deine Freundschaft!
Aber was Du von mir forderst,
Ist zuviel, um's zu gewähren.

Sieh! ich bin nicht adelrühmig,
Doch dem alten Wappenschilde,
Das im Unstrutthal verbrannte,
Bin ich doch noch etwas schuldig,
Was nicht mit in Flammen aufging.
Um ein heimatloses Mädchen
Konnt' ich mit Dir würfeln, Rembert,
Aber Manneswort und Ehre
Setz' ich nicht auf Schelmenbeine."
„Heilig Himmeldonnerwetter!
Junkertrotz des blauen Blutes
Auch noch in dem Eisenharnisch
Eines bettelarmen Söldners
Ist es also!" tobte Rembert.
„Besser gutlos sein, als ehrlos,
Denn der Held lebt von der Ehre,"
Sagte Helmuth unerschüttert.
„Ist auch grad viel Ruhm und Ehre
Bei zu holen!" höhnte Rembert.
„So ein abenteuernd Mädchen,
Das von einem Reiterbuben
Sich entführen läßt im Sattel,
Ist nicht werth, daß sich die Klingen
Um sie kreuzen, nicht der Worte,
Die wir beide drum verloren."
Helmuth zuckte nur die Achseln,
Und sein Freund und Zeltgenosse
Wandte sich, schritt hin durch's Lager
Zu der Marketenderbude,
Mit Jedwedem, den er antraf
Bei Camilla, seinen Ärger

Zu vertrinken, zu verwürfeln
Und vom Herzen wegzufluchen.

Danach trat am dritten Abend
In den Ring die Compagnie.
Nicht verhandelt, nicht gestritten
Wurde mehr, denn Alle wußten:
Keiner war noch zu bekehren.
Als sie sich zum Kreis geschlossen,
Ward ein Still gemacht, und Floris
Trat als Sprecher auf und stellte
Kurz die Fragen, über welche
Nun die Küraffiere stimmten.
Und man brauchte nicht zu zählen;
Überwält'gend war die Mehrheit,
Die sofort entschied, dem Leutnant
Den Gehorsam zu verweigern.
Doch der Einzelne nicht sollt' es,
Und auch nicht im kleinen Dienste
Sollte man etwas versäumen,
Sondern ruhig und geduldig
Die Gelegenheit erwarten,
Wo sie Alle sammt und sonders,
Mann für Mann, es zeigen könnten,
Daß sie Mallebrein verfehmten.

XII.

In der Heide.

Als Edith hinterm Gartenzaun
Zu David sich auf's Pferd geschwungen
Und, fest von seinem Arm umschlungen,
Mit ihm entfloh im Morgengrau'n,
Da ging's von Angern querfeldein
Gen Westen, wo der Weg allein
Noch frei war nach dem Überfall;
Sonst ward gekämpft schon überall.
Es war des Leutnants bestes Pferd,
Das David sich im Stall gegriffen,
Bepackt mit Dingen, die ihm werth,
Und das die Beiden trug, umpfiffen
Noch manchmal von verirrtem Blei.
Sie ritten schnell, schon fern verhallte
Das Schießen, Lärmen und Geschrei:
Da plötzlich hinter ihnen schallte,
Deutlich vernehmbar in der Stille,
Hufschlag auf ihres Weges Spur.
Wer war das? wessen Wunsch und Wille
Jagt' ihnen nach auf weiter Flur?
War's ein Verfolger, drauf bedacht,

Die Fliehenden zurück zu holen?
War's selbst ein Flüchtling, der verstohlen
Wie sie sich aus dem Staub gemacht?
Gewiß war eins nur: daß der Reiter,
Ob er Verfolger, ob Begleiter,
Dem planlos durchgebrannten Paar
Ein unwillkommner Dritter war.
Und David zog im Vorwärtsrasen
Den Fäustling, ihm das Lebenslicht
Mit einer Kugel auszublasen,
Doch weh! die Lunte brannte nicht.
Er ritt und ritt und hielt umfaßt
Editha, mit ihr zu entrinnen,
Doch konnte mit der Doppellast
Das Pferd den Wettlauf nicht gewinnen.
Drum gab er auf das Rennen, wandte
Sich rückwärts, eh der Andre schoß,
Und in dem Dämmerschein erkannte
Er jetzt — ein reiterloses Roß,
Das seinen Herrn im Kampf verloren
Und wie's fernab vom Treffen kam,
Nacheilte mit gespitzten Ohren,
Wo's eines andern Trab vernahm.
Es braust heran, die Zügel schleifen
Am Boden hin, es hemmt den Lauf,
Läßt sich von David willig greifen,
Er hält's und jauchzt in Freuden auf:
„Hallo! Editha, sieh! sie schicken
Uns auch für Dich ein Reitpferd nach!
Wer will uns nun am Zeuge flicken?
Jetzt trotz' ich allem Ungemach.

Und wir — es ist zum Lachen wahrlich!
Wir flohn das Glück noch wie nicht klug,
Das uns verfolgte so beharrlich,
Bis es uns eingeholt im Flug."
Er nahm das Pferd am Zügel mit,
Und weiter ritten sie im Schritt.

So kamen sie selbander bald
In einen weiten, weiten Wald.
Letzlinger Heide war genannt,
Was hier sich, David wohlbekannt,
Bei Sonnenaufgang ihnen bot.
Die Stämme schienen feuerroth,
Die Wipfel glänzten goldig grün,
Und war ein Leuchten rings und Blühn
Und würzig frischer Waldesduft
In wonnig kühler Morgenluft.
Nachdem sie beide sonder Eile
Geritten waren eine Weile,
Sprach David: „'s ist ein köstlich Reisen
In einem Sattel mit dem Lieb,
Doch können das Geschick wir preisen,
Daß noch ein Pferd es zu uns trieb.
Zuviel wird unser Beider Schwere
Dem einen bald, und Du erlaubst,
Daß ich Dich selber reiten lehre,
Du lernst es rascher, als Du glaubst."
    „Noch niemals ritt ich, als im Stalle."
    „Hier find'st Du Halt am Sattelknauf."
    „Und wenn ich nun herunter falle?"
    „So helf' ich wieder Dir hinauf,

Mußt's nur mit rechtem Zutrau'n wagen;
Jetzt aber spricht ein Machtgebot
Mit seinem Knurrn der leere Magen.
Ich habe nichts, als trocken Brot,
Und meines Leutnants Vorrathskammer
Im Sattel hier, Gott sei's geklagt!
Ist gleichfalls leer; es ist ein Jammer,
Daß nicht vorher ward angesagt
Der Überfall; doch möcht' ich wetten,
Daß uns das Glück, das unversehrt
Ein Roß uns zugab, uns zu retten,
Auch noch ein Frühstück hat beschert."
Ab sprang er, hob auch sie vom Pferde,
Ließ sanft sie nieder auf die Erde,
Durchsuchte nun die Satteltasche
Des zugelaufnen Gauls und fand
Brot, Speck und eine volle Flasche.
„Siehst Du? so wird uns nachgesandt,"
Rief er vergnügt, „was wir gebrauchen;
Ob morgen uns ein Heerd wird rauchen —"
Da sagte sie: „Die Sorg' ist klein,
Für Lebens Nothdurft steh' ich ein,
Wo man für Geld und gute Worte
Noch Speis' und Trank zu kaufen kriegt;
Hier ruht an einem sichern Orte,
Was über Durst und Hunger siegt."
Sie tupfte sich auf's Brustgewand
Und nahm und führte seine Hand,
„Hier fühle her! das sind Dukaten,
Fest eingenäht, zweihundert Stück,
In Magdeburg zum guten Glück

Gerettet noch vor den Kroaten!"
„Du bist ein Schatz!" rief er und schwang
Sie wirbelnd um sich her im Bogen.
Dann stillten sie des Hungers Drang,
Und eh sie darauf weiter zogen,
Sprach David: „Komm, jetzt sollst Du reiten!
Ich zeige Dir den rechten Sitz
Und Schluß und Haltung, Kleinigkeiten,
Leicht zu verstehn mit wenig Witz.
Gestatte mir nur allerwegen,
Um Dich gehörig einzuweihn,
Dir dies und das zurecht zu legen,
Darfst dabei nur nicht spröde sein!"
„Mach', was Du willst, mit mir!" versetzte
Sie trotzig, „mir ist Alles gleich;
Der mich verstieß und mich verletzte,
Hat mir den Urlaub zu dem Streich
In klaren Worten ausgesprochen,
Mit dem ich ohne Klagelaut
Nun alle Brücken abgebrochen,
Die ich in Hoffnung mir gebaut."
„Ei, laß uns doch," sprach David, „loben
Des Herrn Gefreiten klugen Rath!
Du bist bei mir gut aufgehoben,
Drum, Liebchen, nur nicht desperat!"
    Er band das zweite Pferd vom Baum,
Hielt's aber selber noch am Zaum,
Trug Edith dann auf Armen, hob
Sie in den Sattel, rück' und schob
Darin sie, bis sie richtig saß,
Gab in die Hand ihr dann den Zügel

Und nahm ihr sehr genau das Maß,
Wie lang zu schnallen war der Bügel.
Dann um den Sattelknopf herum
Legt' er, glatt streichend alle Falten,
Ihr rechtes Knie und bog es krumm,
„So," sprach er, „mußt Du hier Dich halten.
Daß fest umklammert und umschmiegt
Der Knopf hier in der Kehle liegt;
Den linken Schenkel mußt Du dicht —
So! an den Bauch des Pferdes drücken,
Hältst Dich damit im Gleichgewicht,
Die Schultern frei, doch steif den Rücken
Und Brust heraus, blickst unverfroren
Dem Gaule zwischen beide Ohren."
Editha machten Davids Lehren
Und seine Hülfen so viel Spaß,
Daß sie, anstatt dem Schalk zu wehren,
Bald alle Schüchternheit vergaß
Und sich mit Kichern und Erröthen
Den Unterricht, der überdies
Weit gründlicher, als just vonnöthen,
Mit Wort und Hand gefallen ließ.
Nun führt' er erst das Pferd im Schritte,
Den Zügel haltend, auf und ab
Und bracht' es bald zu schnellerm Ritte,
Editha stützend, auch in Trab.
Dann wollte sie allein es wagen
In ihrem Kraftgefühl und Muth
Und ließ sich frei und fröhlich tragen,
Saß leiblich fest und hielt sich gut.
„Du sitzest königlich zu Pferde,

Editha!" rief er freudig dann,
„Wenn ich mal Reiteroberst werde,
Führst Du mein Regiment mit an!"
Sie lacht' im Sattel: „Top! es gilt!
Obristin, — Wetter! damit wäre
Mein Ergeiz allenfalls gestillt.
Dein Flug geht hoch, doch ich erkläre
Dir rund, daß ich, willst Du vertagen
Die Hochzeit, bis Du Oberst bist,
Umkehre, Dem mich zuzuschlagen,
Der wenigstens schon Leutnant ist."
Da schwang auch er sich in den Bügel,
Griff schnell nach ihres Rosses Zügel,
Sie damit fest an sich zu knüpfen,
Als fürchtet' er nach diesem Wort,
Sie könnt' ihm doch noch hier entschlüpfen,
Und ritt gemächlich mit ihr fort.

Es war so einsam in dem Wald,
Nur Rudel brauner Rehe zogen
Durch's Dickicht, und schon hatte bald
Den Thau die Sonne weggesogen.
Der Himmel blaute wolkenlos;
Durch's Blätterdach, bald dünn, bald dichter,
Drang in des Waldes grünen Schoß
Ein Flimmerreigen goldner Lichter,
Umgaukelte des Mädchens Haar
Wie flinker Falter lust'ge Schaar,
Saß bald auf ihrer Schulter Rund
Und küßt' ihr bald den rothen Mund.
Auch Davids männliche Gestalt

War oft von hellem Glanz umwoben
Wenn reitend sie ohn' Aufenthalt
Die Blicke beiderseits erhoben,
Sich anzuschau'n, so flog ein Lächeln
Durch sein Gesicht voll Glück und Muth,
Und kosig wie des Frühlings Fächeln
Umspielt' es Ediths Wangengluth.
Das lange Schweigen unterbrach,
Den Nacken ihres Pferdes streichelnd
Editha jetzt, indem sie schmeichelnd
Und schelmisch zum Gefährten sprach:
„Was sinnst Du, Freund? Du bist so still
Und schaust Dich um nach allen Seiten,
Du weißt wohl, wie mich dünken will,
Noch selber nicht, wohin wir reiten."
Er lenkte nahe Roß an Roß
Und sprach: „Ich weiß ein altes Schloß,
Das unbewohnt, verfallen steht;
Der Wind durch Thür und Fenster geht,
Doch hat es Mauern noch und Dach
Und beut uns Wohn= und Schlafgemach.
Das Schloß, der Ritterzeit entstammt,
Liegt einsam im Calvörder Amt;
Auch ist die Stadt davon nicht fern,
Da wird man jederzeit uns gern,
Was wir gebrauchen nur zum Leben,
Für Deine goldnen Füchse geben.
Hab' ich den Flieberberg gefunden,
So kann ich dort von hohem Stand
Weit Umschau haltend übers Land
Den Weg zur Linderburg erkunden.

Drum, Liebchen, laß uns fürbaß traben,
Daß wir das Schlößlein heut noch haben."
    Sie ritten wohlgemuth hindan,
Und wenn Editha dann und wann
Im Sattel noch ein wenig schwankte,
So stützte sie ihr Marschall flink
Und gab ihr dabei Rath und Wink,
Wofür sie ihm mit Lächeln dankte.
Als sie erreicht nach Irrn und Suchen
Den Fliederberg im Sonnenglast,
Lud sie der Schatten hoher Buchen
Zu einer späten Mittagrast.
Die Pferde wurden festgekoppelt,
Und David stieg den Berg empor,
War bald, wie er die Schritte doppelt,
Entschwunden Ediths Aug' und Ohr.
Und als er kaum nach einer Stunde
Vom Gipfel wiederkehrte, traf
Sein Liebchen er auf moos'gem Grunde
Sanft hingestreckt in festem Schlaf.
Verführerisch und lockend lag
Sie da vor ihm, er stand auf Zehen
Und hätt' am längsten Sommertag
Sich nimmer satt an ihr gesehen,
Wie eines Traumes lieblich Fügen
Die holde Schläferin umwob
Und sich in tiefen Athemzügen
Ihr süßer Busen senkt' und hob.
Sollt' er sie wecken? sollt' er nicht?
Er beugte sich auf ihr Gesicht,
Sie regte sich, schlug auf die Lider,

Lacht' ihn mit Liebesaugen an
Und zog ihn zärtlich zu sich nieder,
Wobei sie küssend ihn umspann.
Doch plötzlich schnellte sie empor
Und rief: „Du wunderlicher Thor!
Es ist die allerhöchste Zeit,
Auf's Pferd! zurück! der Weg ist weit,
Wir müssen noch vor Sternenschein
Beim Regimente wieder sein!"
„Beim — Regiment —?" er starrt' und lallte;
Sie lachte, daß der Wald erschallte:
„Baff! steht er da! — wo ist mein Roß?
Vorwärts! zu Deinem Ritterschloß!"
Sie lief, als ob sie närrisch wär',
Und brachte schnell die Rosse her,
Befreite sie vom Weidestrick
Und zäumte selbst sie mit Geschick.
Doch David stand auf einem Fleck
Wie angewurzelt mit den Sohlen
Und konnte sich von seinem Schreck,
So schien's, noch immer nicht erholen.
„Nun? wird's bald werden?" rief sie jetzt,
„Hierher! und mich auf's Pferd gesetzt!"
Gleich war er da, hielt hin die Hand
Als Bügel, daß ihr Fuß drin stand,
Und hob so kräftig sie empor,
Daß sie das Gleichgewicht verlor
Und statt auf das erstrebte Ziel
Ihm wieder in die Arme fiel.
Sie lachten.   „Sattelsitz ist schmal,"
Rief sie mit munterm Augenblitzen;

Da hob er sie zum andern Mal,
Und diesmal blieb sie glücklich sitzen.
Auch David schwang sich auf, und beide
Verfolgten reitend durch die Heide
Die Richtung, wie sie David wies,
In der die Burg sich finden ließ.

Der Abend sank, es fiel der Thau,
Und im Gebüsch begann's zu dunkeln,
Schon zeigte sich im tiefen Blau
Der ersten Sterne mattes Funkeln.
Doch steigend überm Waldesgrund
Verbreitete sich sanfte Helle,
Geschlichen kam ums Erdenrund
Der Nacht verschwiegener Geselle.
Die Beiden ritten still dahin,
Und eingehegt in feste Schranken
Trug Jeder im erregten Sinn
Unausgesprochene Gedanken.
Da wies auf einmal mit der Hand
David nach vorn und rief: „Gewonnen!"
Aufragt' ein Thurm, am obern Rand
Schon von des Mondes Licht umsponnen.
Bald hatt' auch Beider Blick entdeckt
Auf einem Hügel grau Gemäuer,
Halb frei, halb im Gebüsch versteckt,
Gespenstisch, wie nicht recht geheuer.
Sie ritten hin und stiegen ab
Und schritten durch des Thores Bogen;
Still war's im Burghof wie im Grab,
Nur Fledermäuse lautlos flogen.

Ein wahrer Wald von Farrenkraut
War üppig wuchernd ausgebreitet
Und Wand und Pfeiler, steingebaut,
Hochauf von Eppich überspreitet.
Der Zugang war nur schmal und klein,
Der in den alten Palas führte;
David durchschritt ihn erst allein,
Und siehe da! beim Eintritt spürte
Er Spinnenweb im Angesicht.
„Ha!" rief er aus, „das ist der Riegel!
Wir sind allein hier; besser spricht
Die Spinn' es aus, als Brief und Siegel:
Hier ging kein Andrer ein und aus."
Dann stieg er wohlerhaltne Stufen
Und sah bald oben aus dem Haus,
Um Edith unten zuzurufen:
„Hier sind wir unter Dach und Fach
Und können, selbst vor Sturm und Regen
Geschützt im sicheren Gemach,
Das Haupt in Ruhe niederlegen."
Ein Schuppen, auch schon in Verfall,
Mit einem kleinen Feuerherde
War auf dem Hof und ward zum Stall
Für die rasch abgezäumten Pferde.
„Da, nimm den Mantel, holde Braut!"
Sprach er, „und hier die beiden Decken,
Die füllen wir mit Farrenkraut,
Uns oben weich darauf zu strecken."
Sie rupften von dem grünen Flor,
Soviel sie beide konnten schleppen,
Und tasteten sich dann empor

Zum Oberstock die dunklen Treppen.
Und David sprach: „Uns weckten-laut
Die Schweden heut am frühen Morgen,
Und nun? nun sind wir still und traut
Vor Feindes Überfall geborgen.
Was meinst Du, wenn der Fahnenschmied
Uns beide hier im Neste fände?!"
Sie lachte laut: „Ein kräftig Lied
Dann hörten diese dicken Wände.
Dort fühlt' ich, wie verkauft für Sold,
In Haft und Fesseln mich geschlagen,
Hier bin ich frei jetzt wie das Gold!
Was weiter wird, will ich nicht fragen!"

Warm war die Nacht, vom dichten Kranz
Des Waldes war die Burg umzogen,
Der Mond mit seinem Silberglanz
Drang durch den offnen Fensterbogen
Sanft, dämmermild in das Gemach,
Als wollt' er nur von außen lauschen,
Und durch das grüne Wipfeldach
Ging ein geheimnißvolles Rauschen.

XIII.

Die Hauptmannsfrau.

———

Die zweite Woche schon verstrich
Dem Paar, wo's Unterschlupf gefunden,
Doch floh die Zeit ihm nicht, sie schlich
Recht mühsam oft durch öde Stunden.
Bald fühlten in der Einsamkeit
Der Burg sich beide wie gefangen,
In die von außen weit und breit
Gar niemals andre Töne drangen,
Als die rundum in Busch und Strauch
Aus Vogelkehlen lustig schallten,
Und die, womit im Windeshauch
Die dichtbelaubten Zweige wallten.
Die Zwei doch hatten kein Begehr,
Dem muntern Waldgespräch zu lauschen,
Ward's ihnen selber doch oft schwer,
Wort und Gedanken auszutauschen.
Man kann nicht immer zärtlich sein
Von früh bis spät am ganzen Tage,
Selbst in des Lebens Sonnenschein
Wird lange Muße leicht zur Plage.
Edith empfand es nicht als Glück,

Mit David hier allein zu bleiben,
Und wünschte wieder sich zurück
Ins laute, bunte Lagertreiben,
Wo's alle Tage Neues gab
Und Jeder ihr im Regimente
Von unten bis hinauf zum Stab
Flattusen macht' und Complimente.
Verflogen war wie Rausch und Traum,
Was eine Zeit lang sie berückte,
Und sie verbarg es David kaum,
Wie Langeweile sie bedrückte.
Doch was sie sorglich ihm verschwieg
War, daß ein inniges Verlangen
Nach Helmuth ihr im Herzen stieg,
Gemischt indessen mit dem Bangen,
Ob er wohl, wenn in Demuth sie
Zu ihm ins Lager wiederkehrte,
Ihr Alles, was geschehn, verzieh'
Und ihm zu nahen ihr nicht wehrte.
O wie bereute sie den Streich,
Den sie mit ihrer Flucht begangen!
Und zog sie David in Vergleich
Mit Helmuth, brannten ihr die Wangen.
Jetzt war sie ganz in dessen Macht,
Der sie entführt und mitgenommen,
Und Tag und Nacht darauf bedacht,
Nur wieder von ihm loszukommen.
. Obwohl sie freundlich zu ihm blieb,
Versucht' ihr David, weil er ahnte,
Daß sie's zurück zum Lager trieb,
Doch auszureden, was sie plante,

Und stellt' ihr vor, daß ihnen schon
So Helmuths wie des Leutnants Rache,
Die er von ferne sähe drohn,
Die Rückkehr schier unmöglich mache.
Nun sann er, sich den trauten Schatz
In größre Sicherheit zu bringen,
Noch weiter fort vom Kriegsschauplatz;
Das konnte nur durch List gelingen.

  Sie führten in der Burg im Wald
Mit Sparsamkeit ein einfach Leben
Und hatten für den Unterhalt
Nur wenig Geld erst ausgegeben.
David ritt jeden dritten Tag
Zur Stadt, um Nöth'ges zu erstehen
Für einen mäßigen Betrag,
Und Alles schien nach Wunsch zu gehen.
Doch einmal kam er aufgeregt
Zurück, behauptend, in Calvörde
Wär' ihm ein Hinterhalt gelegt
Von der gestrengen Stadtbehörde.
Den Leuten wär' es aufgefall'n,
Daß im Besitz er von Dukaten,
Fast wär' er in des Frohnes Krall'n
Als angeklagter Dieb gerathen.
„Nie," schloß er, „darf ich in dem Nest
Mich jemals wieder blicken lassen,
Sonst nehmen sie mich nächstens fest,
Die mir schon auf die Wege passen.
Wir müssen ohne Säumen fort,
Ganz aus der Gegend hier verschwinden,
Eh uns in unserm stillen Hort

Die ausgesandten Häscher finden."
Gelogen war's, doch Edith nahm
Es gläubig hin, was er gesprochen;
Gepackt ward, eh der Abend kam,
Und mit den Pferden aufgebrochen.
Betrübt verließ sein Heim das Paar,
Wo's einsam war und wohl geborgen;
David wär' gern noch immerdar
Geblieben ohne seine Sorgen,
Daß ihm Editha könnt' entfliehn,
Wenn er entfernt war von dem Schlosse,
Und zu den Pappenheimern ziehn
Auf ihrem eingefangnen Rosse.
Und Edith wünscht' auf Schritt und Tritt,
Sie könnt's nach ihrem Willen lenken,
Als aus der Linderburg sie ritt.
Des Lindwurms mußte sie gedenken,
Aus dem mit Helmuth einst sie ging
Zum Lager, dem sie nun entflohen,
Mit wem? wohin? — die Zukunft fing
Auf einmal an, ihr schwer zu drohen.

Südwestlich zogen nun die Beiden
Und suchten dabei Tage lang
Die größern Straßen zu vermeiden,
Denn Edith wär' ein guter Fang
Für's Pack gewesen und Gesindel,
Das sich umhertrieb durch das Land,
Das Kind nicht schonend in der Windel
Und Plündrung übend, Raub und Brand.
In Dorf und Hof, in Schlucht und Graben

Verlaßner Hütte, leerem Haus
Verbrachten sie die Nacht und gaben,
Befragt, sich für Geschwister aus,
Die von dem väterlichen Erbe
Vertrieben, zu Verwandten flöh'n,
Weil ihnen Hausstand und Gewerbe
Vernichtet wär' im Kriegsgedröhn.
Wo sie jedoch auf ihren Pfaden
Auch hingelangten, überall
Sahn sie nur Drangsal, Leid und Schaden
Und allen Eigenthums Zerfall.
Hohläugig grinst' aus allen Thüren
Der Hunger und die bittre Noth,
So daß sich, einen Stein zu rühren,
Ein Bild des Jammers ihnen bot.
War hier und dort ein Dorf von Bränden
Zum Theil noch oder ganz verschont,
So war's in ausgeraubten Wänden
In tiefster Dürftigkeit bewohnt
Von Krüppeln nur und schwachen Greisen,
Verstümmelt noch am siechen Leib,
Von hülflos halb verkommnen Waisen
Und manchem abgehärmten Weib.
Das arme Volk, das selbst nicht leben,
Nicht sterben konnte, hatte nichts;
Wie sollt' es da noch Andern geben!
Es starrte blöden Angesichts,
Wenn sich die Fahrenden ihm nahten,
Nichts fürchtend mehr, auch nicht den Tod;
Umsonst, daß David ihm Dukaten
Entgegen hielt für trocken Brod.

Ach! gegen diese Wurzelnager
Und gegen dieses Elends Graus
Da war im Pappenheim'schen Lager
Die Reiterkost ein wahrer Schmaus.
Sie mußten beide, wie sie warben
Um Speis' und Trank auch), oft genug
Mit ihrem Golde selber darben
Auf ihrem Abenteuerzug
Und wagten sich, um satt zu werden,
Zum ersten Mal in eine Stadt
Mit ihren abgefallnen Pferden,
Denn Roß' und Reiter waren matt.
In Helmstedt war's; zwei Tage ruhte
Das Paar in einem Einkehrhaus,
Zog wieder dann mit frischem Muthe
Und leichtem Sinn zum Thor hinaus.
Sie kamen an bewachsne Hügel,
Fast ein Gebirge war's, der Elm,
Wohin noch kaum zu Fuß, zu Bügel
Ein Feind gelangt mit Schwert und Helm
Noch eins so rüstig ging die Reise,
Seit sie gestärkt sich und geletzt,
Doch hier auf ungeahnte Weise
Ward ihrer Fahrt ein Ziel gesetzt

Sie hatten sorglos überschritten
Die Höhen und ein lieblich Thal
Bis an sein Ende fast durchritten,
Als sich am Abhang auf einmal
Ein weiblich Wesen ihnen zeigte,
Das Angesicht von Eile roth,

Aus dem Gebüsch hervor sich neigte
Und ihnen winkend Halt gebot.
„Nicht weiter!“ rief's herab vom Rande,
„Dort unten vor euch in dem Ort
Sind Placker, eine ganze Bande
Merodebrüder hausen dort;
Schnell kommt! verbergt euch hier im Walde!“
Sie saßen ab, und Jeder nahm
Sein Pferd am Zaum, die steile Halde
Mit ihm erklimmend mühesam.
Dann folgten sie bei sanftem Steigen
Der unbekannten Führerin
Durch's Laubholz unter dichten Zweigen
Nach einer kleinen Senkung hin,
Wo sie die Pferd' an Bäume banden
Und in Erwartung alle Drei
Verhaltnen Athems lauschend standen,
Ob die Gefahr im Anzug sei.
Derweil sah jede von den Frauen
Oft still zur andern überquer,
Ein heimlich Mustern stets und Schauen
Ging zwischen beiden hin und her.
Auch David maß sie prüfend beide,
Als wög' er ihre Reize gar,
Und dachte bei der Augenweide:
Wie sie sich gleichen! — wunderbar!
Schlank war die Fremde, wohlgestalten,
Doch ernst ihr jugendlich Gesicht,
Das Haar gewellt, in dunkle Falten
War sie gekleidet, streng und schlicht.
„Horcht!“ sprach sie bei den ersten Schüssen,

„Es kracht, der Angriff ist geschehn,
Und nun sich hier verstecken müssen,
Statt dort den Freunden beizustehn!"
Es kam so kühn, so hochgemuthet,
So mannhaft aus dem Frauenmund,
Als wäre sie dabei durchgluthet
Von Kampflust bis in Herzensgrund.
Etwas Entschiednes zeigt' ihr Wesen,
Thatkraft, von Anmuth doch verschönt,
Und aus dem Blick war ihr zu lesen,
Daß des Befehlens sie gewöhnt.
„Wie ist's," frug David, „zugegangen,
Daß Ihr den Plackern noch entflohn?"
Sie sprach: „Beinah ward ich gefangen;
Vom Friedhof kam ich, sah sie schon
Heranziehn mit geschwinden Schritten,
Schon war der Rückweg aus dem Frei'n,
Der einzige, mir abgeschnitten;
Da mußt' ich in den Wald hinein."
Je mehr sie sprach, je mehr mit Sinnen
Und Staunen sahn die Zwei sie an,
Indeß sich weiter schien zu spinnen
Der Kampf, als wieder sie begann:
„Sie schießen noch, — ein gutes Zeichen!
Sie kommen nicht hinein ins Haus,
Ich hoffe, daß sie bald entweichen,
Wenn wir nur wüßten, wohinaus!"
„Könnt Ihr vielleicht im Nothfall reiten?"
Frug David. „Freilich! schießen auch!"
Rief sie, „bin's fast gewöhnt zu streiten
Und lernt' im Krieg der Waffen Brauch.

Dort unten im Deutsch Ordenshause
— Ihr werdet's sehn in kurzer Frist —
Hab' ich von unsrer festen Klause
Mit Bertram, der dort Schloßwart ist,
Und Trude, seiner tapfern Alten,
Schon solcher Überfälle viel
Mit scharfen Schüssen abgehalten,
Denn meine Kugel trifft ihr Ziel."
„Wie heißt Ihr?" mit der raschen Frage
Trat Edith jetzt an sie heran.
„Frau von Breddien," — es klang wie Klage —
„Dort auf dem Kirchhof liegt mein Mann."
   „So seid Ihr Wittwe jetzt?" Sie nickte.
Jedoch Editha, die noch gern
Mehr wissen wollte, wenn's sich schickte,
Frug: „Wann begrubt Ihr Euren Herrn?"
„Fünf Jahre," sprach sie, „sind es eben;
Blessirt als Hauptmann in der Schlacht
Am Barenberg, hat er ergeben
Sein letztes Stündlein hier verbracht.
Ich bin in Lucklum dann geblieben
Im Ordenshaus der Comthurei,
Wo mich die würd'gen Alten lieben,
Als ob ich ihre Tochter sei."
„Lucklum? ei wie? das sollt' ich kennen!"
Fing David an auf Wohlgerath's,
„Hört' ich's im Regiment nicht nennen
Von Helmuth? richtig! Helmuth that's."
Zu Edith sprach er es; da zuckte
Der Fremden Lippe, doch sie zwang
Die Regung nieder und verschluckte

Die Frage trotz des Herzens Drang.
„Wozu hast Du Dich einzumischen?!“
Rief Edith zornig, „schweige still!
Brauchst keine Namen aufzutischen,
Die Niemand von Dir wissen will!“
„Seid Ihr mit Eurem jungen Gatten,“
Frug nun die Fremde, „schon so rauh?“
Doch David sagte: „Wollt gestatten,
Wir sind Geschwister, edle Frau!“
Sie hörten unten nicht mehr schießen,
Drum sprach die Frau: „Nun ist es Zeit,
Daß wir zum Aufbruch uns entschließen,
Denn ausgefochten scheint der Streit.
Wir müssen's wagen, um zu sehen
Von dem Gebüsch am Waldessaum,
Wie vor dem Schloß die Dinge stehen;
So kommt, nehmt Eure Gäul' am Zaum!“
Also geschah's; sie gingen leise
Hinfür an des Gebirges Hang,
Von wo der Blick in weitem Kreise
Zur Ebne frei hernieder drang.
Da zeigte sich im tiefsten Frieden
Der Deutschen Ritter Ordenshaus,
Als wär' es von der Welt geschieden
Und wüßte nichts vom Kriegsgebraus.
Die Frau wies nach dem offnen Lande
Zur Rechten hin und rief geschwind:
„Da zieht sie ja, die Räuberbande,
Nach·Veltheim zu, das Mordgesind!“
Sie zogen ab mit ihren Spießen;
Die sich an Zahl auf wenig mehr,

Als auf ein Dutzend schätzen ließen,
Doch Mancher trug auch ein Gewehr.
„Nun, David, schnell!" sprach Edith heiter,
„Den Berg hinab und dann auf's Pferd!
Der Weg ist frei, wir wollen weiter
An einen ruhig sichern Herd —"
„Nicht früher," fiel ihr in die Rede
Die Hauptmannsfrau, „bis Bertram hißt
Vom Thurm ein Fähnlein, daß die Fehde
Sammt der Gefahr vorüber ist.
Und dann auch laß' ich Euch nicht reiten,
Nicht ohne volle Tagesrast;
Ihr müßt zu Bertram mich begleiten
Und bleibt im Ordenshaus zu Gast."
„Nein! nein!" rief Edith aus in Ängsten,
„Wir danken Euch, Frau von Breddien!
Gewartet haben wir am längsten,
Wir müssen weiter, laßt uns ziehn!"
    „Ihr dürft nicht! von den Plackern streifen
Vielleicht noch mehr hier durch das Land,
Und Jeder, den die Buben greifen,
Fällt in erbarmungslose Hand.
Helft, Junker, doch, sie zu belehren,
Bestimmt Eu'r trutzig Schwesterlein!"
„Gewiß!" entschied er kurz, „wir kehren
Dankbar im Schlosse mit Euch ein."
    Als ob heran ein Unheil schleiche,
Durchfuhr's Editha bei dem Wort.
Sie wollt' aus dieser Frau Bereiche
So schnell wie möglich wieder fort;
Denn ihr verrieth ein dunkles Ahnen.

Die Fremde, die hier vor dir steht,
Wird kreuzen deine Lebensbahnen,
Daß Lust und Liebe dir vergeht.
Sie dachte der verhängnißvollen,
Ihr oft gerühmten Ähnlichkeit
Mit Einer, die im Krieg verschollen
Und der ihr ganzer Haß geweiht.
War's diese nun, nach der seit Jahren
Sich Jemand sehnte heiß und tief,
Und die nach Stürmen und Gefahren
Nun ihr grad' in die Wege lief?
Das Angesicht trug ihre Züge,
Es war ihr Wuchs, ihr wellig Haar,
Doch bot, dies seltsame Gefüge
Zu deuten, sich kein Schlüssel dar.
O daß die Kraft ihr übertragen,
Die Räthsel löst und Siegel bricht,
Zu wissen, ohne doch zu fragen,
Ist dies Helene? ist sie's nicht?!
Sie mußt' in das Geheimniß bringen,
Das ihr hier in die Augen stach;
Könnt's nur geschehn mit dem Bedingen,
Daß David nicht von Helmuth sprach!
Denn war sie's, seine Jugendliebe,
Und hörte sie, daß Helmuth lebt,
So ward vom gleichen Sehnsuchtstriebe
Vielleicht auch ihre Brust durchbebt.
Sie würd' ihn suchen und auch finden
Im Lager oder wo es sei,
Ihn fesseln, sich mit ihm verbinden,
Und dann auf immer wär's vorbei

Mit Ediths Hoffnung, die sie nährte
So glühend jetzt wie nie zuvor,
Daß er ihr noch das Glück gewährte
Und sie zu seinem Weib erkor.
Nun wollte zu dem Zweck sie bleiben,
Der Wahrheit auf den Grund zu gehn
Und nöth'genfalls zu hintertreiben
Der lang Getrennten Wiedersehn.

Jetzt wehte von des Thurmes Ecke
Das Fähnlein. „Seht! so kam es oft,
So ruft man mich aus dem Verstecke,
In dem man mich geborgen hofft,
Wenn ich bei solchem Überfalle
Dem Schlosse fern bin,“ sprach die Frau
„Jetzt sind sie fort, die Placker alle,
Nun kommt in unsern festen Bau!“
Sie ließen gern sich von ihr leiten,
Und David frug im Thale dann:
„Wollt Ihr auf meinem Pferde reiten?“
„Ach ja!“ sprach sie, „das nehm' ich an!“
Sie schwang sich auf, ritt aus dem Walde
Schnell mit Editha weit voraus,
Doch als die Reiterinnen balde
Fast nahe schon dem Ordenshaus,
Warf sie das Pferd herum und jagte
Zurück zu David, blieb im Schritt
Dicht neben ihm allein und sagte:
„Ich dank' Euch, Junker, für den Ritt!
Doch hört! — ich hab' es wohl beachtet,
Der Schwester Mißfalln im Moment,

Als eines Helmuth Ihr gedachtet
In irgend einem Regiment.
Was ist's mit ihm? ich selber kannte, —
War in der Jugendzeit vereint
Mit Einem, der sich Helmuth nannte;
Wie heißt er sonst noch, den Ihr meint?"

„Schenk heißt der Mann, nach dem Ihr fraget"
„Schenk! Schenk von Vargula!" rief sie,
„Nicht wahr? besinnt Euch, was Ihr saget!"

„Von Vargula? — das hört' ich nie."

„Wißt Ihr, wo seine Heimathstätte?"

„Von Langensalza wohl nicht fern;
Mir ist, als ob erwähnt er's hätte,
Vom Thal der Unstrut spricht er gern."

Er ist's! er lebt! so flammt' es innen
In ihrem Herzen freudig auf,
O könnt' ich heute noch von hinnen
Zu ihm nach all der Jahre Lauf!
„Auch Eure Schwester muß ihn kennen,"
Sprach sie dann laut. — „Sie kennt ihn, ja!"

„Und — liebt ihn? ihrer Wangen Brennen
Vorhin im Zorne legt mir's nah."
„Das laßt Euch von ihr selber sagen
Versetzte David mißgelaunt
Und über das gespannte Fragen
Der Fremden immer mehr erstaunt.
Sie aber forschte dringend weiter:
„Wo steht er? ist er Offizier?"

„Bei Magdeburg; er ist Gefreiter,
Ein Pappenheim'scher Küraffier."
„Bei Pappenheim? in Tilly's Heere?

Unmöglich! er, ein Protestant!"

„Haha! als ob nach Glaubenslehre
Gefreiter früg' und Leutenant!"
In Tilly's Heer! gleich einer Wunde
Brannt' es sie heiß, was David sprach;
Sie haucht' ihm Dank für seine Kunde
Und sprengte schnell Editha nach.
Es war, als ob ein bittrer Tropfen
Ihr in den Freudenbecher sank,
Den sie mit vollen Herzens Klopfen
In glückberauschten Zügen trank.
Helmuth, der noch geliebte, lebte,
Den sie gewähnt in Grabes Ruh!
Ach! auf der Sehnsucht Schwingen strebte
Ihm ihre ganze Seele zu.
Und nun wär' er ihr doch verloren?
Hätt' in des Krieges Teufelei'n
Der Väter Glauben abgeschworen?
Wenn das nicht, — sollt' er in den Reih'n
Der eignen Glaubensfeinde kämpfen?
Dann war es wohl ihr Helmuth nicht;
Wer konnt' ihr diese Zweifel dämpfen?
Sehn mußte sie sein Angesicht!
Als sie jedoch Editha wieder
In sausendem Galopp erreicht,
Da drängte sie die Sorgen nieder,
Und von den Lippen klang es leicht
Zu jener, die verharrt' in Schweigen:
„Ich mußte meine Reiterkunst
Doch Eurem Bruder einmal zeigen
Und mich bedanken für die Gunst.

Nun laßt uns warten hier so lange,
Bis er uns eingeholt zu Fuß,
Daß Euch und ihn zugleich empfange
Des Schloßwarts erster Willkommsgruß."
Editha schwieg auch jetzt und nickte,
Frug nicht, was David ihr gesagt,
Ein Augenpaar ins andre blickte
Aus gleichem Antlitz, gleich verzagt,
Als schauten sie in einen Spiegel;
An Argwohn reich, an Worten karg,
Rieth Keine, was des Mundes Siegel
Der Doppelgängerin verbarg.

Bald konnten sie den Einzug halten
Mit David in die Comthurei
Und wurden von den beiden Alten
Vor Freuden, daß bewahrt und frei
Frau von Breddien, nach der in Sorgen
Sie rund umher schon ausgeschaut,
Begrüßt, bewirthet und geborgen
Wie Gäste, denen man vertraut.

XIV.

Unter vier Augen.

———

Der Nachmittag verging mit Plaudern
In ungetrübter Einigkeit,
Man sprach vom Krieg mit Grau'n und Schaudern
Und von der furchtbar schweren Zeit.
Und als man sich, der Ruh zu pflegen,
Vom Tisch erhob, sprach mit Bedacht
Der Schloßvogt einen Abendsegen
Und bot den Gästen gute Nacht.
David, so lang er hier verweilte,
Bekam Quartier fast unterm Dach,
Doch die vermeinte Schwester theilte
Der jungen Wittwe Schlafgemach.
Die Zwei verhielten beim Entkleiden
Sich schweigsam, eine Scheidewand
Schien aufgerichtet zwischen beiden,
Daß Keine sich zur Andern fand.
Mißtrauisch sich belauernd lugten
Sie heimlich zu einander hin,
Indem sie zu ergründen suchten
Den beiderseits verschloßnen Sinn
Zufällig zeigten durch Bewegung

Sich jetzt Editha's Arme nackt,
Da ward von zitternder Erregung,
Von jähem Schreck die Frau gepackt.
Sie starrte lautlos, wie geblendet
Beim matten Flackerschein des Lichts
Auf Ediths Arm, doch abgewendet
Stand diese, merkte daher nichts.
Sie flocht ihr langes Haar und legte·
Sich rund ums Haupt herum den Zopf,
Wie stets sie vorm Zubettgehn pflegte;
Nun aber wandte sie den Kopf
Und sagte, nicht, wie's mag geschehen,
Wenn ein Wort so das andre giebt,
Nein, plötzlich: „Wollt mir Eins gestehen, —
Habt Euren Gatten Ihr geliebt?"
„Seltsame Frage!" sprach betroffen
Die Hauptmannsfrau, „wie kommt Ihr drauf?
Doch sei's drum! ich will Euch jetzt offen
Enthüllen meinen Lebenslauf,
Wenn danach Ihr dann auch den Euern
Aufrichtig mir erzählen wollt,
Wie Ihr von meinen Abenteuern
Die reine Wahrheit hören sollt."
Editha stimmte zu mit Nicken,
So von Erwartung hoch gespannt
Und von den sonderbaren Blicken
Der selbst Erregten wie gebannt,
Daß nicht einmal sie Ja zu sagen
Vermocht', ihr zitterten die Knie,
Und heftig fühlt' ihr Herz sie schlagen,
Denn jetzt erfahren sollte sie,

Worauf sie voller Neugier brannte.
Der Andern gegenüber nahm
Sie Platz auf ihres Bettes Kante,
Und jene, wohl von stillem Gram
Um die Vergangenheit durchzogen,
Schwieg noch ein Weilchen, ihr Gesicht
War wie von Trauer überflogen;
Doch dann begann sie den Bericht.

„Ich kam vor sechsundzwanzig Jahren
In Orlamünd ans Licht der Welt,
Allwo die Eltern Müller waren,
Und Haus und Hof war wohl bestellt.
Als ich jedoch acht Jahre zählte,
Traf uns ein schwerer Schicksalsschlag,
Der meine Mutter quält' und quälte,
Ihr anhing all ihr Lebetag.
Mir war ein Schwesterlein geboren,
Fünf Jahre jünger war's beinah,
Das ging uns eines Tags verloren,
Doch Niemand wußte, wie's geschah.
Es war mit einem Mal verschwunden;
Im Mühlenbach, in Feld und Flur
Ward nirgend von ihm aufgefunden
Todt oder lebend eine Spur.
So blieb nur übrig, was verholen
Man schon von Anfang an gedacht:
Landfahrer hatten es gestohlen
Und sich mit ihm davon gemacht.
Die Mutter nahm sich's schwer zu Herzen,
Daß ihr das liebe, holde Kind

Entrissen war, und weint' in Schmerzen
Sich Tag und Nacht die Augen blind.
Verleidet war ihr für das Leben
Die Stätte, wo ihr das geschehn,
Der Vater mußte drein sich geben,
Von Orlamünde fort zu gehn,
Und zog mit peinlichem Gefühle
Ins Unstrutthal nach Bargula,
Wo wiederum er eine Mühle
Zu Lehen nahm, dem Schlosse nah.
Dort in dem Zeitraum von zehn Jahren
Liegt meine Jugend, freudenhell,
Bis Mansfeld kam mit seinen Schaaren
Und Braunschweigs Christian, sein Gesell.
Ach! denk' ich jenes Tages wieder,
All der Verzweiflung, all der Noth —!
Sie brannten Schloß und Mühle nieder,
Und schlugen mir die Eltern todt.
Mich führten sie mit fort, gefangen,
Und was ich hörte, was ich sah,
Trieb oft das Blut mir in die Wangen,
Ich wußte kaum, wie mir geschah.
Doch Einen barmte meine Jugend;
Ein Hauptmann war es, schon bejahrt,
Er schützte mich und meine Tugend
Und hat vor'm Schlimmsten mich bewahrt.
Ich hing mich fest an meinen Retter,
Weil mir vor Allen sonst gegraut,
Und ward sein Weib in Wind und Wetter,
Auf freiem Feld ihm angetraut.
Ihm hab' ich es allein zu danken,

Daß ich mit Ehren leben kann,
Und dafür hab' ich ohne Wanken
Geliebt den braven, rauhen Mann.
Doch mußt' ich Alles mit ihm theilen,
Gefahr und Kampf und Beutezug,
Zu Fuß, zu Rosse mit ihm weilen,
Wohin das Schicksal uns verschlug.
Er lehrte mich die Waffen führen
Und reiten und den harten Muth,
Den keine Kleinigkeiten rühren,
Der sterben sieht mit kaltem Blut.
Denn in des Halberstädters Heere,
Der ,Gottes Freund, der Pfaffen Feind'
Da merkte man des Krieges Schwere,
Die grausam jedes Herz versteint.
Und was ich meinem Mann zur Seiten
Damals bei Christians Volk erlebt,
Das war danach, daß mir zu Zeiten
Noch heut die Seele davon bebt.
Drei Jahr bin ich umher gezogen
Mit meinem Hauptmann Tag und Nacht,
Bis seine Kugel kam geflogen
Bei Lutter in der Dänenschlacht.
Vom Wolfenbüttler Lazarethe
Bracht' ich ihn her in dieses Haus, —
Dort, wo Ihr sitzet, in dem Bette
Haucht' er den letzten Odem aus."

Die Wittwe hatte sich erhoben,
Schritt hin und her in dem Gemach,
Im Busen schien es ihr zu toben.

Doch schwieg sie, bis Editha sprach:
„Bei Lutter, sagt Ihr? also waren
Wir beid' uns damals nah genug,
Als euch der Tilly trieb zu Paaren
Von Göttingen auf seinem Zug,
Den Dänenkönig zu bekriegen.
Ich war in Nordheim, sah im Blut,
Entseelt auch meine Eltern liegen,
Ermordet von der Plündrer Wuth."

„So! Deine Eltern! — sollst's erfahren!"
Rief jen' empört nun und geschwind,
„Weißt Du, wer Deine Eltern waren?' —
Die meinen! — weil wir Schwestern sind!
Du heißt Editha! Dein Gefährte
Hat Deinen Namen nicht genannt,
Doch eh ich selbst mich Dir erklärte,
Hatt' ich als Schwester Dich erkannt.
Nicht nur die Ähnlichkeit der Züge,
Die Jeder sehen muß sofort,
Sagt mir's, daß ich mich nicht betrüge,
Nein, sichrer noch die Narbe dort,
Die Dir der Fuchs einmal gebissen,
Der bei uns an der Kette lag,
Und der Dir fast den Arm zerrissen.
Als Du ihn necktest im Verschlag.
Helene heiß' ich; nun verkünde,
Was Dir noch in Erinnerung ist,
Besonders, wie von Orlamünde
Nach Nordheim Du verschlagen bist."

Wie halb betäubt von dem Gehörten
Saß noch auf ihres Bettes Rand
Reglos gleich einer Geistgestörten
Editha, die nicht Worte fand.
Entschieden war es nun; sie mußte,
Was ihr geschwant von vornherein:
Helene war's; doch warum mußte
Sie gleich auch ihre Schwester sein!
Sie konnt' ihr an das Herz nicht springen
Der Fremden, die da vor ihr stand,
Sie fühlt' in sich nichts wiederklingen
Und suchte nicht die Schwesterhand.
Und auch Helene selber spürte
Geringe Neigung nur zu der,
Die jetzt als Schwester zu ihr führte
Des Zufalls blindes Ungefähr,
Und deren Leben sie nicht kannte,
Die unstät schweift' in Kriegsgefahr
Mit Einem, den sie Bruder nannte,
Der aber nicht ihr Bruder war.
Als rechte Schwestern zwar geboren
In einer Mutter Pfleg' und Hut,
War beiden, die sich früh verloren,
Doch nichts gemeinsam, als das Blut.
Drum kam es kalt auch und verdrossen
Von Edith her, als sie begann:
„Darauf erwiedr' ich nur entschlossen,
Daß ich, so lang' ich denken kann,
Bei denen, die mir Eltern waren,
Bis sie im Kampf gefallen sind,
Von meinen frühsten Jugendjahren

Gelebt hab' als ihr einzig Kind.
Jedennoch stimmt mit dem Gelangen
Zu dieser Narbe wundersam,
Daß von kleinauf mich Angst und Bangen
Vor rothem Fuchshaar überkam.
Mein Vater — so muß ich ihn nennen —
Hatt' einen Fuchspelz, und ich lief
Vor ihm, als säh' das Haus ich brennen,
Schrie kläglich und verkroch mich tief
Das wußte Niemand zu erklären,
Nun aber wendet sich das Blatt,
Und Glauben muß ich Dir gewähren,
Daß mich ein Fuchs gebissen hat.
Und einmal, lauschend unwillkürlich,
Bekam ich von den Eltern Wind,
Als wär' ich gar nicht ihr natürlich,
Vielmehr ein angenommen Kind.
Mit bittern Worten überhäuften
Sie tadelnd den wohlweisen Rath,
Weil er in diesen Kriegesläuften
Nur noch blutwenig für mich that.
Sie wollten mich dem Oheim geben
In Magdeburg, hört' ich heraus,
Und als sie eingebüßt ihr Leben,
Kam ich auch wirklich in sein Haus.
Von da, bis Magdeburg verbrannte,
Hab' ich bei ihm gewohnt, und dort —"
Doch eh sie Helmuths Namen nannte,
Besann sie sich und fuhr nicht fort.
„Und dort," fiel, wo sie abgebrochen,
Die Schwester ihr ins Wort geschwind,

„Haſt, wie Du ſelber ausgeſprochen,
Du, ‚Deiner Eltern einzig Kind,‘
Doch einen Bruder noch gefunden!
Nur freilich, meiner iſt es nicht,
Und Dir erklär’ ich unumwunden,
Was Ehre mir gebeut und Pflicht, —“

„Halt! bei dem Überfall der Schweden
In Angern rettete mich er;
Gefahr weiß ſchnell zu überreden,
Und nun — nun ſuchen .wir das Heer.“

„Und ſucht es, ob ſich’s herbequeme,
Drei Wochen ſchon? und hier im Land?
Nun, Schweſter, Deine Rettung nehme
Von heut an ich in meine Hand!
Noch fürder mit dem Junker reiten
Laß’ ich Dich nicht; als Cavalier
Mag er zum Lager uns geleiten,
Du aber lebſt fortan mit mir!“

„Zum Lager?“ — wie in Flammen lohend
Sprang Edith auf — „was willſt Du da?“
Rief ſie entſetzt, indem ſie drohend
Der Schweſter in die Augen ſah.

„Was ich da will, wirſt Du erfahren,
Sobald wir dort ſind im Quartier,
Bis dahin aber laß bewahren
Mich mein Geheimniß auch vor Dir
Und jetzt — die Nacht iſt halb vergangen,
Die Sterne ſtehen hoch am Pol;
Zum Rath, wie Alles anzufangen,
Iſt morgen Zeit, — jetzt ſchlafe wohl!“

Jetzt schlafe wohl! nach dieser Kunde! —
Editha klang's wie bittrer Hohn
Aus dem hochehrbar strengen Munde
Der Schwester, und sie hatte schon
Die Antwort auf der Zungenspitze,
Warf sich jedoch nun trotzig stumm
Auf's Bett, und wie in Fieberhitze
Ging Alles ihr im Kopf herum.
Klar war's: Helenen war verrathen,
Und David war's, der's ihr gestand
Daß unter Pappenheims Soldaten
Ihr Jugendliebster sich befand.
Das ihr Geheimniß! darum raffte
Sie sich zum Lager auf, und jach
Entbrannt lief auch die Tugendhafte,
Die Wittwe dem Geliebten nach!   .
Doch wußte David von Helenen?
War ihm denn etwas offenbar
Von Helmuths ungestilltem Sehnen
Nach Einer, der sie ähnlich war?
Wohl kaum! doch vor Helenen heute
Hatt' Helmuths Namen er genannt,
Und sie, beim Ritt an seiner Seite,
Hatt' ihn mit Fragen dann berannt.
Da war kein Halten mehr; sie wußte,
Er lebt, und wollt' ihn wiedersehn,
Und mit der eignen Schwester mußte
Editha nun den Kampf bestehn
Um Helmuths Herz. Sie wollt' ihn wagen,
Voll Angst, daß sie, besiegt im Streit,
Verurtheilt würde zum Entsagen

Als Opfer dieser Ähnlichkeit.
In dem Bemühn, mit allen Qualen,
Die jemals Eifersucht erdacht,
Das Kommende sich auszumalen,
Verging ihr schlummerlos die Nacht.

Gleich bei dem Frühmahl schon enthüllte
Helene nun den andern Drei,
Die's fast wie Wundermär erfüllte,
Daß Edith ihre Schwester sei,
Die sie jetzt auf dem besten Pferde,
Das in der nächsten Stadt sich fand,
Zu Tilly's Heer begleiten werde,
Selbdritt mit David, wo's auch stand.
Sie sprach es aus in einem Tone,
Der keinen Widerspruch vertrug,
Weil mit des Hauptmanns Beutelohne
Sie jedes Hemmniß niederschlug.
Es fügten sich die beiden Alten
In Hoffnung bald'ger Wiederkehr,
Denn schalten durft' im Haus und walten
Allzeit Helene nach Begehr.
Für Edith war kein Weg vorhanden,
Sich auszuschließen aus dem Bund,
Drum zeigt' auch sie sich einverstanden
Und war es auch im Herzensgrund.
Ging all ihre Trachten doch und Träumen
Schon lange nach dem Lager hin;
Freiwillig dort das Feld zu räumen,
Kam nicht entfernt ihr in den Sinn.
Ganz anders aber lag die Sache

Für David, dem mit Fug und Recht
Vor Helmuths und des Leutnants Rache
Mehr graut', als ging es ins Gefecht.
Zwar hofft' er, schlau sich durchzulügen,
Um zu bemänteln seine Flucht,
Und mit geschickten Winkelzügen
Zu täuschen Beider Eifersucht.
Dem Leutnant wollt' er kühnlich sagen,
Daß er Editha wohl bedacht
Für ihn nur aus dem Kampf getragen
Und schnell in Sicherheit gebracht,
Und daß er bei dem Überfalle,
Treu seiner Pflicht, ihm nicht allein
Ein Pferd gerettet aus dem Stalle,
Nein, daß er wiederkäm mit zwei'n.
Und Helmuth? nun er hatt's begriffen
Auch ohne lange Tüftele,
Als hätt's ein Böglein ihm gepfiffen,
Das hier etwas im Spiele sei,
Was jenen mit Editha's Schwester
Hielt' irgendwie geheim verknüpft,
Herzinniger vielleicht und fester
Noch als mit ihr, die ihm entschlüpft.
Und war es etwan alte Liebe,
Die Helmuth an Helenn band, —
Was ihm wohl da noch übrig bliebe,
Als Dank nur, daß sie David fand
Und ihm zurück die Schöne brachte!
Dafür verdient' er Minnesold!
O wie er sich ins Fäustchen lachte,
Daß ihm das Glück so grün und hold!

Denn nun nahm Helmuth als Erwählte
Helenen, Edith war befreit
Und blieb, wie auch der Leutnant schmählte,
Sein, Davids, Eigen ohne Streit.
   So rieth und rechnete verwegen
Er, dem der Kamm gewaltig schwoll
Vor Übermuth, und sehr gelegen
Kam's ihm daher, daß sehnsuchtsvoll
Helene nach dem Lager strebte,
Wo's sich trotz Kampf und trotz Gefahr
Doch lustiger und besser lebte,
Als da, wo Noth und Mangel war.
Beschlossen war es: morgen sollte
Geschehn, woran kein Rütteln mehr:
David mit beiden Schwestern wollte
Aufbrechen früh zu Tilly's Heer.

XV.

Die Meuterei.

———

Wie Gustav Adolfs berechnender Plan
Mit Bernhard von Weimar in Aussicht genommen
Des Krieges Fortgang auf blutiger Bahn,
So war es nach wenigen Wochen gekommen.
Umsonst hatte Tilly mit seinem Heer
Vor Werben gelegen und Schlappen erlitten,
Bis ihm die Schweden von Süden her
Proviant und Zufuhr abgeschnitten.
Es war, als hätte sich alles Glück
Von ihm zum Schwedenkönig gewendet;
Der Hunger kam und trieb ihn zurück,
Und die Belagerung war beendet.
Nach Wolmirstedt, seinem früheren Stand,
Drängten ihn rückwärts die dunklen Gewalten,
Doch hier, in dem ausgesogenen Land,
Konnt' er sich auch nicht setzen und halten.
Nun fiel er grimmig in Sachsen ein,
Um Kurfürst Johann Georg zu zwingen,
Wollt' er nicht Feind des Kaisers sein,
Mit aller Macht ihm beizuspringen.
Doch während er noch in Halle lag

Und die Verhandlungen langsam flossen,
Ward schon am ersten Septembertag
Das Bündniß mit den Schweden geschlossen,
Worin Kur=Sachsen und mit ihm zugleich
Kur=Brandenburg nach dem Vorgang von Hessen
Dem Könige Vollmacht gab, im Reich
Den Krieg zu leiten nach seinem Ermessen.
Die Kunde platzte dem Alten ins Haus
Gleich einer Bombe; nun wollt' er sie's lehren!
Er sandte den Grafen Pappenheim aus,
Die Städte zu plündern, das Land zu verheeren,
Und dazu war Pappenheim ganz der Mann.
Nach Merseburg zog er mit Reitern und Stücken,
Nach Weißenfels, Freiburg und Naumburg hinan,
Und immer ward, fest aufzudrücken,
Seitwärts des Weges, den man gekommen,
Zur Rechten und Linken abgeschwenkt,
Manch Dörflein unter die Sporen genommen
Und manchem Weiler ein Trab geschenkt.

   Das nenn' ich ein lustig Reiten,
   Mit schmetterndem Sang und Klang
   Zu streifen im Nahen und Weiten
   Rundum auf fröhlichen Fang.
   Beschaue dir Land und Leute,
   Und witterst du merkliche Beute,
   Greif zu, greif zu und halt hübsch fest!
   Sonst kommt ein Andrer und fegt das Nest.

   Wir reiten hinein ins Städtchen
   Und sprengen Thor und Thür,

Und flüchten vor uns die Mädchen,
Wir holen sie uns herfür.
Sie können nicht retiriren,
Sie müssen kapituliren,
Flink wird geworben und flugs gefreit,
Hoch, Glück und gute Gelegenheit!

Das Schwert, der stählerne Schlüssel,
Schließt Keller, Kasten und Schrein,
Nimmt Kann' und silberne Schüssel,
Den Becher mitsammt dem Wein.
Giebt's etliche guldne Ketten
Und Ringlein wo zu retten,
Da heimsen wir ein die Dingerchen lieb,
Wär' jammerschade, wenn's liegen blieb!

Wir dreschen und zwicken und zwacken
Dem Bauern das Letzte heraus,
Er mag sich schinden und placken,
Wir leben in Saus und Braus.
Dazu ist der Bauer geboren,
Das Fell ihm über die Ohren!
Dem Reiter, wenn er sich Abends streckt,
Wird auch kein Federbett aufgedeckt.

Was wir an Gülten erheben,
Wir schätzen es nach Gebühr,
Gott hat es umsonst gegeben,
Wir zahlen auch nichts dafür.
Daß wir beim Plündern betrogen,
Ist ganz und gar gelogen,

Erst kommt beim Theilen in Hütt' und Schloß
Dreimal der Reiter mit seinem Roß.

Sein Leibregiment, die Kürassiere,
Ritt wieder wie stets mit dem Feldmarschall
Und nahm sich selber die besten Quartiere,
Gefürchtet vom Bauer am Herd und im Stall.
Kein liebrer Auftrag kommt' ihnen werden,
Drum ritten auf ihren trappelnden Pferden
Die Reiter gehorsam und fröhlich wie nie,
Auch die von der ersten Compagnie;
Denn noch war der Aufstand, den sie besprochen
Bei Werben im Ringe, nicht ausgebrochen.
Rembert mit seinen ältern Kumpanen
Hatt' ihn noch immer zu hindern gesucht,
Die Jüngern beruhigt mit Warnen und Mahnen
Und ihren Muthwillen niedergeflucht.
Auch hatt' es bisher zum Revoltiren,
An rechter Gelegenheit noch gefehlt,
Sie mußten sich alle zusammen rottiren,
Sonst war es verpfuscht, wie sich Keiner verhehlt.
Rittmeister von Neipperg, dem Alle gewogen
Hatte, wie sich's im Dienste gebührt,
Vor Werben und als sie weiter gezogen,
Die Compagnie stets selber geführt,
Daher sich zum Befehlertheilen
Dem Leutnant so wenig Anlaß bot,
Daß die Rebellen unterweilen
Nicht zeigen konnte, womit sie gedroht.
Doch Ehrensache war's: geschehen
Mußt' Alles, was beschlossen im Ring,

Wenn auch nachher für das Vergehen
Der dritte Mann am Galgen hing.
Geschehen sollt's auch; schon war nahe
Die Stunde, die das Unheil trug,
Und Niemand wußt' es, Niemand sahe
Sie kommen, als sie dröhnend schlug.

Als Jena das Schicksal der Städte getheilt,
Die man zu plündern sich thunlichst beeilt,
Zog man nach Zeitz, mit besten Kräften
Dort obzuliegen den gleichen Geschäften.
Schnell ward nach schwachem Widerstand
Die Stadt genommen mit stürmender Hand
Und den Soldaten auf Tod und Leben,
Auf Gnad und Ungnad preisgegeben.
Doch mußte man strenge Grenzen ziehn;
Die Fähnlein sollten und Compagnie'n
Sich in bestimmten Bezirken halten
Und jede für sich dort schalten und walten.
Während die Plündrung im vollen Schwang,
Saßen alle die Herren von Rang,
Feldmarschall und Oberste, hohen Stands,
Rittmeister, Hauptleut' und Leutenants,
Behaglich im Dominikanerkloster
Bei einem feucht-flüssigen Paternoster
Und tranken dem Prior sein bestes Naß
Aus einem unrettbar verlornen Faß.
Da brachte dem Pappenheim ein Lanzier
Einen Brief, versiegelt mit großem Petschier,
Darin von General Tilly's Hand
Der kurze Befehl geschrieben stand:

Der Marschall solle sich infaminiren
Und ihm zur Assistenz marschieren;
Er würd' ihm Boten entgegen senden,
Wohin er sich mit dem Heere zu wenden.
„Hol' ihn die eiserne Pestilenz!"
Rief Pappenheim, „das heißt, — Excellenz
Der Herr General befehlen mir,
Augenblicks aufzubrechen von hier.
Sanct Velten mag den Befehl ihm danken!
Ich übernahm den Auftrag so gern,
Bin lieber zehn Meilen vom Alten fern,
Statt ewig mit ihm mich herumzuzanken
Und dennoch hab' ich ihn, Gott weiß!
Von Herzen lieb, den kleinen Greis
Mit seinem weißbärtigen Mönchsgesicht,
Denn er ist gerecht, bescheiden und schlicht,
Uneigennützig und treu und wahr,
Oft unentschlossen und langsam. zwar,
Allein von großer Erfahrung gewiegt,
In zwanzig Schlachten hat er gesiegt.
Jedoch — so brennend wird's nicht sein —
Wir trinken im Sitzen den edlen Wein
Noch auf das Wohl von Seiner Gnaden,
Das wird nicht uns und nicht ihm was schaden;
Gott geb' ihm Ruhm und Ehr' und Sieg!
Stoßt an, ihr Herrn! es lebe der Krieg!"
Sie tranken und füllten die Gläser frisch;
Doch bald rief Pappenheim über den Tisch:
„Was hilft es? unser Feldherr befiehlt,
Wir müssen gehorchen, sonst ist's verspielt.
Sitzt auf jetzt, Leutnant Mallebrein!

— Neipperg, Ihr bleibt! er kann's allein —
Laßt blasen der Plündrung das Halali
Und zieht mit der ersten Compagnie
Als Vortrab voraus! wir folgen gemach
Euch in der Richtung auf Pegau nach."

Mallebrein nun, der bald gesehn,
Wo er zu suchen hat seine Leute
Und wo verkoppelt gleich einer Meute
Geduldig die ledigen Rosse stehn,
Läßt blasen das Compagniesignal,
Und es kommen die Reiter allzumal
Laut scheltend und polternd, halb trunken vom Schmause,
Vom Schwelgen und Telgen, aus jeglichem Hause.
Doch wie sie mit dem Trompeter allein
Erblicken den Leutnant Mallebrein
Und Niemanden sonst von den Offizieren
Und hören ihn „Aufsitzen!" kommandiren,
Da stutzen sie, gehen nicht zu den Pferden,
Rumoren und rufen mit groben Gebärden:
„Was? der ist es bloß? auf den solln wir hören?
Der will uns im besten Vergnügen stören?
Er kann uns gefälligst den Buckel 'raufsteigen!
Jetzt ist es Zeit, jetzt wolln wir's ihm zeigen,
Daß es für ihn sich hat auskommandirt!
Nicht rühr' an, Brüder! Keiner parirt!"
Die Wenigen, die zu den Rossen geeilt,
Werden gehalten und festgekeilt;
Wachtmeister, Rottmeister kommen gelaufen
Und werden verschlungen vom wimmelnden Haufen;
Sie drängen sich, schieben sich, murren und drohn

Und johlen und lachen in trotzigem Hohn.
Verwirrt, versteinert, steht Mallebrein;
„Aufsitzen!" ruft er noch einmal.   „Nein!!"
Brüllt ihm entgegen der rasende Chor;
Ein frecher Gesell springt draus hervor
Und schreit, mit der Faust durchfuchtelnd die Luft:
„Wir weigern Dir den Gehorsam, Du Schuft!
Scher' Dich zum Teufel und laß Dich nicht haschen,
Sonst werden wir Dir den Harnisch waschen!"
Der Leutnant zieht, — ein Hieb voll Wuth —
Der Rebell liegt am Boden in seinem Blut.
Da werden fünfzig Klingen frei,
Und es erhebt sich ein wüstes Geschrei:
„Nieder mit ihm! er darf nicht entwischen!"
Doch Andre werfen sich schleunig dazwischen,
Zum Handgemeng kommt es, sie kämpfen um ihn,
Und Mallebrein wendet sich, um zu fliehn.

Im Refektorium des Klosters saßen
Die Offiziere noch fröhlich und fest
Und hörten nichts vom Lärm der Straßen
Und leerten das Faß bis auf den Rest.
Da geht die Thür auf, und herein,
Bleich wie der Tod, tritt Mallebrein,
Spricht bebend, nachdem er salutirt:
„Herr Oberst, die Compagnie revoltirt!"
Der Oberst von Baumgart starrt ihn an, —
Hat den Verstand verloren der Mann?
Ganz still auf einmal ist's im Kreis,
Des Leutnants Stirn deckt kalter Schweiß.
„Die Compagnie — wie sagtet Ihr?"

„Verweigert den Gehorsam mir.“

„Und Ihr — Ihr lebt noch? und habt ein Schwert?
Wieviel ist ein Tropfen Blut Euch werth?“
Der Oberst erhebt sich zornig zum Gehn,
„Halt, Oberst! das muß ich selber sehn!“
Ruft Pappenheim, der neben ihm sitzt;
Sein Antlitz glüht, sein Auge blitzt,
„Kommt!“ spricht er streng zu Mallebrein,
Bricht auf, und Alle hinterdrein.

Noch ist der Dämon nicht gebannt,
Der in den Kürassieren entbrannt;
Die Hälfte tobt noch, schimpft und schreit
Und prahlt mit ihrer Verwegenheit,
Doch Andre stehn abseits und brüten
In dumpfem Schweigen vor sich hin,
Sehn mürrisch auf der Meutrer Wüthen
Und fragen sich in ernüchtertem Sinn:
Was nun? was nun? was wird draus werden?
Noch Andre sind schon bei den Pferden,
Lösen aus der Verkopplung die Zügel,
Haben beinah den Fuß im Bügel.
Auf einmal ruft's in den wilden Schwall:
„Sitzt auf! der General=Feldmarschall!“
Da schwirrt's durch einander wie Wirbelwind,
Und rasselnd und prasselnd sind alle geschwind
Im Sattel und halten in Reih und Glied,
Und Keiner zuckt mit dem Augenlid.
Der Graf steht vor der Front, die Faust
Am Schwertgriff, — den Kürassieren graust.
„Rebellen!“ donnert sie Pappenheim an.

„Nicht meine Reiter seid ihr fortan!
Den Eid gebrochen, verloren die Ehr,
Die Fahne beschimpft, — fort aus dem Heer!
Das Reuterrecht soll über euch walten,
Der Tod soll unter euch Musterung halten,
Ich will euch nicht hören, ich will euch nicht sehn,
Mit euch in keine Schlacht mehr gehn.
Nicht werth mehr seid ihr ein ehrlich Roß,
Ganz hinten bei dem Sudlertroß
Sollt wehrlos ihr zu Fuß marschiren,
Daneben zwei Fähnlein von Musketieren
Mit brennenden Lunten, Kugeln im Munde;
Wer spricht, wer sich muckst, wer die Augen verdreht,
Wird niedergeknallt, wo er geht und steht,
Gleich einem garstigen, räudigen Hunde!
Sitzt ab!“ — Er wandte sich, gab die Befehle,
Fast stickte das Wort ihm in der Kehle,
Auf seiner Stirne, zornumloht,
Brannte das Schwertmal feuerroth.
    Die zweite Compagnie ritt jetzt
Als Vortrab, Mallebrein wurde versetzt,
Die zehnte Schwadron den Auftrag bekam,
Daß sie der ersten die Pferde nahm.
Die Küraffiere gehorchten stumm,
Sie blickten nicht auf, sie blickten nicht um,
Dem Einen ward kalt, dem Andern heiß,
Manch Antlitz wurde wie Wachs so weiß,
Und Manchem hämmerte reuevoll
Das Herz unterm Harnisch in Grimm und Groll.
Und als die von der Zehnten gekommen
Und ihnen ihre Fahne genommen

Und Degen und Pferde, da zog aus den Reih'n
Ein Schluchzen hinter den Rossen drein;
Selbst Rembert, dem Mann von eiserner Art,
Rollt' eine Thrän' in den grauen Bart,
Und Helmuth, wie vor den Kopf geschlagen,
Konnte nichts denken und konnte nichts sagen.

Als eine Stunde vergangen und mehr,
War auf dem Rückmarsch das Plünderungsheer,
Das Fußvolk und die Reiterei
Und mit den Geschützen die Arkelei.
Die Hufe stampften, die Stücke rollten,
Doch keine Lieder erschallen wollten,
Denn von dem stolzesten Regiment
War eine Compagnie getrennt.
Die schlich wie kriegsgefangen durchs Land;
Stumm, ohne Fahne, mit Schimpf und Schand
Ging sie geknickt in den Tod hinein, —
In Leipzig sollte das Standrecht sein.

XVI.

Das Wiedersehen.

Dem Städtchen Pegau, das dem Heere
   Sich willig aufthat für die Nacht,
   Ward dafür zu besondrer Ehre
Die Last und Unruh leichter gemacht.
Salva guardia ward angeschlagen,
Das heißt: es wurde nicht ranzionirt,
Die Mannschaften sollten sich billig vertragen,
Wo bei den Bürgern sie einquartiert.
Auch war die Lust zum Jubiliren
Vergangen Reiter- und Fußregiment,
Zumal den Pappenheim-Kürassieren,
Drum hielten sie still sich im Losament.
   In eines Gerbers Werkstatt saßen
Beim Fahnenschmied und seiner Frau'n,
Bedrückt, bekümmert außer Maßen,
Helmuth und Rembert, und ins Vertrau'n
War Ignaz Dorschel auch gezogen,
Zu sehn, wie nun ihr Schifflein schwamm,
Nachdem des Aufruhrs wilde Wogen
Durchbrochen des Gehorsams Damm.
Spanlichter brannten an den Wänden,

Leder- und Lohgeruch that sich hervor,
Und von den röthlich flackernden Bränden
Raucht' es zum braunen Gebälk empor.
Ein bittrer Ernst lag auf den Zügen
Der Fünf hier in dem kleinen Kreis,
Sie konnten darüber sich nicht belügen:
Der Eidbruch hatte nur einen Preis.
Der Fahnenschmied begann in Sorgen:
„Diesmal weiß ich euch keinen Rath,
Uns Allen ist ja noch verborgen,
Wie Viele büßen müssen die That."
„Sie können nicht scheiden, können nicht wählen,"
Sprach Rembert düster, „denn Keiner spricht,
Sie werden den Sechsten, den Dritten abzählen,
Und damit wohlhin zum Hochgericht!"
„Gott sei mir gnädig! das ist das Ende?"
Rief Frau Camilla mit thränendem Blick
Zum Himmel auf und rang die Hände,
„O welch ein grausenvoll Geschick!
Als ob nicht schon verruchte Thaten
Genug in diesem Krieg geschäh'n
Mit Mord und Brand und zertretenen Saaten!
Als hätte der Tod nicht genug zu mäh'n
In alle den Schlachten, auf Wegen und Bahnen
Zum frühen, überall offnen Grab!
Die Jungen verbluten unter den Fahnen,
Die Alten verhungern am Bettelstab;
Doch euch ist's noch nicht genug Verderben,
Drum zieht ihr's an den Haaren herbei,
In der Herberg zu den drei Säulen zu sterben
Wenn's nicht gelingt durch Pulver und Blei."

„Wißt ihr's denn net? 's Regiment will wähle,"
Rief Ignaz aus, „a Deputatschon,
Die soll den Pappeheim brav quäle
Für uich um Generalpardon."
„Ich hört's, daß sie sich damit tragen,"
Sprach Jakob, „hab's nur nicht geglaubt,
Wünsch' aber wohl, sie möchten's wagen."
Doch Helmuth schüttelte das Haupt,
„Nicht nöthig!" sprach er mit dumpfem Schall,
„Ich gehe selber zum Feldmarschall
Und fordre von ihm kühn und fest,
Daß er für euch mich sterben läßt."
Wie davon mitten getroffen ins Herz,
Schwiegen die Andern in Jammer und Schmerz
Um den, der sich dem Tode geweiht
In blühender Kraft und Männlichkeit,
Bis Rembert sich wieder vernehmen ließ,
Indem er den Fuß auf den Boden stieß:
„Das kann er nicht, das Leben absprechen
Nur Dir allein, kann nach dem Ding
Nicht Einen richten für ein Verbrechen,
Zu dem sich Hundert verschworen im Ring."
    „Doch, Alter! ich hab's fest beschlossen,
Hab' einen Strich durchs Leben gemacht,
Ich darf nicht sterben unter den Rossen,
Doch sterben will ich, hab's wohl bedacht."
    „Ei daß Di doch potz Marter und Wunde!"
Schalt Ignaz, „zu was die Galgenreu?
Wart's ab doch, bis uich 's Urtel g'funde,
Woischt ja net, wie Di's Lebe no freu!
Könnt' i dees Weibsbild norr derwische,

Die Edith und den Bub beim Fell!
Wollt' dene beid' e Mahl uftische,
Dran sie zu fresse hätte, — gell?"
„Ja," sprach Camilla schwer bellommen,
„Den Schelmenstreich vergeß' ich ihr nie,
Daß sie mit dem Buben Reißaus genommen,
Wenn ich sie hätte, wie wollt' ich sie!"
„Und ich!" sprach Jakob, „ich schlüge sie wund."
„Und ich!" sprach Rembert, „ich bräch' ihr die Glieder."
„Und ich!" sprach Helmuth, „säh' ich sie wieder
Vorm Sterben, es wär' ihre letzte Stund'."

Was steht auf der offnen Thüre Schwelle?
Was tritt vom dämmernden Flur ins Helle?
„Barmherziger Gott! Editha!! —" schreit
Camilla, reißt auf die Augen weit,
Zeigt nach der Thür mit zitternder Hand,
Ist wie gelähmt an die Stelle gebannt.
Auf springen die Männer wie Funken vom Stein:
Wahrhaftig! sie ist's! sie wagt sich herein!
Helmuth stürzt wüthend auf sie los, —
Da trifft ein Blick ihn, so tief, so groß, —
Er stutzt, er starrt, ihm wanken die Knie, —
Der Blick! die Haltung! — so sah er sie nie!
Entgegen ihm streckt sie die Hände da:
„Erkennst Du mich, Schenk von Vargula?"
    „Helene!!" — was aus des Menschen Brust
An Glück und Verzweiflung, an Schmerz und Lust
In einem Ton erklingen kann,
Schlug Alles in dem Namen an.
Sie lagen in Armen, Gesicht an Gesicht,

Und hielten sich fest und regten sich nicht.
Die Andern umstanden sie stier und stumm,
Nur Reinbert begriff das Wie und Warum.
Nun läßt er sie los und kämpft und steht
Und faltet die Hände wie zum Gebet,
Schaut immer sie an, — „Ich faß' es kaum,
Bist Du es wirklich? ist es kein Traum?"
Und wendet zu Reinbert sich um und spricht
„Erklär's ihnen doch! ich kann es ja nicht!"
Und wieder zu ihr: „Wo kommst Du her?
Wie fandest Du mich? wer sagte Dir's, wer?"
Ihr Auge strahlt in Glanz und Glast,
„So freust Du Dich, daß Du mich wiederhast?"
Spricht sie mit innig frohlockendem Ton,
„Nun sage: was giebst Du Finderlohn
Dein, der mich gefunden, mich hergebracht,
Zu Dir mich geleitet hat Tag und Nacht?"
     „Was er verlangt! er fordre nur!
Wer ist's? wie fand er meine Spur?
Mein Alles geb' ich ihm zum Dank,
Ihm Freund sein will ich ohne Wank,
Und hätt' er mir meinen Vater erschlagen,
Ich wollt' ihm verzeihen, mich mit ihm vertragen!"
     „Versprich es mir auf Ehr und Eid!"
     „Auf Reiterehre! nun gieb Bescheid!"
Fest blickt sie ihn an, — „Nun, Zug um Zug!
Willst wissen ohne Lug und Trug,
Wer mir zu Dir gewiesen die Bahn?
Helmuth, — das hat Editha gethan!"
Da, wie vor einer Schlange Biß,
Fuhr er erschrocken zurück und riß

Sich von ihr los; wie aus einem Munde
Klang es „Editha?!" hier in der Runde.
„Ja, sie war's," fuhr Helene fort,
„Und David, — ich hab' auch für ihn Dein Wort! —
In Lucklum fanden sie mich vereint,
Die ich schon lang Dich als todt beweint . . ."
Fast übermannte sie's jetzt, und warm
Umfing er sie wieder mit sanftem Arm,
„Ich habe Dich auch verloren geglaubt,
Wie Du bei Vargula wardst geraubt,
Und als ich durch Zufall — die Andre sah,
War mir's, als ob ein Wunder geschah;
Es war Dein holdes, Dein liebes Gesicht,
Ich hatte Dich wieder und hatt' es auch nicht,
Doch hielt ich Dein Ebenbild fest bei mir,
Sah sehnsuchtsvoll immer nur Dich in ihr,
Und als Du hereintratst von Ungefähr,
Glaubten wir, daß es die Andre wär'."
Sie blickte lächelnd zu ihm auf,
„Ja, seltsam ist des Schicksals Lauf,
Das Wunder aber noch weiter reicht:
Die Andre, Editha, die mir gleicht,
Der ihr noch eben Verderben schwurt,
Ist meine Schwester von Geburt,
Ist meiner Eltern leiblich Kind,
Ihr Vater und ihre Mutter sind
Die meinen auch; sie mußt' es nicht
In Lucklum kam es erst ans Licht."
    „Deine Schwester? doch im Unstrutthal —"
    „Es ist die Wahrheit, ein andermal
Erzähl' ich Dir von ihr und mir,

Gar Vieles trag' ich im Herzen hier."
    Sie setzte mit Helmuth Hand in Hand
Sich auf die Bank, die seitwärts stand;
Aber sie sprachen beide nicht,
Schauten sich nur ins Angesicht,
Dachten wohl an die Jugendzeit
Und was jeder im wilden Streit,
Seit sie getrennt von einander waren,
Mocht' erlebt haben in den Jahren.
Die Andern betrachteten sich genau
In stiller Verwundrung die stattliche Frau
Und hätten sie gern noch Manches gefragt,
Hätt' Einer es ihr gegenüber gewagt.
Aus ihrem Gebaren jedoch und Bewegen,
Aus Blick und Ton trat ihnen entgegen
Eine herzbezwingende Weiblichkeit
Von einer Bestimmtheit und Vornehmheit,
Wie sie den Staunenden offenbar
Selten im Kriege begegnet war.

Helene wandte sich jetzt in Ruh
Dem Trümlinschen Ehepaare zu:
„Der Fahnenschmied und sein Weib seid Ihr,
Nicht wahr? Editha beschrieb Euch mir.
Ich bitt' Euch, laßt uns mit hier wohnen,
Mich und die Schwester, ich will's Euch lohnen,
Als Wittwe steh' ich allein im Leben;
Sagt, Frau: wollt Ihr mir Obdach geben?"
„Von Herzen gern, wenn's Euch genehm,"
Sprach Frau Camilla, „macht's Euch bequem!"
„Habt Ihr Editha mitgebracht?"

Frug Jakob. — „Draußen auf der Wacht
Ist sie mit David vor dem Thor,"
Erwiedert' Helene, „denn wissen zuvor
Wollt' ich, ob Ihr uns aufnähmt hier,
Ich frug mich durch nach Eurem Quartier —"
„Sie ist herein?! um einen Tag
Zu spät! o Blitz und Dannerschlag!"
Fuhr Rembert heraus, doch ein rascher Blick
Von Helmuth hielt das Weitre zurück.

   „Einen Tag zu spät? was meint Ihr damit?"
„O nichts, Helene! heut auf dem Ritt
Entspann sich bei Gelegenheit,"
Erwiderte Helmuth, „ein kleiner Streit,
Ganz unter uns, eine lustige Wette,
Die Edith für uns entschieden hätte,
Wäre sie einen Tag früher gekommen;
Das hat sich Rembert zu Herzen genommen.
Ich habe verloren, zahle den Preis,
Und damit ist's aus und Alles im Gleis."
Er sprudelt' es übermüthig hervor
Und lachte — mit der Verzweiflung Humor.
Sie blickte vom Einen zum Andern hin,
„Ihr verhehlt mir etwas, habt Schweres im Sinn!"

   „Nein, nein, Helene! nichts von Belang,
Vielleicht erzähl' ich Dir morgen den Gang."
„Ja," sagte Camilla, „für heut laßt's liegen,
Jetzt sehen wir, wie wir Editha kriegen."

   „Ischt dem Rumormeischter seine Sach,"
Sprach Ignaz, „i hol' sie her unter Dach;
Die Wache habe die Muschketiere,
Aber sie lasse mi scho passiere.

Den David bind' i ans Bein mir ân,
Behalt' ihn bei mir, 's ischt wohlgethan,
Daß ihm hier Koiner nix anhabe soll;
Denn, gnädige Frau, nehmt's ân für voll:
Was Uich der Helmuth für sich verschproche,
Sell halte mer All Uich unverbroche."
Die beiden Andern stimmten ihm zu,
Und Helmuth sprach: „So schlaf ia Ruh,
Helene! ich muß in's Quatier,
Und morgen, morgen — reden wir."
Sie schieden; Helmuth und Rembert gingen
Sammt Ignaz davon mit Sporenklingen.

Als auf der Gasse sich die Drei
Nun unter sich allein befanden,
Ward ihnen Herz und Zunge frei,
Die vor Helene lagen in Banden.
Mit beiden Fäusten drohend knirschte
Rembert: „O wüßt' ich einen Fluch,
Den ich durch Mond und Sterne pirschte!
Sagt, welcher Teufel hat ins Buch
Uns den krabatischen Possen geschrieben,
Daß die, um die sich der Aufruhr dreht,
Einen einzigen Tag zu lange geblieben
Und Alles nun drüber und drunter geht!
Denkt doch! wäre sie gestern gekommen, —
Wer hätte gemuckst gegen Mallebrein?
's hätt' Alles andern Verlauf genommen,
Kein Standrecht, und Ehr' und Fahne rein!"
„Ja, fluche nur! das Schicksal spottet,"
Nickt' ihm verzweifelt Helmuth zu,

„O wär ich erst verscharrt, verrottet!
Doch nicht im Grabe find' ich Ruh."
„Schtill, Brüderle! norr nix verschwore!"
Sprach pfiffig Ignaz Dorschel jetzt,
„I geb' die Sach no net verlore,
Han uf die Helen' mei Hoffnung g'setzt.
Wos moinscht, wenn die zum Pappeheim gäng'
— 's ischt a verflixt app'titlich Weib
Und für uich an zu bitte fäng'?
I moin', sie hot a Herz im Leib
Ihr' Schweschter hot's doch uf'm G'wisse,
's Unheil, das uich 's Lebe vergällt;
Ihr werd' am End no rausgerisse,
Wenn sie dem Marschall z' Füße fällt.
Und wenn sie der Pappeheim sehe thät',
Und sie wär' net z' schpröd, Potz Element!
Wenn mi so a leckres Weiblein bät',
I begnadigt' dafür a ganz Regiment."
„Mit Schimpf und Schande mich retten lassen?
Ein Schelm ist's, der den Rath mir giebt!"
Fuhr Helmuth auf, „ich kann's nicht fassen,
Du hast wohl nie ein Weib geliebt?"
   „Net viel, hoscht Reacht, die Mädle machte
Sich nix aus mi, und i han net g'freit,
Do gleich' i dem Tilly; sonscht, wenn mer's betrachte
Habe mer wenig Ähnlichkeit."
   „Du meinst es gut, jedoch zum Spaßen
Bin ich nicht aufgelegt, — gut' Nacht!"
Rasch trennten die Drei sich in den Straßen,
Und der Rumormeister eilte zur Wacht.

Wie Lauffeuer war am andern Tage
Beim ganzen Kriegsvolk herum die Sage,
Editha wäre wieder herein,
Und schuldlos wäre Mallebrein,
Daß sie mit seinem Reiterjungen
Beim Überfall von Angern entsprungen.
Die Kürassiere geriethen in Wuth
Über den sträflichen Übermuth
Auf Edith, auf David und nicht zuletzt
Auf Helmuth, der sie zum Meutern gehetzt,
Ins Unglück gebracht mit seinen Grillen
Um eines Frauenzimmers willen.
Die von der ersten Compagnie,
Verzweifelt, wie sie nun waren hie,
Wollten sich rächen an jenen Drei,
Denn nun war's völlig einerlei,
Wenn sie nachher am Galgen hingen,
Ob sie sich vorher noch mehr vergingen.
Sie standen in den Gassen zu Hauf
Und lauerten heimlich David auf,
Und als er sich blicken ließ, ging's ans Jagen,
Treiben und Schreien, ihn todt zu schlagen.
Doch gelang es ihm zu entkommen,
Als er den Lauf zum Markte genommen,
Weil er die Artillerie dort fand.
Auf ein Geschützrohr legt' er die Hand,
Wo er gefeit und sicherer war,
Als stünd' er an einem Hochaltar.
Sie faßten Posto um ihn her,
Ihn zu belagern am Asyle,
Bis daß er ausgehungert wär'

Und ihnen in die Hände fiele.
Da mit der Zündruthe kam herbei
Der Büchsenmeister und sprach ihn frei,
Nahm aber selbst ihn in Beschlag:
„Bist nun fortan von diesem Tag
Nach Büchsenmeisters Freiheit und Recht
Mein Eigen, mein Rekrut und Knecht,
Es möge Dir bei Kartaunen und Stücken,
Falkonetten und Colubrinen glücken!"

Inzwischen pfiffen dem Fahnenschmied
Andere Vögel ein anderes Lied.
Hunderte, Weiber und Dirnen, vom Troß
Standen vorm Haus, das man ihnen verschloß,
Schimpften über Landstreicherei
Und verlangten mit großem Geschrei,
Ihnen Editha heraus zu geben,
Die jetzt mit ihnen hätte zu leben,
Waren bei diesem gefundenen Fressen
Wie vom leibhaftigen Satan besessen.
Der Rumormeister und die Klauditgen
Packten bald diese, bald jen' am Schlafittchen,
Die sie mit Püffen und Schlägen traktirten;
Doch es war, wie die Weiber schaudirten,
Alte wie junge, Gerechtigkeit heischten,
Zeterten, schnatterten, keiften und kreischten,
Toll durch einander wirbelnd und schwirrend,
Ein Hexensabbath, die Sinne verwirrend.
Verspätet wie immer, mit Pusten und Schnaufen
Kam auch der dicke Weibel gelaufen,
Wetter' und fluchte, doch half's ihm nicht,

Sie lachten ihm in sein feiſtes Geſicht.
Hinter den Weibern ſtanden Soldaten,
Freuten ſich über den Sonntagsbraten,
Den an den Spieß ſich die Sudler geſteckt,
Lobten, wie hübſch ſie das ausgeheckt,
Stachelten, hetzten, blieſen ins Feuer,
Hatten ihr Späßchen am Abenteuer.
Jetzt trat aus dem geöffneten Thor
Der Fahnenſchmied zum Kampf hervor,
Hielt ſeinen größten Hammer am Stiel,
Schwang ihn, als wär's ein Kinderſpiel,
Und rief ergrimmt in den Haufen hinein:
„Ich ſchlag' euch Allen den Schädel ein,
Geſindel, daß es wie Nüſſe knackt,
Wenn ihr euch nicht von hinnen packt!“
Doch gellend auf ſein ſchrecklich Drohn
Schallt's ihm entgegen in Trotz und Hohn:
„Gieb uns das fahrende Fräulein heraus,
Oder wir holen ſie aus dem Haus!
Sie iſt auch nicht beſſer als wir;
Edith heraus! in den Troß mit ihr!“
Da ſchob bei Seite mit ſanfter Gewalt
Den rieſigen Fahnenſchmied eine Geſtalt,
Bei deren Anblick das Geſchrei
Plötzlich verſtummte; hoch und frei
Stand eine Frau mit bleichem Geſicht,
Die Hand im Rücken und regte ſich nicht.
Doch eh ſie noch ein Wort geſprochen,
War ſchon der Lärm wieder ausgebrochen:
„Da haben wir ſie! greift zu! — Nein! nein!
Das iſt ſie nicht! — Wer ſoll's denn ſein? —

Sie ist's! — ist's nicht! doch wunderbar!
Sie gleicht dem Mädchen auf ein Haar!"
Und wieder ward's allmählich still.
„Jetzt schweige, wer mich hören will!"
Begann Helene, und Alle lauschten,
Indem sie erstaunte Blicke tauschten,
Denn wie Befehl klang jedes Wort.
Helene fuhr mit Strenge fort:
„Die ihr verlangt, bekommt ihr nicht,
Habt über sie nicht Bann und Gericht;
Sie lebt mit mir in Zucht und Ehr,
Bleibt, wo ich selber bleib' im Heer,
Und steht allein in meiner Hut,
Ist meine Schwester, und damit gut!"
Da brach der Sturm von Neuem los:
„Was Schwester! thut sich hier dick und groß!
Die nehmen wir auch mit, haben dann Zwei,
Sind alle beide vogelfrei!"
Und schon drangen die vordersten Reih'n
Auf Helene jetzt wüthend ein.
Die zog vom Rücken hervor die Hand, —
Ein Reiterpistol, die Lunt' in Brand
Am gespannten Hahn, erhob sie stumm,
Fuhr zielend im Halbkreis damit herum
Und hielt nach rechts und links es dicht
Den rasenden Weibern vors Gesicht.
Sie prallten zurück, und ihnen nach
Schritt nun Helene, hielt sie im Schach
Mit dem Pistol und mit ihrem Blick
Und trieb sie noch immer weiter zurück.
Zu ihrem Beistand sprangen im Nu

Rumormeiſter, Fahnenſchmied, Weibel herzu
Mit Steckenknechten und drängten und ſchoben
Die Weiber, die auseinander ſtoben
Wie flatternde, ſchreiende Gänſe, verlacht,
Mit Rippenſtößen zum Weichen gebracht
Auch von den Soldaten, die ſich beim Jagen
Betheiligten, bis in die Flucht geſchlagen,
Das Weibsvolk heulend von dannen wallte
Und ſein Geſchimpf in den Gaſſen verhallte.

XVII.

Der Fahne treu.

Nicht ahnend, welch ein Hetzkampf schwirrte
Um Edith vor des Gerbers Haus,
Saß Helmuth fern bei seinem Wirthe
Im Stübchen nach dem Hof hinaus.
Ihm graute vor der schlimmen Stunde,
Die bei Helen' ihn beichtend fand,
Doch sollte nicht aus fremdem Munde
Sie hören, wie es mit ihm stand.
So macht' er endlich denn ergeben
Sich zu dem bittern Weg bereit
Und ging zum Fahnenschmied, als eben
Vorüber war der Weiberstreit.
Im Wohngemach hier, unvermuthet,
Traf er die Schwestern beid' allein,
Hochroth ward Edith übergluthet,
Als er so plötzlich trat herein.
Sie senkt' in Scham, in Lieb' und Leide
Den Blick, wie Helmuth vor sich da
Halb finster und halb freudig beide
Zum ersten Mal zusammen sah.
Er ließ die Augen prüfend wandeln

Dem Kaufmann gleich, bevor er weiß,
Wie hoch er ungefähr beim Handeln
Soll schätzen zweier Perlen Preis.
Natur sie beide reich bedachte,
Doch Eine nur war echt und rein,
Die Andre, täuschend Nachgemachte
Glich jener nur im äußern Schein.
Wer sie mit gleichem Maß gemessen,
Dem däuchten beide liebenswerth,
Und wer der Einen Herz besessen,
Hätt' auch der Andern Gunst begehrt.
Doch Eine liebend, Eine hassend,
Sprach er zu Edith ohne Gruß:
„Laß uns allein!"   Doch als erblassend
Sie folgsam regte schon den Fuß,
Bat ihn Helene schnell: „Verziehen
Sei ihr, daß sie sich unterstand,
Helmuth, dem Lager zu entfliehen!
Reich' ihr versöhnend Deine Hand!"
Es ward ihm schwer, doch zögernd reichte
Die Hand er dar: „Da nimm sie hin
Und danke der, die mir erweichte
Des Zornmuths aufgewühlten Sinn!
Um ihretwilln, die Du gefunden
Und hergebracht vom fernen Ort,
Sei Deiner Schuld von mir entbunden
Und Dir vergeben, hier — und dort!"
Nur mühsam bracht' er's vor und winkte
Zur Thür mit ernstem Angesicht;
Was ihr im Auge blitzt' und blinkte,
Da sie hinaus ging, — Dank wars nicht.

Um ihretwilln! gelobt, gepriesen
Ward jene, die noch Dank erfuhr,
Sie selber ward hinausgewiesen,
Doch zu begreiflich war es nur
Als mit Helenen sie zum Ringen
Um Helmuths Herz sich aufgemacht,
Da wußte nichts sie von den Dingen,
Die man ihr vorhielt auf der Wacht.
Nun war sie doppelt schuldbetroffen,
Weil ihre Flucht den Anlaß gab
Zur Meuterei; da sank ihr Hoffen
Auf seine Liebe tief herab.
Helenen war es noch verborgen,
Niemand verrieth's ihr unterm Dach;
Editha stand und lauscht' in Sorgen,
Doch stille blieb es im Gemach.
Da drinnen lagen sich die Beiden
Stumm Arm in Arm und Mund auf Mund,
Ein Wiedersehn, ein Wiederscheiden,
Glückselig sie, er todeswund.

Nun saßen sie; Helen' erzählte
Dem Freund erst ihren Lebensgang,
Dann Helmuth seinen ihr, verhehlte
Jedoch des Aufruhrs Sturm und Drang.
Die Abenteuer und die Fahrten
Des Andern hörte Jeder gern,
Weil beid' in ihrer Brust bewahrten
Getreulich ihrer Liebe Stern.
Sie las in den gebräunten Zügen
Des festen Mannes Kraft und Muth,

Die Augen konnten nimmer lügen
Mit ihrer schwärmerischen Gluth.
Ihn dünkt', er sähe reizumflossen
Das holde Mädchen noch genau
Von ehedem, das sich erschlossen
Zur reifen, voll erblühten Frau.
Er blickt' in ihres Herzens Tiefe,
Und bei der trauten Stimme Klang
War's ihm, als ob Erinnrung riefe
Aus einst'gen Glückes Überschwang.
„Nun haben wir uns endlich wieder,"
Sprach sie, „und bleiben, wo uns scheint
Die Sonn' und aufgeht oder nieder,
Fortan bis in den Tod vereint."
„Bis in den Tod! so lang uns beiden
Die Sonne scheint, so lange soll
Uns nichts mehr von einander scheiden,"
Sprach Helmuth dumpf und schwermuthsvoll.
   „Wie Du das sagst! so trostlos traurig!
Helmuth, bist Du denn nicht beglückt?
Ach! ich errath's, was schwer und schaurig
Dich überfällt und niederdrückt.
Du hast, gefangen in der Schlinge,
Der Väter Glauben abgethan;
Der Krieg ist schuld, ich aber bringe
Dich wieder auf die rechte Bahn.
Du sagst Dich los von den Papisten,
Nimmst Luthers Lehre wieder an,
Und wir, als evangel'sche Christen,
Sind wieder eines Glaubens dann."
„Das sind wir schon, seit wir geboren,"

Sprach Helmuth lächelnd, „blieben's auch,
Denn niemals hab' ich abgeschworen
Den Glauben und der Väter Brauch."

„Nicht? nicht katholisch bist Du worden?
Und segelst hier mit falschem Wind?"

„Mich frugen weder Mansfelds Horden,
Noch Pappenheim: weß Glaubens Kind?"

„Helmuth! sag' mir, wie Du's vermochtest,
In welchem Irrwahn es geschah,
Daß Du für unsre Feinde fochtest,
Ein edler Schenk von Vargula!"

„O Liebe, schrecklich sind die Zeiten,
Verwildert bin ich in dem Graus,
Bracht's weiter nicht, als zum Gefreiten,
Zog lange schon den Junker aus."

„Du liefest an und halfest stürmen
Der Protestanten feste Burg,
Nicht Glockenklang auf ihren Thürmen
Trieb Dich zurück von Magdeburg.
Und hier in unserm Sachsenlande,
Wie war es? grausam und verrucht
Habt ihr gleich einer Räuberbande
Die Städt' und Dörfer heimgesucht."

„Befohlen war uns: Drückt und tretet!
Ich aber bin der Einz'ge nicht,
Der manchmal schlecht lutherisch betet
Und immer gut katholisch ficht."

„Schmachvoll ist's, Helmuth! wie bestehen
Willst Du dereinst vor Gottes Thron
Am Tag, wo die Posaunen gehen
Und jede That kriegt ihren Lohn?"

„Ich muß mich meines Schwerts ernähren,
Im Sattel leben statt im Schloß,
Mich gegen Freund und Feind bewähren
Als Reitersmann auf meinem Roß.“

„So laß das Roß den Reiter tragen
Dahin zum gottgefäll'gen Sieg,
Wo protestantische Schwerter schlagen
Die Schlachten in dem großen Krieg.“

„Es ist zu spät, und fest gebunden
Hab' ich mich hier durch's Jurament,
Auch manchen Trautgeselln gefunden
Im Pappenheim'schen Regiment.“

„Noch einmal was zu spät? zum Guten,
Zur Sühne wird es nie zu spät.
Helmuth, siehst Du mein Herz nicht bluten,
Das einem halb Verlornen räth?
Komm, laß uns dieses Band zerreißen
Und zu den Schweden übergehn,
Damit wir in dem Kampf, dem heißen,
Auf unsers Glaubens Boden stehn!“

„Helene! ... fahnenflüchtig werden?!
So lang' die Hand ein Schwert noch schwingt.
Giebt's nirgend eine Macht auf Erden,
Die mich zu solcher Sünde bringt!
Wo kaiserliche Fahnen wallen,
Da kämpf' ich, anders nimmermehr!
Als Pappenheimer will ich fallen,
In des Feldmarschalls tapferm Heer.“

„Was Pappenheim! der ruchlos Wilde,
Ist der Dein Heiland und Dein Hort?
Den Ehrgeiz führt er nur im Schilde,

Und seine Losung ist der Mord."

„Du kennst ihn nicht; einmal ergeben,
Bleibt man es ihm auf immerdar,
Läßt freudig für ihn Leib und Leben,
Gehört ihm an mit Haut und Haar.
Mit ihm nur zück' ich meine Wehre
Und strecke sie vor ihm allein,
Der Ritt mit ihm ist Ruhm und Ehre,
Und ging' es in die Höll' hinein."

„Marschirt denn Ehre vor Gewissen?
Schaff' Dir im Himmel ein Quartier!
Das Evangelium ist Dein Kissen,
Dein Schwert, Dein Harnisch und Panier."

„Quartier dort oben machen Pfaffen,
Der Reiter denkt nicht so entfernt;
Seit wann führst Du so fromme Waffen?
Bei Christian hast Du's nicht gelernt."

„Nicht von ihm, das kann ich bekunden,
War auch der Unmensch Protestant,
Doch unter ihm, in schweren Stunden
Hab' Jesum Christum ich erkannt.
Die Schandgesellen Christians trieben
Mit allem Heil'gen Hohn und Spott,
Doch mir ist alle Zeit verblieben
Mein felsenfest Vertrau'n auf Gott.
Das hat mich aufrecht stets erhalten,
Wenn schon Verzagtheit mich beschlich,
Und nun, — der Kaiserlichen Schalten,
An Christians Volk gemahnt es mich.
Helmuth, — kehr' um! laß Dich beschwören
Bei Deiner Seele Seligkeit,

Eh sie Dich ganz und gar bethören
Zum Abfall, zur Verworfenheit!
Bei Deiner Mutter Angedenken,
Die's Händefalten Dich gelehrt,
Entschließe Dich, kurz abzuschwenken,
Daß Gnade Dir der Herr beschert!
Komm zu den Schweden! sie sind alle
Im Evangelium uns verwandt;
Wo steht Dein Pferd? ich geh' zum Stalle
Und sattl' es Dir mit eigner Hand."
Wild sprang er auf von ihrer Seite,
„Ich hab' kein Pferd mehr!!" schrie er jach.
      „Du hast keins? — so nimm meins und reite!
Ich folge Dir zu Fuße nach.
Helmuth!" — und seinen Hals umstrickte
Sie mit den Armen, schmiegte dicht
Sich an den Jugendfreund und blickte
Ihm flehend, glühend ins Gesicht —
„Helmuth! — wie soll ich es Dir sagen?
Acht Jahre waren wir getrennt,
Jetzt könnt' ich keinen Tag ertragen
Fernab von Deinem Regiment.
Liebst Du mich nicht, wie ich Dich liebe?
Ach! thätest Du's, Du folgtest mir!
Möcht'st Du nicht, daß ich bei Dir bliebe?
Ach gerne thät' ich's, nur nicht hier!
Ich halt's nicht aus bei den Ligisten,
Geh' wieder hin, woher ich kam,
Stöß'st Du mich fort, einsam zu fristen
Mein Dasein in Geduld und Gram.
Helmuth, so schwer wird Dir's, zu küren?

Sprich, willst Du mein Gefangner sein?
Die Liebe soll Dich schnell entführen,
Und bei den Schweden werd' ich Dein!"
Heiß packt' ihn an ihr In-ihn-dringen
Und däucht' ihm doch wie Schicksals Hohn;
Um Schmerz und Unruh zu bezwingen,
Sprach er mit spottgetränktem Ton:
„Das wär' ein Gaudium für die Schweden,
Ein Pappenheim'scher Kürassier,
Den eines Weibes Überreden
Gefangen brächt' in ihr Revier!"
Sie trat von ihm zurück, und herbe
Klang's: „Pappenheim'scher Kürassier!
Nicht nur um Deine Liebe werbe,
Um Deine Seele ring' ich hier.
Jetzt wähle Du! dort Tilly's Fahnen,
Vom Blute der Gerechten roth,
Hier treuer Liebe minnig Mahnen
Und heil'gen Glaubens erst Gebot."
Mit langen, festen Sporenschritten
Maß er das Zimmer kreuz und quer,
Und stürmende Gedanken stritten
In seinem Innern hin und her.
Tief athmend macht' er Halt, als würfe
Er von sich eine schwere Last,
Die er nicht länger tragen dürfe,
Und sprach entsagungsvoll gefaßt
„Ich habe keine Wahl, erfüllen
Wird sich mein Schicksal, eh Du denkst;
Laß mein Geheimniß mich enthüllen,
Damit Du Deine Lanze senkst."

Noch einmal stockt' er, schmerzzerrieben,
Und zitterte — „Der vor Dir steht.
Helene, — ist dem Tod verschrieben,
Von den vier Winden bald umweht."
Sie starrt' ihn an, — sprach er im Fieber?
Erschrocken griff sie seine Hand,
„Was hast Du? Todesahnung, Lieber?
Ein Traum, der Dir die Sinne band?"

     „Kein Traum; ich will Dir Alles sagen,
Komm, sitze nieder, rücke zu!
Du bist ja stark und wirst es tragen,
Und meinem Herzen schafft es Ruh."

Helene hörte nun in Bangen
Von Helmuth Alles, was geschah,
Und wie das Unglück angefangen
Damit, daß er Editha sah.
Und Alles, was zur Schuld ihn führte,
Gestand er ihr, verschwieg auch nicht,
Daß er den Aufruhr, den er schürte,
Zu büßen hätt' am Hochgericht.
Helene, die des Freundes Beichte
Mit keinem Einwurf unterbrach,
Bis in den Grund erschüttert, reichte
Treufest ihm ihre Hand und sprach:
„Ich bleibe bei Dir, mag auch kommen,
Was will nun, ich verlaß' Dich nicht;
Was ich aus Deinem Mund vernommen,
Lehrt mich des Lebens letzte Pflicht.
Helmuth, Dein Schicksal und Verderben
Bin ich, vor Augen steht mir's klar,

Darum, stirbst Du, muß ich auch sterben,
Im Tode werden wir ein Paar.
Sieh! als Editha Du erblicktest,
Sahst Du leibhaftig mich in ihr,
Daß schnell Du in den Tausch Dich schicktest,
Und als sie floh, floh ich von Dir.
Mir galt Dein Sehnen und Verlangen
Und Eifersucht und Ungeduld,
Denn unsre Liebe hielt gefangen
Dein Herz und brachte Dich in Schuld.
Das ist nun Dein und mein Verhängniß;
Das Leben nicht, der Tod allein
Traut uns und legt uns beim Begängniß
Vermählt in eine Gruft hinein."
Mit Schrecken hört' er, was sie sagte,
Wie, theilend seine Schuld, sogar
Nun ihre Liebe sie verklagte,
Mit ihm zu sterben willens war.
„O nein! so darfst Du nimmer enden,"
Rief er, indem er sie umschlang,
„Für Dich kann sich noch alles wenden
In Deines Lebens Weitergang."
    „So laß uns fliehen! mit Dir leben
Will ich mit Freuden, wo Du willst,
In treuer Liebe Dir ergeben,
Wenn Du mir das Verlangen stillst,
Vom Glaubensfeinde Dich zu retten.
Fort kannst Du, gehst hier frei umher,
Bist nicht in Haft, trägst keine Ketten,
Gabst auch Dein Wort nicht als Gewähr.
Komm, Helmuth! lerne wieder hoffen!

Schenk' uns das Leben, Dir und mir!
Die Welt liegt vor uns weit und offen,
Die Liebe macht für uns Quartier!"
Er sprach: „Verzeih Dir's Gott, Helene!
Wie fürchterlich versuchst Du mich!
Zeigst mir das Glück, das ich ersehne,
Dich zu besitzen! — ach! und ich,
Ich kann und darf es nicht erfassen,
Darf nicht die wackeren Geselln,
Die ich verführt, im Stiche lassen,
Muß mich allein für Alle stelln.
Nichts hab' ich mehr Dir zu verhehlen;
Sei wahr wie Gold und hart wie Erz!
Soll ich mich feig von hinnen stehlen?
Thät'st Du's, Helene? — Hand aufs Herz!"
„Nein!!" schrie sie auf, vor Leid vergehend,
Warf sich an seine Brust und gab
Sich ihrem Schmerz hin, weinend, flehend:
„Ach, Helmuth! nimm mich mit ins Grab!"

    „Helene! Dank! wohin wir treiben, —
Du sprachst, wie's Ehre Dir gebot;
Siehst Du! wir Pappenheimer bleiben
Der Fahne treu bis in den Tod!"

XVIII.

Vorm Feldmarschall.

———

Pappenheim erhielt in Pegau
Schriftlichen Befehl von Tilly,
Sich dem General bei Schkeuditz
Anzuschließen, und marschirte
In der ihm bestimmten Richtung.
Dort nun wiederum vereinigt,
Zog man graden Wegs nach Leipzig,
Daß man, Uebergabe fordernd,
Mit den Stücken freundlich grüßte
Und mit dem Geschick bedrohte,
Falls die Stadt sich lange sperre,
Dem schon Magdeburg erlegen.
Folge davon war, daß Leipzig
Seine Thore willig aufschloß
Und von Tilly schnell besetzt ward.
    Gustav Adolf hatt' indessen
Auf der Wittenberger Brücke
Schon den Elbstrom überschritten,
Dann in Düben ungehindert
Mit den Sachsen sich vereinigt
Und war zum Entsatz von Leipzig

Nun im Anmarsch mit dem Heere.
Tilly ließ auf diese Meldung
Seiner schwärmenden Kroaten
Beim Dorf Eutritzsch nördlich Leipzig
Zur Vertheidigung ein Lager
Eilig schlagen und verschanzen,
Um in gut gedeckter Stellung
Einem Angriff zu begegnen,
An den er jedoch nicht glaubte.
Eh' er einen Vorstoß wagte,
Wollt' er erst die Generale
Aldringer und Tieffenbach,
Die Verstärkung ihm aus Schlesien
Bringen sollten, noch erwarten.
Darum blieb er, ihren Zuzug
Hier von Tag zu Tag erhoffend,
Unbesorgt im Anschlag liegen.

Müßig, aber schwer beklommen
Sahen hier die Küraſſiere
Jetzt dem Reuterrecht entgegen,
Daß man über die Rebellen
Noch nicht abgehalten hatte.
Der Genoſſen Groll auf Helmuth
War in billiger Erwägung,
Daß ein unglückſel'ger Irrthum
Ihn und ſie betrogen hatte
Und ihn ſelbſt die ſchwerſte Strafe
Treffen würde, faſt verſchwunden,
Sonderlich, als ſie bemerkten,
Wie er litt in dem Bewußtſein

Seiner Schuld, und dann vernahmen,
Daß er sich für sie zu opfern
Willens wär' und vom Feldmarschall
Dies als Gunst erbitten wollte.
Viele sprachen laut dagegen;
„Mit gefangen, mit gehangen!"
Sagten sie, „was Alle thaten,
Müssen nun auch Alle büßen."
Dieser Meinung war auch Rembert,
Der freiweg dem Freund erklärte,
Daß er ihn auf seinem Wege
Zum Feldmarschall ungebeten,
Unbedingt begleiten werde,
Und dagegen keinen Einspruch
Sich gefallen ließ von Helmuth.
Denn er fürchtete, daß dieser
In dem Drange seines Herzens,
Die Genossen nur zu retten,
Seine Schuld vor dem Feldmarschall
Ungebührlich übertreiben
Und auf sich allein die Schwere
Des Verbrechens und der Strafe
Todentschlossen lenken würde.
Solchem Opfer wollte Rembert
Durch sein Wort und Zeugniß steuern.
Es gelang auch ihnen beiden,
Sich in Leipzig beim Feldmarschall
Zutritt und Gehör zu schaffen,
Und zur festgesetzten Stunde
Wagten sie den Schritt und gingen.

Kerzengrad', in Helm und Harnisch,
Standen wie zwei erzne Säulen
Doppelsöldner und Gefreiter
Regungslos vor dem Gewalt'gen,
Der sie schweigend eine Weile
Mit den scharfen Adleraugen
Musterte von Kopf zu Füßen
Und dann streng und finster fragte:
„Seid gewählt ihr von den Euren?"
„Nein, Eu'r Excellenz! wir kommen
Ganz allein aus eignem Antrieb,
Doch die Kameraden wissen's,"
Gab ihm Helmuth fest zur Antwort.
„Was ihr wollt, vom Oberst hört' ich's,"
Sagte Pappenheim, „um Gnade
Wollt ihr betteln für Rebellen!
Wird euch allerdings nichts helfen,
Doch ihr Zwei' seid mir die Liebsten,
Denen ich ein Wort vergönne,
Wie es dem Soldaten ziemet,
Für die Brüder einzutreten;
Wenn's die Schufte nur verdienten!
Regt euch! — Schenk, woher doch stammst Du?"
    „Aus dem Unstrutthal, ich heiße
Helmuth Schenk von Vargula."
    „Bist ein Vargula?! und sagst's nicht?!
Wärest längst Off'zier geworden."
    „Ich verschwieg's mit Absicht; dies hier
Ist mein einzig Gut auf Erden."
Bei den Worten wollt' er kräftig
An sein Schwert zur Linken schlagen;

Doch da ging ein schmerzlich Zucken
Durch sein Antlitz, denn die Stelle,
Wo das Schwert sonst hing, war leer jetzt,
Als Rebell war er ja schwertlos.
Pappenheim that, als bemerkt' er
Helmuths Schrecken nicht, und sagte:
„Desto besser! 's ficht sich leichter,
Wenn man nichts hat als die Ehre.
Alter, Dich," sprach er zu Rembert,
„Kenn' ich wohl, Du bist Wallone
Und schon lang beim Regimente."

„Seit elf Jahren, Ihro Gnaden!"
„Also länger, als ich selber.
Jetzt acht Jahre sind es, Rembert,
Daß der Kaiser Ferdinandus
Auf dem Regensburger Reichstag
Mir das Regiment verliehen.
Immer hat sich's brav gehalten,
Nie gewankt hat's, nie versagt noch,
War mein Stolz und meine Freude,
Und ich weiß, ihr nennt euch selber
Rühmlich meine Pappenheimer.
Und nun muß ich das erleben!
Trotz in meinem Regimente!
Meutrer meine Kürassiere!
Über hundert Narben trag' ich
Auf dem Leib, und alle Wunden,
Die ich auffing, alle heilten.
Diese, Freund, wird nie verharschen,
Nie vergeß' ich's, nie verwind' ich's,
Was mein Regiment mir anthat.

Euch auch brennt es auf der Seele,
Und ihr schämt euch für die Andern,
Kommt nur her, um eurer Treue,
Eurer und noch manches Braven
Unter euch, mich zu versichern.
Nöthig war's nicht, doch ich dank' euch!"
Jedem auf die Schulter legt' er
Eine Hand, ihn herzhaft schüttelnd,
„Euch vertrau' ich, denn ich kenn' euch,
Laß' es euch auch nicht entgelten,
Was ihr wohl nicht hindern konntet,
Aber — ich verlange Wahrheit!
Sagt, wer sind die Rädelsführer?"
Helmuth bebte, schaudernd lief es
Ihm eiskalt jetzt übern Rücken;
Klanglos sprach er: „'s ist nur Einer,
Excellenz! — er steht hier vor Euch."
Pappenheim sah schnell von Helmuth
Hin zu Rembert und von Rembert
Wiederum verblüfft auf Helmuth,
Und die Stirne krausend frug er:
„Vargula! Du treibst nicht Possen?!"
 „Excellenz verlangten Wahrheit!"
Wiederum ein kurzes Schweigen,
Dann noch drohender die Frage:
„Trank er, Rembert, oder träumt er?"
 „Keins von beiden, Ihro Gnaden!"
„Ich allein," sprach Helmuth, „habe
Die Kam'raden angestachelt,
Unserm Leutnant aufzukünd'gen."
Pappenheim macht' ein paar Schritte,

Stampfte klirrend mit dem Fuße
Und rief zornig: „'s ist gelogen!"
„Wollt', es wär' so!" seufzte Helmuth.
    „Du? Du hast die Compagnie
Zur Empörung aufgestachelt?
Das beweise, soll ich's glauben!"
    „Die Geschicht' ist lang, Eu'r Gnaden!"
    „Diese Stund' 'ist Dein, — erzähle!"
In dem wohnlichen Gemache
Stand ein Sessel, darin nieder
Ließ sich Pappenheim am Tische,
Und den Ellenbogen stützend,
Auf der Faust die Wange, blickt' er
Zu den Zwei'n empor, begierig,
Was ihm Helmuth melden würde.

Der erzählte nun von Anfang,
Treu der Wahrheit und ausführlich
Alle die Begebenheiten,
Die zum sträflichen Gewaltstreich
Die Veranlassung gewesen.
Wie er Edith aufgefunden
Und weßhalb er sie im Lager
Bei sich dann behalten hätte;
Wie den Leutnant der Entführung
Er verdächtigt, ihn gefordert
Und ihn wegen Mädchenraubes
Und Verweigerung des Zweikampfs
Bei der Compagnie verunehrt,
So daß sie dem Vorgesetzten
Den Gehorsam aufgekündigt;

Wie es an den Tag gekommen,
Daß der Leutnant völlig schuldlos
Und daß somit all das Unheil,
Nur durch sein, des Sprechers, Mißtrau'n
Freventlich heraufbeschworen,
Um ein Nichts entstanden wäre.

Nach der langen, schweren Beichte
Athmet' er tief auf und fuhr dann
Unerschrocken fort: „So steht es,
Euer Excellenz! so habe
Die Verantwortung für Alles
Ich allein zu übernehmen.
Und ich will's auch; aber tödtlich
Bis ins Mark hinein getroffen,
Ein Verzweifelnder, vermag ich
Nicht die Last der Schuld zu tragen,
Daß ich mich durch einen Irrthum,
Den die Eifersucht mir tückisch
Vorgespiegelt, ließ verleiten,
Die Kam'raden aufzureizen,
Sie zum Eidbruch zu verführen
Und in Noth und Tod zu bringen.

Herr Feldmarschall, darf ich's wagen,
Ihro Gnaden an den Vorfall
Damals in den Palisaden
Magdeburgs heut zu erinnern?
Da gelobten Excellenz mir,
Meiner gnädig zu gedenken,
Wenn ich selber mal in Noth sei.
Heute bin ich's, und die Gnade,
Die ich flehentlich erbitte,

Ist: es mög' Exc'llenz gefallen,
Meines Lebens willig Opfer
Als des Frevels volle Sühne
Ganz allein dahin zu nehmen
Und den Kameraden allen
Jede Strafe zu erlassen.
Wollen Excellenz mir gnädigst
Statt der Schand' und Schmach des Stranges
Ein paar Kugeln permittiren,
Wird's der letzte Vargula
Noch in seiner Todesstunde,
Noch mit seinem Blut Euch danken."

Pappenheim stand auf vom Sessel,
Und den langen Schnurrbart drehend,
Schritt er düstern Angesichtes
Auf und nieder im Gemache,
Blieb dann mit verschränkten Armen
Vor den Kürassieren stehen,
Bald den Einen, bald den Andern
Grüblerisch ins Auge fassend,
Unentschlossen noch und schweigsam.
Da sprach Rembert: „Herr Feldmarschall,
Darf ich auch ein Wörtlein sagen?"
„Rede!" nickte der Gestrenge.
„Einem Gutgeselln," begann er,
„Kommen vor die Faust zuweilen
Gar absonderliche Händel.
Was mein Kam'rad Ihro Gn
Hier berichtet hat, ist Wahrhei.
Bis auf einen wicht'gen Umstand.

Allerdings hat Schenk den Leutnant
In der Compagnie als Schelmen
Ausgeblasen und den Anstoß
Zu der Rebellion gegeben.
Das ist sein Vergehn, doch weiter
Hat er nichts sich vorzuwerfen.
Er hat nicht die Kameraden,
Die im Stillen auf den Leutnant
Längst schon eine Pike hatten,
Noch verhetzt und aufgewiegelt,
Hat sich an dem Streit im Lager,
Eh wir in den Ring getreten,
Nicht mit einem Wort betheiligt.
Darum, weil er nicht so schuldig,
Wie er selber sich hier anklagt,
Darf er auch so schwer nicht büßen,
Und die Compagnie ist einig,
Seinen Tod als einz'ge Sühne
Für die That nicht anzunehmen.
Dennoch bitt' ich für uns Alle,
Excellenz, um eine Gnade.
Keiner ist in unsern Reihen,
Den das Stück nicht bitter reute,
Keiner hat sich der Bestrafung
Heimlich durch die Flucht entzogen,
Und es lag doch die Versuchung
Nah genug und war ein Leichtes,
Zu den Schweden durchzubrennen,
Aber Keiner desertirte.
Da nun, mit Respekt zu melden,
Euer Excellenz bei Dem hier

So zu sagen einen Schinken
Noch im Salze haben, mein' ich,
Könnten Excellenz in Gnaden
Allen statt des trocknen Vetters
Einen ehrlichen und echten
Frommen Reitertod uns gönnen.
Herr Feldmarschall, kommandirt uns
In das schwerste Vordertreffen
Nächster Schlacht und lasset Jeden
Selbst sich seine Kugel suchen!
Wer lebendig noch davonkommt, —
Nun, mit dem in Teufels Namen
Flugs hinauf zum eichnen Kirschbaum!" —
Während dieser Rede klärten
Des Feldmarschalls finstre Züge
Mehr und mehr sich auf, und als er
Jetzt dem alten Doppelsöldner
Ins verwitterte Gesicht sah,
Blitzt' ihm aus den Augenwinkeln
Etwas wie geheime Freude.
Näher trat er ihm, und Rembert
Fest am Knebelbarte packend
Und ihn daran zerrend lacht' er:
„Bist ein Teufelskerl doch, Alter!
Deinen Vorschlag acceptir' ich,
Um mein Magdeburger Paßwort
Dem hier treulich einzulösen.
Eine große Schlacht steht nahe
Jetzt bevor uns mit den Schweden.
Suchen soll den Tod dort Niemand;
Wir bedürfen, um zu schlagen,

Der Lebend'gen, nicht der Todten.
Wenn wir aber siegen, Alter!
Vargula, wenn wir jetzt siegen,
Nun, — dann wolln wir untersuchen,
Wer begnadigt wird, und wer noch . . ."
Mit dem Zeigefinger macht' er
Eine deutliche Bewegung
Um den Hals und wies nach oben.
„So! nun geht! schickt mir den Oberst,
Bittet ihn, daß er die Degen
Und die Gäul' euch wiedergebe,
Ich erlaub' es, die Cornete
Kriegt ihr nach der Schlacht erst wieder."
„Nein, Eu'r Gnaden! die Cornete
Müssen vor der Schlacht wir haben!"
Trumpfte Rembert, „wo wir siegen,
Muß die Fahne mit dabei sein,
Und wir siegen, Herr Feldmarschall!" -

Als jetzt Pappenheim allein war,
Ging er wieder im Gemache
Langen Schrittes auf und nieder.
„Ganz verteufelte Geschichte!"
Fing er an im Selbstgespräche,
„Es ist sonst nicht meine Sache,
Mit Rebellen zu pactiren,
Aber diesmal — wenn's nur anging'! —
Möcht' ich Gnade walten lassen.
Halb, vielleicht auch ganz betrunken,
Haben sie die That begangen.
Dazu die besondern Umständ',

Eifersucht, unsel'ger Irrthum;
Schenk — ein Vargula, der letzte! —
Rettete mir einst das Leben;
Und nun Mallebrein! der sicher
Sie gereizt hat; längst schon bin ich
Mit dem Leutnant unzufrieden.
Hat sich auch bei der Affaire
Schlecht benommen, müßte dafür
Selber vor das Malefizrecht.
Soll ich etwa seinetwegen
Meine tapfern Pappenheimer
Rottenweise hängen lassen?
Jetzt gerade, wo sie wissen,
Wieviel davon abhängt, werden
Wieder'n Feind sie sich im Felde
Wie noch nie gebrauchen lassen,
Um den Sieg herauszudrücken,
Den ich unter dem Aspecte
Schon wie in der Tasche habe. —
Ein gefährlicher Effect zwar
Wär's für andre Malcontente,
Wenn sie die Erfahrung machten,
Daß die Rebellion im Lager
Nachsicht und Verzeihung findet.
Derohalben, ex principio
Muß ich hier vor Aller Augen,
Dem gesammten Heer zur Warnung
Ein Exempel statuiren
Und ein Dutzend hängen lassen;
Aber erst den Sieg in Händen,
Schick' ich sie zum lichten Galgen.

Könnt' ich unfern morfchen Alten
Nur zum Schlagen jetzt bewegen!
Aber wie ein alter Kater
Sitzt er lauernd vor dem Mausloch,
Denkt, daß ihm die Schweden felber
In die Krallen laufen follen.
Nun, im nächsten Kriegsrath werd' ich
Ihm fo fcharf zu Leibe gehen,
Daß er nachgiebt und zum Angriff
Sich ermannt; und damit Punktum!"

Ohne Maß in ihrer Freude
War die Compagnie, die bangend,
Auf der Beiden Rückkehr wartend,
Sich verfammelt hielt, als Rembert
Ihr von des Feldmarfchalls Großmuth
Kunde gab, daß die Rebellen
In die Schlacht mitziehen durften,
Um fich einen Tod in Ehren
Zu erftreiten. Wilde Kampfluft
Überkam die Küraffiere
Bei der Nachricht; alle hofften
Auf des Marfchalls Gunft und Gnade
Nach dem Sieg und wollten fchnurftracks
Pappenheims Quartier erftürmen,
Ihn auf ihre Schultern heben,
Singend durch die Gaffen tragen
Und ihn feinen Völkern zeigen
Als den beften aller Feldherrn
Rembert hatte große Mühe,
Ihren Herzensdrang zu zügeln;

Doch ein stark Gesöffe gab es,
Wie sie's nannten, und da durst' er
Ihnen keinen Trunk versagen,
Den ihr Dank und Durst ihm vorkam.
Über alle Stränge schlugen
Aber Jubel und Begeistrung,
Als nachher die von der Zehnten
Ihnen auf Befehl die Degen
Und die Pferde wiederbrachten.
Rührend war das gegenseit'ge
Wiedersehn von Roß und Reiter.
Selbst die Thiere gaben deutlich
Ihrem Wohlgefallen Ausdruck;
Manche wieherten und sprangen
Beim Erkennen ihrer Reiter,
Sahn sie an mit hellen Augen
Und beschnupperten sie traulich.
Und wie fröhlich erst begrüßte
Jeder Reiter seinen Liebling!
Schlang ihm um den Hals die Arme,
Streichelt' ihn und klopft' ihn zärtlich,
Sprach mit ihm in Schmeichelworten,
Führt' ihn stolz mit sich von dannen,
Nahm ihm Zaum und Sattel, flocht ihm
Bunte Bänder in die Mähne
Und versorgt' ihn so mit Futter,
Als ob Rappe hätt' und Brauner
All die Tage fasten müssen.

Helmuth flog zum Fahnenschmiede
Und verkündete dort selig

Die Entscheidung des Feldmarschalls,
So sie deutend und erklärend, •
Als wenn ein erfochtner Sieg jetzt
Völlige Begnad'gung brächte.
Den Genossen, als sie's hörten,
Fielen nach der Angst um Helmuth
Bergeslasten von der Seele,
Weil sie nun fast als gerettet
Ihn betrachteten. „Wenn's los geht,
Reit' i mit und helf' uich siege!"
Rief ihm Ignaz zu, „do denk' i,
Meinen alten Hals amol au
Wieder in die Schanz no z'wage."
Tief bewegt empfing Helene
Die verheißungsvolle Botschaft
Mit Gefühlen höchsten Dankes
Gegen Gott, den ewig Güt'gen,
Aber auch mit der Erkenntniß,
Daß, noch eins so stark gefesselt
Jetzt an Pappenheim, der Liebste
Von dem Banner der Ligisten
Nun erst recht nicht lassen würde.
    Andere Gedanken wogten
In der Brust der jüngern Schwester.
In der freudetrunknen Stimmung
Und der festen Siegeshoffnung,
Die jetzt Helmuths sich bemächtigt,
War er heut auch zu Editha
Wieder recht von Herzen freundlich,
Just so freundlich und vertraulich
Wie zur Zeugin seiner Jugend,

Grad' als könnt' er jetzt die Schwestern
Selber nicht mehr unterscheiden
Und verwechselte die Eine
Mit der Andern oder liebte
Beide mit der gleichen Wärme.
Da kam's über sie wie Lächeln
Eines wonnesüßen Traumes.
Wie nach kalter Frühlingsreifnacht
Ein geknicktes Blumenantlitz
Sich im Morgensonnenstrahle
Wieder in die Höhe richtet,
So erhob ihr Haupt Editha
Bei den innig heitern Blicken
Und den liebevollen Worten,
Womit Helmuth sie beglückte.
Auferstanden und lebendig,
Himmelhoch aus ihrem Herzen
Schwang sich kühn empor die Hoffnung
An Helenen knüpfte Helmuth
Doch vielleicht nur alte Freundschaft
Und Erinnerung der Jugend,
Nicht die Leidenschaft der Liebe,
Seiner Liebe, die Editha
Noch trotz Allem zu erringen
Jetzt nicht mehr unmöglich däuchte.

Aber ehe Herzenswünsche,
Die im tief Verborgnen glühten,
Förbrung und Erfüllung fanden,
Trat das Unglück jäh dazwischen.

Gustav Adolf, in Gemeinschaft
Mit den ihm verbundnen Fürsten
Von Kur=Brandenburg und Sachsen,
Hatte sich dafür entschieden,
Auf den Gegner loszugehen
Und die Schlacht ihm anzubieten.
Fest auf die gerechte Sache
Und des Höchsten Hülfe bauend
Sagt' er wohlgemuth, er wolle
Seine königliche Krone
Und zwei Kurhüt' jetzt an einem
Alten Korporale reiben,
Tilly damit titulirend.
Dieser hielt in der Behausung
Eines Todtengräbers Kriegsrath
Und entschloß sich, von der Kampflust
Pappenheims dazu getrieben,
Allen Vortheil seiner Deckung
Aufzugeben, den Alliirten
Sich im freien Feld zu stellen
Und die Schlacht dort anzunehmen.

Unweit Breitenfeld, in Wolken
Mächtig aufgewühlten Staubes,
Ward die große Schlacht geschlagen,
Und als sie nach heißem Ringen
Endlich Abends war entschieden,
Hatte Tilly sie verloren.
Beinah wär' er selbst gefangen
Von dem Regimente Rheingraf
Ein Rittmeister hatt' erkannt ihn,

Eingeholt bei der Verfolgung
Und mit dem Pistolenkolben
Abgebläut den greisen Feldherrn,
Der verwundet war und hülflos
Sich ihm hätt' ergeben müssen,
Wenn nicht Herzog Max von Lau'nburg
Noch den ehrvergessnen Drescher
Durch den Kopf geschossen hätte.
Pappenheim, deß starkem Drängen,
Unvorsicht'ger Überstürzung,
Tollkühn ungestümem Draufgehn
Tilly zornig alle Schuld gab
An der schweren Niederlage, —
Pappenheim mit seinen Reitern
Hatt' in stets erneutem Ansturm
Und in zähem Widerstande,
Was nur möglich war, geleistet
Seine Küraffiere kämpften
Heldenmüthig, löwengrimmig;
Doch umsonst war all ihr Mühen
Um des Sieges blut'gen Lorbeer
Vor der Übermacht des Feindes.
Die sich opfernden Schwadronen,
Von dem wirkungsreichen Feuer
Aus den ledernen Kanonen
Torstensons fast aufgerieben,
Wurden endlich auch geworfen
Als die Letzten auf dem Schlachtfeld,
Wo sie einzig Stand gehalten,
Um des kaiserlichen Heeres
Schnellen Rückzug noch zu decken.

Es vor gänzlicher Vernichtung
Durch ihr Ausharrn nur bewahrend.

Tausendfältig auf der Walstatt
War des großen Schnitters Ernte,
Doch von allen Regimentern
Hatte keins so viele Todte,
Wie das Pappenheim'sche zählte.
Oberst Baumgart war gefallen,
Leutnant Mallebrein, auch Floris,
Ach! und Viele, Viele lagen
Sterbend dort in ihrem Blute.
Unverwundet war kaum Einer,
Auch nicht Pappenheim; er suchte
Vor dem letzten großen Angriff
Sich ein ledig Pferd, das vierte
Schon an diesem Unglückstage,
Als er leise rufen hörte:
„Herr Feldmarschall!" — näher gehend
Fand er, das Visir geöffnet,
Einen von den Seinen liegen.
„Vargula! Du auch? wie steht es?"
Frug er theilnahmsvoll sich bückend.
„Schlecht, — lebtwohl!" sprach Helmuth traurig
    „Nicht doch! laß Dich gut kuriren,
Und dann kommst Du wieder zu mir;
Schenk, versprich es in die Hand mir!"
    „Reiterwort! — wenn's möglich, komm' ich;
Doch ich glaub's nicht, Herr Feldmarschall!
Nur noch eine Bitte: Gnade
Für die Compagnie!" — „Begnadigt

Soll sie sein, doch sind es wenig,
Die davon noch profitiren;
Alles tobt! — auf Wiedersehen,
Leutnant Schenk von Varqula!"
Sagte Pappenheim und eilte
Wieder vorwärts, bald verschwindend
In der Dämmrung, die herab sank
Und durch die im weiten Umkreis
Auf der Ebne roth wie Fackeln
Loderte der Brand der Dörfer.

XIX.

Auf der Walstatt.

—

Helene war auf schnellem Pferde
   Selbst mitgeritten in die Schlacht,
   Zu sehen, wie dort fallen werde
Der Würfel, trieb es sie mit Macht.
Sie schweifte hin und her im Bogen,
Den Pappenheimern möglichst nah,
Gleichviel, ob Kugeln sie umflogen,
Wenn sie das Regiment nur sah,
In dessen dunklen Panzerreihen
Unkenntlich der Geliebte ritt,
Das sich dem Tode wollte weihen,
Wenn's heute nicht den Sieg erstritt.
Sie sah es kämpfen, sah es bluten,
Sah niedersinken Mann und Roß,
Wenn das Geschütz mit Feuersgluthen
Und Eisenschrot es übergoß.
Und wie mit müth'gem Schädelspalten
Zwei Heere dort im Pulverdampf,
So führten bitter zwei Gewalten
In ihrem Herzen einen Kampf.
Ihr Glaube stritt mit ihrer Liebe;

Sie wünschte, daß der Waffen Glück
Den Evangelischen verbliebe,
Und schrak doch vor dem Wunsch zurück,
Bedenkend, würd' der Sieg gegeben
Heut in des Schwedenkönigs Hand,
Daß dann auch wie verlost das Leben
Des Liebsten auf dem Spiele stand.
Daher denn, als sie nun geschlagen
Sah Tilly's Heer und rückwärts ziehn,
Die Liebe waltete, getragen
Von namenloser Angst um ihn.
Und als die Flucht nach hartem Streiten
Ein Regiment aufs andre nahm
Und ganz zuletzt in wildem Reiten
Auch seins herangedonnert kam,
Da ließ sie mit den Kürassieren
Ihr Pferd in langen Sprüngen gehn
Und frug im Weitergaloppiren,
Ob Einer Helmuth Schenk gesehn.
„Da hinten liegt er!" — im Gedränge
Vernahm sie nur das eine Wort,
Denn unentrinnbar in der Enge
Riß das Getümmel sie mit fort.
Dann lenkte mit verhängtem Zügel
Sie zu des Fahnenschmieds Quartier
Und rief befehlend aus dem Bügel:
„Er ist gefallen! kommt mit mir,
Daß wir ihn suchen und ihn tragen!
Kommt Alle mit, wer drin im Haus!
Camilla, nehmt den besten Wagen,
Ich flieg' aufs Schlachtfeld euch voraus!"

Jakob ließ Hammer, Zang' und Feile,
Camilla schirrte das Gespann,
Editha trieb in Angst zur Eile,
Auch Ignaz Dorschel schloß sich an.
Zur Walstatt fuhren sie, zum Wunden,
Doch sollte Jeder dort allein
Ihn suchen, und wer ihn gefunden,
Zurufen laut den andern Drei'n.

Das weite Schlachtfeld, nun verlassen
Vom Feinde, dem der Sieg verliehn,
Im Mondlicht lag's, im bläulich blassen
Das aus zerrissnen Wolken schien
Und auf des großen Kampfes Spuren,
Auf Trümmer hier und Trümmer da,
Verwüstete, zerstampfte Fluren
Und all die Todten niedersah.
Hell spiegelte sich in den Dingen
Von Stahl und Eisen seine Fluth,
Auf blanken Helmen, bloßen Klingen
Und auch in mancher Lache Blut.
Zuweilen durch das Todesschweigen
Trug schauerlich des Windes Wehn
Als Nachklang vom vertobten Reigen
Ein matt verhallend Hilfeflehn.
   Daher gestoben hoch zu Rosse
Kommt jetzt ein Weib in Nacht und Thau,
Durchkreuzt die Bahnen der Geschosse,
Hält Musterung und Todtenschau.
Helene, nur des Wortes denkend:
Da hinten liegt er! jagt allein,

Gradaus, zurück, zur Seite schwenkend,
Durch Schatten hin und Mondenschein,
Schwirrt, wie der Falke zieht, in Kreisen.
Wo heiß gekämpft das Regiment,
Und späht, ob in den blut'gen Gleisen
Sie Den nicht findet und erkennt,
Den wandellos in ihrem Hoffen
Die Liebe sucht mit Aug' und Ohr,
Wo eine Kugel ihn getroffen
Aus eines Protestanten Rohr.
Oft hält sie an auf ihrem Zuge,
Neigt sich zu einem Schläfer hin, —
Er ist es nicht! und fort im Fluge
Hetzt ruhelos die Reiterin.
Vielleicht kann ihn ihr Ruf erreichen, —
„Helmuth!" — es klingt so schmerzensschrill —
„Helmuth!" — die Nachtluft hört sie streichen, —
Kein' Antwort, Alles starr und still.
Oft scheut, von Blutgeruch umwittert,
Ihr dampfend Roß und schnaubt und 'bäumt
Sich hoch empor mit ihr und zittert,
Doch wie's auch in den Zügel schäumt,
Sie zwingt es furchtlos, pfeilgeschwinde
Braust's mit Helenen übers Land,
Lang wallt, gelöst, ihr Haar im Winde.
Im Winde flattert ihr Gewand.
Gleich einer reisigen Walküre
Im Adlerhelm, mit Speer und Schild,
Daß ihren Helden sie entführe,
Durchstürmt sie suchend das Gefild.
Bald grell beleuchtet, blitzt und funkelt

Ihre Auge Gluth und Leidenschaft,
Bald scheint ihr flüchtig Bild, verdunkelt,
Fast übermenschlich, schemenhaft.
Die Blutenden am Grund erschrecken,
Daß ihnen Sinn und Seele graust,
Wie sie daher durch weite Strecken
An ihnen wild vorüber saust.
Doch schon wie ein Gespenst verflogen
Ist die dämonische Gestalt,
Im Grau'n der Nacht dem Blick entzogen,
Geschnauf und Hufgestampf verhallt.

Am Boden, mit zwei schweren Wunden
In Schulter und in Schenkel, liegt
Helmuth und harrt durch bange Stunden,
Ob sich kein Retter zu ihm biegt.
Die Kugeln, aus der Näh geschossen,
Durchschlugen Panzer und Collett,
Und wie sein Blut dahin geflossen,
Glaubt er sich bald des Lebens wett.
Er hört auch nicht Helenens Rufen,
Sieht nicht, trotz offenem Visir,
Wie sie auf flinken Rosseshufen
Ihn überall sucht, nur nicht hier.
Doch sieht er jetzt die Nacht durchwandern
Dort eine weibliche Gestalt
Von einem Todten hin zum andern.
Sie irrt umher, macht oft doch Halt,
Huscht weiter dann, kommt aber wieder
Jetzt näher, geht ihm nicht vorbei,
Schaut ihm ins Auge, wirft sich nieder

Auf ihn mit einem Freudenschrei.
Editha ist's, die ihn gefunden,
Er aber glaubt im Dämmerlicht
Sich von Helenens Arm umwunden,
Glaubt's fest und merkt den Irrthum nicht.
„Kommst Du, Geliebte? o verschwende
Schnell alle Gunst nun!" fängt er an,
„Und habe Dank, daß vor dem Ende
Ich Dir noch einmal sagen kann,
Wie ich Dich liebe! wie mir bangte,
Ich würde nimmermehr Dich sehn,
Wie glühend ich nach Dir verlangte
Mit meines Herzens letztem Flehn!"
Sie jubelt und sie weint, — mit Küssen
Bedeckt sie Wangen ihm und Mund:
„Helmuth, sprich nicht von Sterbenmüssen!
Ich pfleg' und heile Dich gesund!"
Und ahnt es nicht, da er begeistert
Erwiedert, was sie selber brennt,
Welch eine Täuschung ihn bemeistert,
Zumal er keinen Namen nennt.
Er hält Helenen nur umschlungen,
Editha doch glaubt sich geliebt
Und daß er endlich nun bezwungen,
Sich gänzlich ihr zu eigen giebt.
Sie, von dem Glücke ganz benommen
Daß sie an Helmuths Herzen ruht,
Vergißt, wozu sie hergekommen,
Er fühlt nicht Schmerz noch Fiebergluth.
So schwelgen beide, völlig achtlos,
Wie nahe schon der Tod ihm winkt

Als ihm mit einem Male machtlos
Das bleiche Haupt zur Seite sinkt.
Sie fährt empor in jähem Schrecken;
Da liegt er, rührt und regt sich nicht.
Kein Kuß, kein Flehen will ihn wecken,
Erloschen ist der Augen Licht.
Im Liebestraum ist er verschieden,
Von ihren Armen noch umfahn,
Den letzten Athemzug hienieden
Hat er an ihrer Brust gethan.
Wie sie nun kniet, ein Bild von Steine,
Aus dem sich Thrän' auf Thräne drängt,
Dröhnt Hufschlag, und im Mondenscheine
Kommt da Helene hergesprengt.
„Editha! hast Du ihn gefunden?
Und lebt er? warum riefst Du nicht?"
Editha, ganz von Schmerz umwunden,
Zeigt auf sein starres Angesicht
Und schluchzt: „Helene, hab' Erbarmen!
Ich fand zum Rufen nicht die Kraft,
Er lebte noch, in meinen Armen
Hat ihn der Tod dahin gerafft."
„Er lebte noch?!" und schnell vom Pferde
Schwingt sich Helene, wie berauscht
Von Hoffnung wirft sie sich zur Erde,
Beugt sich auf Helmuth, lugt und lauscht.
„Den Harnisch aus! faß' an! geschwinde!'
Sie mühen sich in Eil' und Hast
Und lösen Riemen ihm und Binde,
Befrei'n ihn von des Panzers Last.
Helene legt die Hand, die kühle,

Auf bloße Brust ihm Angesichts
Des Monds: „Es schlägt noch! komm und fühle!“ —
Editha spricht: „Ich spüre nichts.“

Helene stößt, die Händ' am Munde,
Nun einen Schrei aus, gellend klingt
Er übers Schlachtfeld, daß er Kunde
Den schweifenden Gefährten bringt.
Und dreimal, von verschiednen Seiten,
Tönt Antwort, Räderrollen dann,
Camilla kommt, und rüstig schreiten
Auch beide Männer bald heran.
Die Nacht zerfließt, der Morgen grauet,
Der Fahnenschmied, wie er sich bückt,
Dem stummen Freund ins Antlitz schauet,
Seufzt auf und schüttelt schwer bedrückt.
„O norr nét uf der Schtell' verzage!“
Spricht Ignaz, „'s ischt a junges Blut
Und kann a feschté Schtoß vertrage,
J han allweil no guter Muth.
Mer schaue halt no ân die Wunde,
Jaköble, bischt a Kurschmied jo!
Und ischt er erscht amol verbunde,
So kommt er zu sich, lebt er no.“
Sie hoben ihn, um ihn zu tragen,
Vom Boden auf in größter Ruh
Und legten sacht ihn auf den Wagen.
Editha setzte sich dazu
Und hielt sein Haupt auf ihrem Schoße,
Damit er weich und sicher lag,
Geschützt vor jedem harten Stoße

Und vor der Räder Ruck und Schlag.
Camilla fuhr, die Männer. gingen
Daneben her, Helene ritt
Dichtbei, und ihre Blicke hingen
An Helmuths Antlitz Schritt für Schritt.
So zogen sie mit ihm von dannen,
Nicht wissend, ob er lebt', ob todt
Der Held, den Alle lieb gewannen,
Im herbstlich kühlen Morgenroth.
Editha dachte: kehrt zum Leben
Und zur Gesundheit er zurück,
So hat er mir sein Herz gegeben,
Und mein ist seiner Liebe Glück.
Und soll er nimmermehr genesen,
So ist doch mein sein letzter Blick,
Sein letzter Kuß und Hauch gewesen,
Und trauernd segn' ich mein Geschick.
Wie sie nun auf befahrnen Wegen
Ihn weiter bringen abendwärts
Und Keiner mag die Lippen regen,
Still hingegeben seinem Schmerz,
Da — da geschieht's, daß langsam, leise
Helmuth die Augenlider hebt,
Gerüttelt in dem rauhen Gleise;
Helene sieht's, — „Halt! halt!! er lebt!!"

XX.

Im Deutsch-Ordens-Hause.

———

In Lucklum schmetterten die Finken,
Die Lerchen stiegen jubelnd auf,
Es hieß bei grüner Fähnlein Winken:
Der Frühling kommt im schnellsten Lauf.
Längst hatt' er von des Elms Geländen
Den letzten Schnee hinweg gekehrt
Und schon die ersten Blumenspenden
Der Flur als holden Gruß beschert.
Die Sonne schien vom blauen Himmel
Und rief zur Auferstehungsfahrt
Ein buntbeflügeltes Gewimmel
Von Flatterwesen aller Art.
In Lucklum vor dem Ordenshause
Saß Helmuth still auf einer Bank
Und in des Schloßwarts langem Flause,
Halbwegs genesen, halb noch krank.
Als sie vom Schlachtfeld mit ihm fuhren,
Die Freunde, bei des Frühlichts Schein
Und des geschlagnen Heeres Spuren
Nachfolgten in das Land hinein,
Da fanden sie auf lange Stunden

Die Straße vor sich in der Front
Bestreut von Sterbenden und Wunden,
Die, kraftlos, nicht mehr fortgekonnt.
Wegweiser waren die Maroden,
Verlassen lagen sie, verzagt
Dahin gesunken hier am Boden,
Des Todes grause Schnitzeljagd.
So kamen sie mit ihm nach Halle;
Der Feldscheer zog die Kugeln aus,
Verordnend bei dem schweren Falle,
Daß Helmuth liegen bleib' im Haus.
Die beiden Schwestern übernahmen
Die Pflege, wechselnd Schicht um Schicht
Und ohne jemals zu erlahmen
In ihrer Samariterpflicht.
Die Schenkelwunde heilte günstig
Und nahm den leichtesten Verlauf,
Doch an der Schulter flammte brünstig.
Gefährlich die Entzündung auf.
Trotz liebevollster Pfleg' und Warte
War Helmuths Leben lang bedroht,
Und ein viel längres Siechthum harrte
Noch sein nach überstandner Noth.
Im Winter endlich, als das Wetter
Ganz ungewöhnlich mild und lind,
Entführten seine beiden Retter,
Helen' und Edith, ihn geschwind
Nach Lucklum, pflegten hier ihn weiter
Und hielten ihn in strenger Hut,
Daß bald auch dem geknickten Streiter
Zurück kam neuer Lebensmuth.

In Wonnen fühlt' er's und Behagen,
Als ihn die Frühlingsluft umflog,
Die er an sonnig warmen Tagen
In die geschwächte Lunge sog.

Wo waren jetzt wohl die Genossen?
So frug er sich, — wo stand und stritt
Sein Regiment auf flinken Rossen?
Wer lebte noch nach jenem Ritt?
Held Gustav Adolf, der im Fluge
Deutschland bis an den Rhein und Main
Erobert, drang auf seinem Zuge
Siegreich nun auch in Franken ein.
Tilly, an Seel' und Leib gebrochen,
Verlassen von des Krieges Glück,
Vom Schwedenkönig ausgestochen
Als Feldherr, zog sich weit zurück.
Um nur Alt-Bayern noch zu halten,
Räumt' er ihm Bamberg, Nürnberg ein,
Ließ in der Oberpfalz ihn schalten
Und erst die Donau Grenze sein.
Graf Pappenheim, der niemals bangte,
Als echter Reitergeneral
Nach Kampf und Angriff stets verlangte,
Hatt' endlich auch zum letzten Mal
Mit Tilly heftig sich gestritten
Und war spornstreichs mit seinem Heer
Auf eigne Faust davongeritten,
Brandschatzend, plündernd nach Beschwer.
Die wichtigste der Neuigkeiten
War aber: Kaiser Ferdinand,

Bedroht, bedrängt von allen Seiten,
Mit seinen Mitteln schier am Rand,
Beugt' in der Noth sich soweit nieder,
Daß er den Friedland hoch beschwor,
Als Generalfeldoberst wieder
Das Heer zu führen wie zuvor.
Und Wallenstein, von Ehrgeiz schwellend
In mehr als königlicher Pracht,
Nahm zaudernd, hohe Fordrung stellend,
Doch an die dargebot'ne Macht.
Und als, nach letzter Zeitung Wissen,
Am Lech ein schwedisches Geschoß
Tilly den Schenkel weggerissen
Und er die müden Augen schloß,
Ließ Wallenstein für Groß' und Kleine
Durchs Reich die Werbetrommel gehn
Und bracht' ein Kriegsvolk auf die Beine,
Wie's nimmernoch die Welt gesehn.
Und Helmuth saß hier wie gefangen
Und sehnt', als Leutnant oder Knecht,
Ins Feld sich, wo die Rosse sprangen,
Die Schwerter blitzten im Gefecht.

Es war ein freundlich stilles Walten
Im Ordenshaus, die Zeit verfloß,
Und Helmuth war auch beiden Alten
Ein liebgewordner Hausgenoß.
Bertram, ein alter Eisenbeißer,
Der Sturmhut einst und Pike trug,
Sah, wie sein Herz schon heiß und heißer
In Sehnsucht nach dem Heere schlug,

Und that und redete zu Gute,
Soviel in seinen Kräften stand,
Daß jener mit geduld'gem Muthe
Sich in das lange Warten fand.
Die Schwestern aber überboten
Sich in der Pflege Sorgsamkeit,
Daß manchmal Händel darum drohten,
Wer ihm am flinksten dienstbereit.
Editha nahm es deßhalb Wunder,
Daß Helmuth, der in schnellem Sieg
Von Tag zu Tage ward gesunder,
Von seiner Liebe gänzlich schwieg,
Die er, fast in des Todes Banden,
Als er an ihrer Brust geruht,
Ihr auf dem Schlachtfeld eingestanden,
Beglückt von ihrer Küsse Gluth.
Und als auf der Genesung Wegen
Er weiter vorgeschritten war,
Kam sie ermunternd ihm entgegen
Und bot ihr Herz ihm schüchtern dar,
Indem sie listig sich bestrebte,
Recht oft mit ihm allein zu sein,
Ihn vielgeschäftig dann umschwebte
Und ihn mit kleinen Tändelei'n
Gelegentlich und schicklich neckte
Und unverhohlen ihre Gunst
Muthwillig, schelmisch ihm entdeckte
Mit Liebreiz und Verführungskunst,
Er ließ es arglos sich gefallen
Wie einer flücht'gen Laune Spiel,
Heißblüt'gen Herzens Überwallen

Und ahnte nicht ihr wahres Ziel,
Weil er in aller Unschuld glaubte,
Sie sähe bei dem lust'gen Ton,
Den sie zuthulich sich erlaubte,
In ihm den künft'gen Schwager schon.
War sie ihm gar zu nah gekommen,
Hatt' er sie wohl mit rascher Kraft
Nachdrücklich in den Arm genommen,
Mit ein paar Küssen abgestraft
Und ausgelacht. Sie aber schmollte
Daß er, wenn's einmal soweit kam,
Nicht länger, heißer küssen wollte
Und so genügsam blieb und zahm
Dagegen fiel ihr auf: er blickte
Helenen oft so seltsam an,
Als ob sie beid' ein Band umstrickte
Und ein Verhältniß sich entspann
Im Stillen hier, das ihr verdächtig
Erschien und gar geheimnißvoll,
So daß Editha, wieder mächtig
Erfaßt von eifersücht'gem Groll,
Sich vornahm, innerhalb der Mauern
Und außerhalb nun unverwandt
Wachsam zu lauschen und zu lauern,
Wie Helmuth mit Helene stand.

Der Sommer kam mit seinen Rosen
Und seinem Nachtigallenschlag
Und mit ihm nach viel freudenlosen
Nun ein so freudenvoller Tag,
Als schwebt' er aus den Wolken nieder

Wie Glockenklang, der lange schwieg,
Der Tag, an welchem Helmuth wieder
Zum ersten Mal zu Pferde stieg.
Helene hielt nur seinetwegen
Ihr Pferd noch hier im Ordenshaus,
Und es gehörig zu bewegen,
Ritt sie tagtäglich weit hinaus.
Wehmüthig blickt' er im Entsagen,
Wenn sie so fröhlich ritt, ihr nach,
Und längst schon wollt' er's selber wagen;
Sie aber nannt' ihn noch zu schwach,
Ließ heimlich auch für ihn besorgen
Doch einen Sattel, wohlgebauscht,
Und er, an einem schönen Morgen
So überrascht, war wie berauscht
Vor Freude, war so stolz und glücklich,
Als er zu Pferde wieder saß,
Daß er sein Siechthum augenblicklich
Wie einen schweren Traum vergaß.
Ihm war, als ob der Sitz im Bügel
Ihm Schwingen an die Schultern gab,
Wie er, nun wieder Hand am Zügel,
Frohmüthig ritt in Trott und Trab.
Ein Fliegen war's ihm und ein Segeln,
Ein wonnig Schweben, kraftbewußt,
Mit aller Kunst, nach allen Regeln,
In feurig freier Reiterlust.
Er ließ das Rößlein galoppiren
Und courbettiren vor der Burg,
Caracoliren, traversiren
Und ritt die ganze Schule durch.

Die Schwestern sahen seinem Reiten
Vergnüglich zu von ihrem Stand,
Bis er davonstob und im Weiten
Bald ihren Blicken ganz entschwand.
Und als er endlich wiederkehrte,
Jauchzt' er aus vollem Herzen auf
Und fühlte nichts, was ihn beschwerte
Von Sattelsitz und Rosseslauf.
Und als er sich herab geschwungen,
Das Rößlein in den Stall gebracht,
War er von Glück so ganz durchdrungen,
Zu neuem Leben frisch erwacht,
Daß er in beider Schwestern Mitte
Jed' eine rechts und links umschlang,
Mit ihnen ging in gleichem Schritte
Und eine muntre Weise sang.

Kein größre Lust, davon ich weiß,
Als Reiterlust auf Erden,
Zu streiten um des Sieges Preis
Auf windgeschwinden Pferden.
Den Feind verachten thut nicht gut,
Doch Reiterherz hat hohen Muth,
Mag Sorg und Klag nicht leiden.
Reit hin, reit her, mein Reiterlein,
Laß Glück und Gut ist dein eigen sein,
Bezahlst es aus der Scheiden.

Kein heißre Liebe nirgend schlägt,
Als Reiterlieb' allwegen;
Wohin das Roß den Reiter trägt,

Find't auch ein Lieb der Degen.
Er ist ihm treu, er ist ihm gut,
Wenn's Rößlein so lang warten thut,
Bis die Trompeten klingen.
Schließ auf die Thür, lieb Schätzelein,
Und laß den Reiter zu dir ein,
Die Englein hörst du singen!

Kein schönrer Tod auf freiem Feld,
Als Reitertod zu sterben,
Vom Roß herab als Herr und Held
Ums ew'ge Leben werben.
Bleibt auch die Kugel lange noch,
Einmal geflogen kommt sie doch
Und wirft dich über Seiten.
Schnell sagt der Tod dir guten Tag,
Dann ist es aus auf einen Schlag
Mit Lieb' und Lust und Reiten.

Drum reite, reite, was du kannst,
So lang du lebst auf Erden!
Und wenn du dir ein Lieb gewannst,
Laß es nicht schimmlig werden!
Heut bist du hier und morgen dort,
Kaum abgesessen, wieder fort,
Trab trab! und immer weiter.
Woher er kommt, wohin er fliegt,
Sein ist die Welt, er wirbt und siegt,
Ein König ist der Reiter.

Als Helmuth bald nach seinem Ritte
Allein sich mit Helene fand,
Ergriff er zu bescheidner Bitte
Treuherzig der Geliebten Hand
Und sagte: „Hab' ich meine Probe
Als Reiter, der gesund gepflegt,
Nun nicht zu wohlverdientem Lobe
Vor Deinen Augen abgelegt?
Jetzt bin ich aber auch zum Kriege
Als Streiter wieder etwas werth;
Wenn ich noch länger mich verliege,
Verrost' ich wie ein altes Schwert."
„Ein Andres ist's, spazieren reiten,"
Wies ihn Helene sanft zurecht,
„Ein Anderes, im Harnisch streiten,
Im Kampfgetümmel und Gefecht.
Laß einen Monat noch vergehen,
Daß Du mehr Kraft im Arme hast;
Wie dann im Feld die Dinge stehen,
Danach wird der Beschluß gefaßt."
„Verlangst Du," sprach er, „daß ich bleibe,
So bitt' ich wenigstens mir aus,
Daß Du zu meinem lieben Weibe
Dich trauen läßt im Gotteshaus."
Sie sprach mit lieblichem Erröthen
Und einem innig warmen Blick:
„In Friedenszeit und Kriegesnöthen,
Geliebter, theil' ich Dein Geschick;
Doch laß die Hochzeit uns verschieben,
Bis Deiner Wunden Plag' und Pein
Bis auf die letzte Spur vertrieben,

Dann überglücklich werd' ich Dein!"
Nicht mehr betrachtend ihn als Kranken
Behielt sie doch im Hinterhalt
Noch einen anderen Gedanken;
Er aber wollte mit Gewalt
Noch nicht auf seine Kräfte pochen,
Als er ein wenig sich besann,
Und sprach: „Hast Recht, doch in vier Wochen,
Helene, frag' ich wieder an."

Edith entdeckt' in jenen Beiden
Noch immer nicht das künft'ge Paar,
Doch Helmuths Ritt ließ sie entscheiden,
Daß er vollauf genesen war.
Nun wollte sie nicht länger warten
Auf ihren endlichen Triumph
Und spielte drum aus ihren Karten
Allmählich immer größern Trumpf,
Indem, kaum ihrer Sehnsucht Meister,
Sie, die für Helmuth lebt' und starb,
Sich immer deutlicher und dreister
Um des Geliebten Gunst bewarb.
Zwar sie vergab sich nichts, was Sitte
Und zücht'ge Weiblichkeit verbot,
Und auch nicht Frage, Wink und Bitte
Entrang sich ihrer Herzensnoth.
Jedoch der Blick ließ sich nicht zügeln,
Mit dem sie Helmuth fast verschlang,
Und süß umweht' ihn wie mit Flügeln
Der Stimme schmeichlerischer Klang.
Sie ging und lief und sprang und kniete,

Galt's, einen Wunsch ihm zu erfülln,
Nur daß er ihre Lieb' erriethe,
Nur um ihr Herz ihm zu enthülln,
Daß er das Schweigen endlich bräche,
Sie von dem Banne zu befrei'n,
Und die Erlösungsworte spräche:
Ich liebe Dich! komm her! sei mein!
Er sprach sie nicht, und unwillkürlich
Däucht' ihm Editha's Zärtlichkeit
Oft wunderlich, fast ungebührlich
Und bracht' ihn in Verlegenheit.
Helene sah mit Unbehagen
Dem Treiben zu und nannt' im Stilln
Editha's rückhaltlos Betragen
Zudringlich, doch um Helmuths willn
Verschwieg sie, was sie davon dachte,
Und sagt' auch ihrer Schwester nicht,
Daß sie umsonst sich Hoffnung machte,
Wär' sie auf seine Lieb' erpicht.
Doch um ihr zu verstehn zu geben,
Daß sie ein größres Recht besaß,
Begann sie, im Zusammenleben
Auch ihrer Freundlichkeiten Maß
Helmuth genüber auszudehnen,
Und das war ganz nach seinem Sinn;
Doch Edith sah jetzt in Helenen
Erst recht die Nebenbuhlerin,
Fand selber nun das Gunsterschleichen
Der ältern Schwester unerhört
Und sich in ihrem hoffnungsreichen
Vermeintlichen Besitz gestört.

Der Eifersucht auf beiden Seiten
Ward so geöffnet Thor und Thür,
Daß Zwietracht und Gehässigkeiten
Die Folgen waren für und für.

Helmuth, dem endlich arg verleidet
Der Aufenthalt am selben Ort,
Wo er die Eine stets beneidet
Sah von der Andern, wollte fort
Und drang auf Trauung ohne Säumen
Nun bei Helene derb und schlicht,
Um schnell mit ihr das Schloß zu räumen,
Ob Edith mitging' oder nicht.
Helene, ohne lang Besinnen,
Sprach: „Ich bin jeden Tag bereit,
Dein Weib zu werden und von hinnen
Mit Dir zu gehn in Kampf und Streit,
Doch — die Bedingung muß ich stellen —
Nicht zu den Kaiserlichen mehr!
Den Glaubensbrüdern zugesellen
Wolln wir uns jetzt, dem Schwedenheer.
Du bist jetzt frei und aller Banden
Entledigt durch den Todesritt,
Bist als ein Andrer auferstanden
Und mit dem Kaiser völlig quitt."
Das hatte sie zurückbehalten,
In Hoffnung, er würd' unbesehn
Ihr jetzt den Herzenswunsch, den alten,
Als Morgengabe zugestehn.
Wie mit kalt Wasser übergossen
Stand Helmuth, bleich war sein Gesicht,

Doch jetzt auch sagt' er fest entschlossen:
„Nein, Liebste! das verlange nicht.
Dem Pappenheim gehört mein Leben;
Bei Breitenfeld noch in der Schlacht
Hab' ich ihm Wort und Hand gegeben,
Mich und mein Schwert ihm festgemacht."
  „Was wiegt ein Schwert in diesem Kriege?!
Hier schlägt ein Herz Dir treu und heiß,
Erkämpf' es Dir! und nach dem Siege —
In diesen Armen ruht der Preis!"
Sie stand vor ihm in stolzer Schöne,
Verführerisch, hoch aufgericht,
Von Liebe zeugten ihre Töne,
Von Liebe glüht' ihr Angesicht.
Er sprach, die Augen sich bedeckend:
„Du stellst mich jetzt zum zweiten Mal,
All meiner Sehnsucht Wünsche weckend,
Vor diese grausam bittre Wahl
Und weißt doch, daß ich nun und nimmer
Von Pappenheim mich scheiden kann —"
„Schon wieder Pappenheim und immer
Nur Pappenheim!" fuhr sie ihn an.
„Er, mit dämonischen Gewalten,
Steht zwischen uns als böser Geist,
Der Kräfte hat, Dich festzuhalten,
Der Deine Liebe mir entreißt,
Dich abtreibt von dem rechten Glauben,
Sich kein Gewissen daraus macht,
Dir Trost und Seligkeit zu rauben,
Und Sturm und Unrast Dir entfacht.
Ich hass' ihn! könnt' ich ihm nur schaden,

Er sollte nicht mehr sicher ruhn!
Ich wollt' es leichtlich auf mich laden,
Dem Schlimmen Schlimmes anzuthun!"
„Und thät' er Alles, was als Klage
Dein Eifer wider ihn erhebt,"
Sprach Helmuth, „dennoch ohne Frage
Gehör' ich ihm, so lang' er lebt!"
    „So lang' er lebt?!" — ihr Auge blitzte —
„Und wenn er fällt, so bist Du frei?!"
Ihr Ohr, ihr ganzes Wesen spitzte
Sich auf die Antwort, doch herbei
Kam Edith jetzt, und beide schwiegen.
Mißtrauisch sah sie Edith an
Und merkte bald, im Sinne liegen
Mußt' ihnen etwas; da begann
Helene kleinlaut und befangen:
„Editha, Helmuth will nun fort,
Und einsam wird's, wenn er gegangen,
Für uns hier in dem stillen Port."
„Du sagst — für uns!?" Editha fragte,
Als könnte sie das nicht verstehn;
Helene schwieg, doch Helmuth sagte:
„Helene will nicht mit mir gehn."
„Laß sie doch über sich entscheiden!
Wenn sie nicht mit will, bleibt sie hier,"
Sprach Edith, „Du und ich, wir beiden
Sind uns genug, ich geh' mit Dir!"
Es klang so trotzig und verwegen;
Helmuth erwiederte: „Du irrst;
Denn wisse, daß auf meinen Wegen
Auch Du mich nicht begleiten wirst."

„Auch ich nicht? Du willst mich verlassen?“
Sie staunt' ihn an verdutzt, entsetzt;
Wie sollte sie's in Worte fassen,
Was in ihr wogt' und wühlte jetzt!
Nun mocht' es biegen oder brechen,
Es mußt' heraus, was sie verschloß,
Der Zornmuth trieb sie, auszusprechen,
Wovon das Herz ihr überfloß:
„Helmuth, vor mehr als Jahreswende
Da würfeltest Du einst um mich,
Ich selber machte dem ein Ende,
Hing mich und schmiegte mich an Dich.
Verlassen war ich und verloren,
Hätt'st Du Dich meiner nicht erbarmt,
Und ich, ich hatte Dich erkoren,
War mehr und mehr für Dich erwarmt
Bald liebt' ich Dich aus Herzensgrunde,
Du aber wolltest es nicht sehn,
Und in der schreckensvollen Stunde
Des Überfalles war's geschehn,
Daß ohne Willen, ohne Wissen
Ich, kopflos von des Angriffs Wucht,
Entführt ward, blindlings fortgerissen
In keineswegs geplanter Flucht.
Von Dir verschmäht mit meinem Lieben,
Verstoßen selbst, bin ohne Rath
Ich irr und wirr umhergetrieben,
Nicht überlegend, was ich that.
Doch glaube mir! auch in der Ferne
Hab' ich an Dich allein gedacht,
Du standest mir gleich einem Sterne

Goldhell in meiner Seele Nacht.
Als ich zurück kam mit Helenen,
Da hatt' ich ein gebrochen Schwert
Und glaubte selbst trotz allem Sehnen
Mich kaum noch Deiner Liebe werth.
Da — Helmuth, hast Du nicht die Gabe,
Zu fühlen, was ein Herz erfüllt,
Dem sich an seiner Hoffnung Grabe
Des Lebens größtes Glück enthüllt?
O denke doch, wie mir zu Muthe,
Als auf dem Schlachtfeld ich Dich fand,
Bei Dir am Boden selig ruhte
Und Liebe mir Dein Mund gestand!
Du sprachst, von meinem Arm umwunden,
Helmuth springt auf und bebt und fragt:
„Du — auf dem Schlachtfeld mich gefunden?
Helene war es!" — — Schrecklich tagt
Es in Editha, — weh! gehalten
Hat er sie für Helene dort,
Und dieser nur, Helenen, galten,
Nicht ihr, sein Kuß und Liebeswort!
Erstarrt im Schrecken steht die Bleiche,
Die Hand aufs wunde Herz gepreßt,
Ihr ist die Hoffnung von dem Streiche
Geknickt bis auf den letzten Rest.
„Was?!" bricht sie los, „genarrt? betrogen?
Und Lieb' und Gunst und Glück auf Eins
Mir ins Gesicht hinein gelogen?
Ha! ins Gesicht! ich habe keins!
Dies Antlitz ist ja nicht mein eigen,
Gestohlen ist's, geliehen nur,

Ein Spiegelbild, verdammt zum Schweigen,
Ein Zwillingsmachwerk der Natur.
Dein ist es, Schwester! Dir gehöret
Die Lieb' auch, die man mir verspricht,
Wie man sie einer Maske schwöret, —
O wie ich's hasse, dies Gesicht!
Dein Schatten bin ich nur im Leben,
Die ausgebälgte Puppe bloß,
Mit der man spielt, und die man eben
Als Nothbehelf nimmt auf den Schoß.
Ob in dem Spielzeug schlägt verhohlen
Ein Herz, das liebt und hofft und bricht,
Wenn man drauf tritt mit harten Sohlen,
Ja, danach freilich fragt man nicht!" —
Sie wankt zur Thür; sie wolln sie halten;
Doch wie sie schroff den Rücken dreht,
Da lassen sie die Bittre schalten;
Sie schluchzt laut auf vor Schmerz und geht.

Helen' und Helmuth stehn erschüttert;
„Wie sie mich jammert!" spricht er leis.
Sie schaut ihn an und kämpft und zittert,
Im Busen wird's ihr eng und heiß,
Die Arme schlingt sie in die Runde
Um seinen Hals, — „hier ist mein Heim!
Nimm hin Dein Weib in dieser Stunde!
Ich gehe mit zu Pappenheim!"

Unter dem Friedländer.

So weit der Himmel war gespannt
Über Deutschland, so weit war entbrannt
Der Krieg in allen Grenzen und Gauen.
Niedergetreten und niedergehauen
War Alles, was im Wege stand,
Und Recht und Ordnung aus Rand und Band;
Denn was die Schweden mit ihren Alliirten
Nicht unterkriegten und ruinirten,
Das lag zerbrochen und zerzaust
Unter des Frieblands geharnischter Faust.
    Gustav Adolf war nach München gekommen,
Hatte dort große Beute genommen,
Und Kurfürst Maximilian rief
Denselben Mann, den er so tief
In Regensburg zu Fall gebracht,
Zu Hülfe nun mit seiner Macht.
Der Friedland kam ohn' Aufenthalt
Aus Böhmen, wo er die Sachsen vertrieben;
Holk war in der Lausitz zurück geblieben,
Unmenschlich hausend mit blut'ger Gewalt.
Die Schweden hatten sich aufgepflanzt
Bei Nürnberg und sich fest verschanzt,

Und ihnen näh grub Wallenstein
Bei Fürth sich in ein Lager ein.
König und Herzog, gleich an Macht
Und Kriegsruhm, standen in scharfer Wacht
Sich gegenüber hier manche Wochen,
Bis Einer das letzte Wort gesprochen.
Die Augen von ganz Europa waren
Hierher gerichtet; seit langen Jahren
War kein Ereigniß für den Krieg
So wichtig wie der nächste Sieg.
Zum ersten Male sollten sich messen
Die beiden Feldobersten hier; vergessen
Hatten sie längst im großen Spiel
Des Krieges Ursach und sein Ziel.
Nicht für evangelisches Christenthum
Focht mehr der Schwede, für Macht und Ruhm
Setzt' er die Kraft des Geistes ein,
Er wollte der Herr in Deutschland sein.
Und Wallenstein schlug seine Schlachten
Von Anfang an nur mit dem Trachten,
Sich selber zu erhöhn im Reich
Den unabhängigen Fürsten gleich,
Ihm schwebte voraus im Kampfgefild
Einer Königskrone lockendes Bild.
Darum der ungeheure Brand,
Von dem ganz Deutschland in Flammen stand,
Den Keiner von beiden entzündet zwar,
Doch Keiner zu löschen auch willens war.
    Einen ebenbürtigen Gegner fand
Der König endlich am Herzog Friedland;
Er konnt' ihn nicht aus Fürth verdrängen,

Und als er's versuchte, sich an ihn zu hängen,
Zog er den Kürzern, mußt' ohne Säumen
Sein eignes Lager bei Nürnberg räumen.
Erst ging er nach Schwaben, dann aber bog,
Nicht achtend Oxenstierns Rath und Lehr,
Er um nach Sachsen und bezog
Bei Naumburg ein Lager mit seinem Heer.

Auch Wallenstein ging mit seinem Volk
Nach Sachsen, Johann Georg zu spießen,
Vereinigte sich mit Gallas und Holk,
Die jetzt von Schlesien zu ihm stießen,
Nahm dann in Leipzig sein Hauptquartier
Und wartete voll Ingrimm hier
Auf Pappenheim mit seiner Schaar,
Der Waffenbruder und Freund ihm war,
Dem 's aber in den Sinn nicht kam,
Daß er Rücksicht auf die Befehle nahm,
Die sein General und die Hofburg in Wien
Ihm zugesandt, daß er ohne Verziehn
Sich sollte rückwärts concentriren
Und sich mit Wallenstein conjungiren.
Der unerschütterlich kühne Degen
Wollt', immer auf seinen eigenen Wegen,
Die Unabhängigkeit nicht verlieren,
Lieber als Feldherr selbst kommandiren.
Auf Beutezügen, um zu nehmen,
Wo sich noch was zu plündern fand,
Nach Stade, Lüneburg und Bremen,
Nach Hessen und ins Niederland
Kam er vom Rheine nach Westfalen,

Ließ sich in Hildesheim bezahlen
Zweihunderttausend Thaler baar,
Daß kaum es zu erschwingen war,
Und legte der Stadt Bedingungen auf,
Wie's selten geschah in des Krieges Lauf.
Hier traf ihn Wallensteins strengste Note,
Die mit dem Kriegsgericht ihm drohte,
Wenn er nun nicht Raison annähme,
Nicht in continenti zu ihm käme.
Da blieb dem verwegenen Feldmarschall
Nichts Andres übrig, als Knall und Fall
Zum Generalissimus aufzubrechen,
Denn der war übel auf ihn zu sprechen.
    Das Ziel, das Pappenheim sich gesetzt,
War auch vollständig errungen jetzt:
Er hatte mit großer Entschlossenheit
Ganz Nord=West=Deutschland in der Zeit
Gesäubert von protestantischen Heeren.
Daß gegen die Schweden sich konnte kehren
Wallenstein, frei in Rücken und Flanken,
Hatt' er dem Pappenheim nur zu danken.
Darum verzieh er dem trotzigen Grafen,
Als sie bei Leipzig zusammentrafen,
Sich zu berathen und sich zu stützen,
Dann in der Ebne gegen Lützen
Gemeinschaftlich das Lager schlugen
Und keinen Groll mehr im Herzen trugen. —

Helenens Beutekapital,
Der Nachlaß ihres ersten Gatten,
Half, ihrem jetzigen Gemahl,

Helmuth, als Leutnant auszustatten.
In Braunschweig kauft' er ein tüchtig Roß
Und Kleidung, wie sie ihm jetzt gebührte,
Als wär' er noch Herr auf dem alten Schloß,
Von dem er den abligen Namen führte.
Stolz sah er aus in dem gelben Collett
Mit streifigen Ärmeln, mit Borten und Litzen,
In Stulpen, Feldbinde, hellviolett,
Und breitem Kragen mit flandrischen Spitzen.
Von Straußenfedern war umwallt
Der Hut mit weitgebogner Krämpe;
Von Ansehn war er und Gestalt
Ein schmucker, ritterlicher Kämpe.
Und auch Helene versah sich flugs
Mit neuen Gewändern in schönen Trachten,
Die ihren schlanken, blühenden Wuchs
Zur herrlichsten Erscheinung brachten.
Erfüllt war ihrer Jugend Traum,
Sie waren Mann und Weib geworden
Und dachten noch, wie sie im Waldesraum
Gesessen an ihres Bächleins Borden.
　　So kam im Herbst das stattliche Paar
Zum Heere geritten, wie Helmuth versprochen,
Und als es dem Lager nahe war,
Begann ihnen beiden das Herz zu pochen.
Das Glück war ihnen zugethan,
Daß sie bei ihrer Ankunft eben
Schon den Feldmarschall reiten sahn,
Von hohen Offizieren umgeben.
Helene blieb halten, als auf ihn los
Helmuth in vollem Galoppe rannte,

Und Pappenheims Freude war übergroß,
Als er den Treuen wiedererkannte.
„Willkommen, Leutnant von Bargula!"
Rief er und streckt' ihm die Hand entgegen,
„Wie freu' ich mich, daß Ihr wieder da!
Ich glaubt' Euch schon auf ganz anderen Wegen.
Hier, Oberst Piccolomini!
Von Eurem Regiment ist's Einer;
Wo habt Ihr Platz in der Compagnie?"
    „In der ersten Exc'llenz! und sonst in keiner."
    „Da war er Gefreiter; das geht nicht an."
Doch Helmuth wagte vorzubringen:
„Excellenz, ich kenne dort jeden Mann
Und werde mir schon Gehorsam erzwingen."
    „Ihr kennt nicht Alle, Viele sind todt
Von damals, und so mag's geschehen;
Mit dem Respekt hat's wohl nicht Noth,
Ihr könnt zu Rittmeister Neipperg gehen.
Was ist denn das für ein schöner Rekrut,"
Frug Pappenheim, „der mit Euch gekommen?"
„Excellenz," sprach Helmuth, die Hand am Hut,
„Ich habe mir eine Frau genommen."
„Eine Frau genommen? ei, laßt mich flink
Doch mustern, was Ihr warbt, und loben!"
Lacht' er vergnügt, und auf Helmuths Wink
Kam schnell Helene heran gestoben.
„Ho, reiten kann sie!" — Mit Höflichkeit
Begrüßten sie die Herren zu Pferde,
Und sie kam nicht in Verlegenheit,
War fein in Reden und Gebärde,
Verbarg auch ihren Haß und Groll.

Den gegen Pappenheim sie hegte,
Als sie mit Lächeln anmuthsvoll
Jetzt ihre Hand in seine legte.
Nach kurzem Gespräche trabten die Zwei
Zum Lager; die Offiziere raunten,
Wie schlank und schön Helene sei,
Und als sie über ihr Reiten staunten,
Da nickte Pappenheim vor sich hin:
„Die kommt mir gelegen, die Reiterin!"

Ergreifend war das Wiedersehen
Mit Jakob Trümlin und seiner Frau
Und Ignaz Dorschel; fast übergehen
Wollten die Augen in feuchten Thau
Dem Fahnenschmied, als er gesund
Den lieben Gesellen vor sich sah,
Nun gar in glücklichem Ehebund
Als Leutnant Schenk von Vargula.
„Das soll einmal ein Trünklein geben!"
Rief er, „heut thu' ich einen Schuß,
Wie ich noch nie gethan im Leben,
Ich schwör's auf eine taube Nuß!"
Camilla knixt' und rieb die Hände
Und sagte der ‚gnädigen' Frau sogar,
Daß sie sie jünger und schöner fände
Von Aussehn, als vor einem Jahr.
Der Rumormeister sprach: „'s Rechte g'troffe
Hot wieder der Ignaz, als er g'sagt:
's isch schon der Dümmscht' dem Tod entloffe,
Grad, wenn er nix nach'm Lebe g'fragt!"
Jetzt kam auch Rembert, stand stramm und grade

In seinem schwarzen Harnisch und sprach:
„Herr Leutnant, empfehle mich Eurer Gnade!"
Daß Helmuth in helles Lachen ausbrach:
„Sag', Alter, was hab' ich Dir angethan?
Ist's, daß ich mit diesem Wams Dich blende?
Dein Leutnant bin ich, und Dein Kumpan
Verbleib' ich bis an mein Lebensende.
Was wir Zwei mit einander getheilt,
Das, mein' ich, ist eine stählerne Kette,
Die nur der Tod auseinander feilt,
Geht Einer von uns dort unten zu Bette."
„Das soll ein Wort sein!" rief Rembert froh,
„Ich konnt' es mir auch nicht anders denken;
So lang ich noch hab' ein Bündlein Stroh,
Gehört es halb meinem Helmuth Schenken.
Bist auf den Wittwenleim gegangen?"
Flüstert' er dann, „ja, Wittwenkuß
Hat schon manch Klügern eingefangen,
Nun, Jeder thut, was er kann und muß."
Doch Helmuth droht' ihm: „Du alter Sünder!
In Eisen laff' ich Dich schließen sofort,
Wenn Du, der frechste der frechen Münder,
Noch einmal sagst so ein schändlich Wort!"
Sie lachten herzlich und gingen zusammen
Im Lager durchs Regimentsquartier,
Vor Freude geriethen in Feuer und Flammen,
Die ihn erkannten, die Kürassier.
Da fehlt' es bei den alten Kam'raden
Nun doch an Subordination,
Denn er wurde ganz überladen
Mit ihrer stürmischen Gratulation.

Es war in Wallensteins großem Heere
Ein andrer Geist, ein andrer Zug,
Soldatisch Bewußtsein und Muth und Ehre
Nahmen jetzt einen höheren Flug.
Denn der gewaltige Schlachtenlenker
Verlangte vor allem entschlossene That,
Hatten zu thun auch Profoß und Henker,
Fühlte doch freier sich der Soldat.
Meinte doch Friedland ohne zu prahlen,
Daß man Kriegsvolk, auf Sold gesetzt.
Stets gut füttern, gut bezahlen
Und gut henken müßte zuletzt.
Und Leute gab's hier, aus allen Nationen
Zusammengebracht unter einen Hut,
Irländer, Briten, Franzosen, Wallonen,
Lombarden, Kroaten und ungarisch Blut.
Buntscheckig schillerten ihre Monturen
In schreienden Farben, gesteppt und gestickt,
Geschlitzt und gepufft, und des Feldzugs Spuren
Mit allerhand Flittern und Lappen geflickt.
Fechten konnten sie besser, als beten,
Und des Feldmarschalls fliegendes Korps,
Drin fast alle Waffen vertreten,
That sich durch Frömmigkeit nicht hervor.
Hoch ging es her; schier alle Tage
Hielten, denen der Beutel gespickt
Vom Plünderungskrieg, ein Zechgelage
Die Pappenheimer, aufs Beste beschickt.
Die Kompagnien und Regimenter
Saßen und lagen vor ihrem Gezelt
Und vor den Buden der Marketender.

Schwelgend, als wär'n sie die Herren der Welt.
Arkebusier, Dragoner und Schützen
Und Lanzierer und Kürassier
Wollten den Tag und die Stunde nützen,
Becher und Würfel klapperten hier.
Die Musketier und die Pikenträger
Hatten sich fähnleinweise gereiht,
Und ihre närrischen Trummenschläger
Kürzten ihnen mit Possen die Zeit.
Hier die Konstabel bei den Kartaunen,
Stallbrüder, nicht vom besten Gerücht,
Dort mit den Galgengesichtern, den braunen,
Der Kroaten wildes Gezücht.
Aber die Honoratioren vom Trosse
Hielten sich treulich zum Fahnenschmied,
Und ihr standhafter Lagergenosse
Führte den Reigen beim alten Lied,
Das den Landsknechtsgurgeln geläusig,
Steckte nur erst im Fasse der Hahn,
Und womit im Felde sie häufig
Schon einander Bescheid gethan.

Helene wohnte mit Helmuth im Zelt,
Und mehr Offiziere noch hatten im Feld
Die Gattin oder Geliebte mit,
Von ihr begleitet auf Schritt und Tritt.
An Helmuths Seite hoch beglückt,
Fühlte sie doch sich schwer bedrückt
Hier in des Lagers lautem Getriebe,
Wo Gottesfurcht und Menschenliebe
Ganz unbekannte Gefühle waren

Unter den trotzigen Kriegerschaaren.
Kommandorufe, Geschimpf und Gewetter,
Trommelgerassel, Trompetengeschmetter,
Unfläthig Fluchen, Gröhlen und Schrei'n,
Nichts Andres klang tagaus, tagein.
Sah sie, wie Alles, was stand und lag,
Drängte zum blutig entscheidenden Schlag,
Und besann sie sich, wer mit dem Feind,
Den man vernichten wollte, gemeint,
Dann vor Gewissensangst und Schmerz
Gab es ihr einen Stich ins Herz.
Abends lag sie in heißem Gebete,
Wo sie mit ringender Seele flehte
Für der Evangelischen Sieg
In dem unglückseligen Krieg,
Und mit immer noch steigender Gluth
Haßte sie Pappenheim bis auf's Blut.
Die Schweden, die bei der Stücke Spielen
Doch so gut verstanden zu zielen,
Fällten ihm unter dem Leib manch Roß,
Ihn aber traf kein tödtlich Geschoß.
Wieder stand eine Schlacht bevor, —
Ob keine Kugel sich zu ihm verlor?
Könnt' ich ihm eine heran beschwören,
Sollt' er die letzte bald pfeifen hören,
Daß nicht länger die Sonne bescheint
Unsers Glaubens grimmigsten Feind!
Dachte sie oft, schwieg aber still,
Seufzte nur leise: „Wie Gott will!"

Einst, wie sich Freund zu Freund gesellt,
Kam Pappenheim in Helmuths Zelt,
Daß die von ihm so hoch Geehrten
Sich ihres Staunens kaum erwehrten.
Er wollt' Helenen in den Quartieren
Reverenz machen und Prästanda prästiren,
So drückt' er sich aus und sagt' ihr des Schönen
Gar Manches und Vieles und wünscht' ihr auch,
Sie möchte sich balde wieder gewöhnen
Ans Lagerleben und seinen Brauch.
Sprach dann nach all' den Höflichkeiten:
„Ich bewunderte jüngst Eu'r Reiten,
Wie Ihr im Sattel nicht wankt und weicht,
Euch mit vollendeter Grazie haltet
Und mit dem Pferde sicher und leicht
In beliebiger Gangart schaltet.
Daran knüpf' ich nun eine Bitte:
Hättet Ihr, schöne Frau, den Muth
Zu einem wichtigen Kundschaftsritte
Bis an des Feindes Vorderhut,
Um seine Stellung zu erspähn?
Er wird es ganz gewiß verschmähn,
Es einer Dame zu versagen,
Sich nah genug heran zu wagen,
Und schöpft auch nicht so schnell Verdacht,
Als wenn ein Mann die Runde macht."
So Pappenheim. Ihr treibt das Blut
Ins Angesicht des Zornes Gluth.
Was? Kundschaftsdienste gleich Kroaten
Soll dem sie leisten, den sie haßt?
Die Glaubensbrüder ihm verrathen?

Doch wie von Eingebung erfaßt,
Spricht sie mit funkelhellen Augen:
„Wenn meine Dienste können taugen
Eu'r Gnaden, stehn zu allen Zeiten
Sie zu Befehl; wann soll ich reiten?"
Doch Pappenheim, darob erfreut,
Dankt ihr und spricht: „Ich werd's Euch sagen,
Wenn die Gelegenheit sich beut,
Und balde wird die Stunde schlagen,
Daß wir in die Bataille rücken.
Dann hätt' ich gerne Wissenschaft,
Wie sich mit seinen schweren Stücken
Der Feind postirt, denn seine Kraft
Liegt meist in seiner Artollrei,
Darin ist er uns überlegen,
Und unsre beste Reiterei
Zerstiebt in solchem Eisenregen.
Doch wenn wir wissen, wo sie stehn,
Die Stücke, sind sie zu umgehn,
Denn schwer beweglich sind sie nur
Und können nicht folgen auf jeder Spur.
Auf Euch nun zähl' ich, edle Frau,
Daß Ihr nach eigner Augenschau
Uns vor dem herben Schicksal hütet,
Daß der Battrieen Hagelschlag
Nicht gar zu schlimm am heißen Tag
In unsern tapfern Reihen wüthet."
Dann nahm er Urlaub mit höflichem Gruß,
Und Helmuth folgt' ihm auf dem Fuß,
Denn der Feldmarschall lud ihn ein,
Sein Gast beim Abendtrunk zu sein.

Als jetzt allein Helene war,
Ward ihr erst recht bewußt und klar,
Was sie bei Pappenheims Verlangen,
Mit dem er dreist sie angegangen,
Zuerst nur wie im Dunkeln fühlte.
Nun bohrt' es tief in ihr und wühlte
Die Leidenschaften mächtig auf;
Jetzt hatte von des Krieges Lauf
Sie einen Faden in der Hand,
Und wie sie den verschürzend band,
Daran hing minder oder mehr
Am blutigen Entscheidungstage
Vielleicht für dies' und jenes Heer
Erfolg ab oder Niederlage.
Wenn sie nicht sichre Kunde brachte,
Wenn gar sie falsche Meldung machte
Vom Stand der schwedischen Battrien,
Noch ehe sie Verderben spie'n
Mit Donnerschall, — was dann geschah,
Voraus kein Menschenauge sah.
War jener Auftrag Wink und Rath
Von oben her für sie gewesen?
War sie für gottgefäll'ge That
Zum schwachen Werkzeug auserlesen,
Dem Evangelium durch den Streich
Zum Sieg zu helfen und zugleich
Im Kugelregen, in dem dichten,
Den schärfsten Gegner zu vernichten?
Solch einer Sendung durften nie
Gewissensskrupel widerstreiten,
Für ihren Glauben mußte sie

Falsch reden, aber richtig reiten.
Und Helmuth? — traf das Todesblei
Den Marschall, ward der Leutnant frei,
So hoffte sie, und schwang mit ihr
Das evangelische Panier.
Doch wie, wenn eine Kugel kam
Und den Geliebten ihr selber nahm?
Eine Kugel aus der Geschütze Schlund,
Gegen die sie mit falsch zeugendem Mund
Ihn selbst geführt und ein ganz Regiment
Von braven Gesellen, dem Jurament
Und ihrer Fahne zum Tode getreu?
Packte sie dann nicht zermalmende Reu?
Wohl her! wohl hin! ob tausend verderben,
Der Heiland mußt' am Kreuze sterben,
Das Wort zu besiegeln mit seinem Blut,
Und selig ist, wer im Glauben ruht!

Als Abends Helene nach diesem Tag
Im Zelt an Helmuths Seite lag,
Da reichte sie ihm ein Kleinod dar,
Eine kupferne Kapsel, unscheinbar,
Die rundlich und flach, mit einem Ring
An einer Schnur von Seide hing,
Und sprach: „Damit ich ruhig bin,
Nimm's Amulett jetzt wieder hin!
Als wir in Halle Dich haben verbunden,
Hab' ich's an Deinem Halse gefunden
Und abgenommen, es aufzuheben,
Zur rechten Zeit Dir wiederzugeben.“
Helmuth nahm's lächelnd in die Hand

Und sagte: „Ja, ja, ich kenne den Tand:
Rembert drang ihn mir im Verlauf
Der Magdeburger Belagerung auf.
Ein Passauer Zettel ist darin,
‚Rohr, gieb weder Feuer noch Hitz,
Degen, sei stumpf und Speer nicht spitz!‘
Mit Fledermausblut geschrieben, ich bin
Kein Freund von solchem Talisman
Und nahm ihn doch; glaubst Du daran?“

  „Ich weiß nicht, was davon zu hoffen,
Ob's schützt, ob nicht; bei Breitenfeld
Haben trotzdem Dich Kugeln getroffen,
Doch trägt's so mancher tapfre Held;
Komm, nimm es wieder, das Amulett!“
Sie bog sich zu ihm im Lagerbett
Und hängt' es selbst in stiller Lust
Ihm um den Hals mit kosenden Händen
Und barg es an ihres Trauten Brust,
Das Unheil von ihm abzuwenden.
Er ließ sich gefallen, was sie that,
Umschlang und küßte sie für den Rath,
Sie aber zwang sich, daran zu glauben,
Als könnt' ihr nun nichts den Liebsten rauben.

In dieser selben Novembernacht
Hielt Herzog Friedland Sternenwacht.
Einsam am Fenster stand er im Haus
Und sah in die stille Nacht hinaus.
Die Sterne funkelten hell und klar,
Und was er schauend und rechnend gelesen
In ihrem geheimnißvollen Wesen,

War die Enthüllung, wunderbar:
Die Welt würd' in den nächsten Tagen
Um einen großen Todten klagen.
Wer war's? wem war des Lebens Ziel
So nahe schon gerückt auf Erden?
Sollte nach rasch verlornem Spiel
Er selber abberufen werden?
Sollt' es dem blonden König dort
Verhängt sein, ihm das Feld zu räumen?
Ward ihm verbürgt durch Sternenwort
Erfüllung seinen stolzen Träumen?
Zu seinen Füßen dehnte sich
Das Lager aus in weiter Runde,
Und ahnungsvolles Grau'n beschlich
Sein Herz in mitternächt'ger Stunde.
„Dem, der in Händen eine Macht,
Um halb Europa zu bewegen,
Dem würde der Befehl gebracht,
Gehorsam sich ins Grab zu legen?
Wo bleiben Wille, Kraft und Geist?
Fällt Alles denn dem Tod zum Raube?
Was mir in Hirn und Herzen kreist,
Verwehn, verwesen soll's im Staube?
Den Mund nur brauch' ich aufzuthun,
Der Nacht nur einen Wink zu geben,
Und soviel Tausende dort ruhn,
So viele tausend hab' ich Leben!
Wem strahlt des Sieges Herrlichkeit,
Wenn nächstens diese Waffen schlagen?
Wen wird sodann die Christenheit
Als Todten auf dem Feld beklagen?" —

Sternschnuppenzeit war's, Wallenstein
Blickt' auf zum dunklen Himmelsbogen
Da kam mit hellem Blitzesschein
Ein dichtgesäter Schwarm gezogen.
„Ha, Dank euch!" rief er freudig aus,
„Ihr weiset deutlich in die Ferne!
Gut steht's für mich am Himmelshaus,
Und annoch glänzen meine Sterne!"

XXII.

Vor der Schlacht.

Dem Strome gleich, dem mächtig breiten,
Der unaufhaltsam fließt und fließt,
Durch Felsenengen, durch Länderweiten
Die brückenlose Fluth ergießt,
Dem Strome gleich, dem hochgedämmten,
Mit seiner Wasser Wucht und Drang,
Im Riesenschritt, im ungehemmten,
Geht das Verhängniß seinen Gang.
Nur daß des Stromes Weg, den brausend
Vom Ursprung er zur Mündung zieht,
Der selbe bleibt durch die Jahrtausend,
Wie Volk auf Volk ihn blinken sieht,
Das Schicksal doch, auf dunklen Bahnen
Herschreitend, einen Ausgang nimmt,
Den Menschenwitz und Menschenahnen
Nicht spannenweit voraus bestimmt.
Oft schneckenlangsam kommt's gekrochen
Aus einer fern vergangnen Zeit
Und blitzschnell oft hervorgebrochen
Mit unbarmherz'ger Grausamkeit.
Auf Erden kann ihm nichts entrinnen,

Ihm steuert kein Gesetz und Recht,
Es fegt den Einzelnen von hinnen,
Und es begräbt ein ganzes Geschlecht.
Ewig die Macht, mit der es waltet,
Unwiderruflich, was es schickt,
Ob's einen Welttheil umgestaltet,
Ob's eine Menschenblume knickt. —

Die Hörner klangen, die Fahnen flogen,
Die Schweden kamen auf Lützen gezogen.
Bald stand in Schlachtordnung ihr Heer,
Und Gustav Adolf ritt vor ihm her,
Trug keinen Panzer von Eisen und Stahl,
Sang mit den Seinen den Choral:
Ein' feste Burg ist unser Gott.
Dann wieder ritt er in Trab und Trott
Und sprach zu Fußvolk und Reiterei:
„Nun wollen wir dran!" sein Feldgeschrei
War: Gott mit uns! Weit ausgedehnt
War seine Front; an Lützen gelehnt,
Den linken Flügel kommandirte
Bernhard von Weimar, das Centrum führte
Der Graf Nils Brahe, doch auf dem rechten
Wollte der König selber fechten.

Zwischen Markranstädt und Lützen stand
An eines tiefen Grabens Rand,
Der mit den besten Schützen besetzt,
Der Herzog Friedland und wartete jetzt
Auf Pappenheim, den er nach Halle gesandt
Und der schon nahte, zum Kampf entbrannt.

Das Centrum befehligte Wallenstein
Mit Officutz, doch er allein
Lenkte die Schlacht; den rechten Flügel
— Windmühlen standen dort auf dem Hügel —
Graf Colloredo, den linken Holk
Mit Isolani's Kroatenvolk.

Grau dunstig war's, ein trüber Tag,
Den Himmel deckten Wolkenmauern,
Im Nebel, der auf den Feldern lag,
Ging durch die Luft ein frostig Schauern.
Gewundnen Wegs kam weit und frei
Voraus dem Schritt der Musketiere
Die Pappenheim'sche Reiterei,
Achtzig Schwadronen Kürassiere.
Den Reitern war es kühl ums Herz,
Die Sonne fehlte, der Blick ins Weite,
Aber innen und außen von Erz,
Ritten sie todesmuthig zum Streite.
Pappenheims Leibregiment vornan
Hatt' auf dem Ritt von Halle die Spitze,
Und bald dieser, bald jener Mann
Hob sich empor im Sattelsitze.
„Noch immer vor uns nichts zu sehn?"
Frug ein Kürisser den Kameraden.
   „Nicht Spieß noch Fähnlein; wo mögen sie stehn?
So ein verdammter Nebelschwaden!
Wie im Sacke stecken wir drin,
Reiten und wissen selbst nicht, wohin."
„Bevor sich nicht der Wind aufmacht,"
Begann ein Dritter, „kommt's nicht zur Schlacht.

Wie wollen sie schießen? wie sollen wir hauen?
Wie kennen die Grünen, die Gelben und Blauen?"
„Grün= oder Gelbrock, Schweden sind beide,
Immer druck druf, Kamerad, mit der Schneide!"
Lachte Rembert, „ich wollte bloß,
Sie brennten mal ein paar Stücke los,
Daß wir doch wüßten, woran wir wären!
Wachtmeister, könnt Ihr es uns nicht erklären?"
„Habt nur Geduld, es kommt zur Schlacht!"
Sprach der Wachtmeister, „uns überbracht
Sind Ordinanzien, präcis und bestimmt,
Daraus sich unsereins Manches entnimmt
Über Stellung und Position,
Sag' euch: es giebt eine Hauptaktion!
Ganz zu links solln wir attaquiren,
Sollen den linken Flügel flankiren,
Wo, soviel ich vernehmen that,
Bruder Heuschreck steht, der Kroat."
„Auch nicht die nobelste Nachbarschaft!
Diebespack, lottrig und lumpenhaft,
Ficht wie ein Kater und frißt für Vier,"
Höhnte verächtlich ein Kürassier

„Sind in der Wildniß eben zu Haus
Und füllen auch einen Graben aus,
Seht doch nur, wie die Raben fliegen!
Wittern schon, wo sie was finden und kriegen."

„Sie werden als Deine Bestatter und Erben
An Dir sich nicht den Magen verderben,
Du langes, klappriges Sacrament,
Das dünnste Gerippe beim Regiment!"
Ein schallend Gelächter der ganzen Rotte

Folgte dem übermüthigen Spotte.
„An Dir,“ gab der Gefoppte zurück,
„Fänden sie freilich ein saftiger Stück;
Werden sie also bei mir nicht satt,
So mästest Du sie an meiner Statt.“
„Ihr ladet die Gäste zu früh zum Schmaus,“
Sprach wieder Einer, „denn grad heraus,
Ich fühle mich für die schwarze Schaar
Noch lange nicht mürb' und reitergar.
Ich denke, wir traben noch frisch und frumm
Im heiligen Römischen Reich herum
Mit Plänkeln und Plündern und Pankettiren,
Mit Tribuliren und Terminiren,
Und es soll uns in fröhlichen Stunden
Manch fürtrefflicher Trunk noch munden.
Der Meinung ist mein Füchslein auch,
Ich kenne schon sein Manier und Brauch,
Es beißt die Zügel und muckt und bockt,
Hat uns der Teufel was eingebrockt,
Und ahnt und weissagt jeden Tanz;
Heut aber wedelt es mit dem Schwanz
Und wiehert und kichert in einem fort,
Als wäre die Welt voll Hafer dort.
Drum lustig, Brüder! ich glaub' es nicht,
Daß heut noch eine Kartaune spricht.“
Da wandte sich im Reiten sacht
Der Fähnrich um: „Es kommt zur Schlacht!“
Sprach er bestimmt, „ich spür' es hier
An meiner Fahne, die sagt es mir;
Sie ist die Seele vom Regiment
Und sieht das Feuer, bevor es brennt.

Heut drängt sie vorwärts bei jedem Schritt,
Als ging' ihr viel zu langsam der Ritt,
Sie ruckt und zuckt in der Rechten mir,
Und zieht und zerrt am Bandelier.
Das ist ein Memori, gebet Acht!
Bald riechen wir Pulver, es kommt zur Schlacht!
Und wenn der Tag zu Rüste geht, —
Wem dann wohl noch die Fahne weht?!"
   Sie schwiegen alle nach diesem Wort
Und ritten still ihres Weges fort.
Von Westen pfiff ein kalter Hauch,
Es raschelte leis im dürren Strauch,
Viel welke Blätter flogen vom Baum,
Und heller ward's am Himmelsraum.
Da stimmte die zweite Compagnie
Ein Lied jetzt an, das kannten sie;
Es war das Lied vom letzten Ritt,
Und kräftig sang es die erste mit.

     Ich hab' im Feld gelegen
     Oftmals vor Wall und Thurm,
     Ich ritt auf vielen Wegen
     Und stritt in manchem Sturm.
     Mein' Wehr hab' ich gezogen,
     Die Kugeln kamen geflogen,
     Mich wollte keine noch,
     Ach! eine trifft mich doch.

     Wie weit noch solln wir reiten,
     Mein Rößlein, wohlgestalt?
     Wann bläst man uns im Streiten

Zum letzten Male Halt?
Dann deinem muntern Springen
Und meiner scharfen Klingen
Giebt man den Urlaubsschein,
Kann heut, kann morgen sein.

Soll dann gestorben werden,
Macht Keiner davor Kehrt,
Den Reitersmann auf Erden
Der Tod am höchsten ehrt.
Drum wollen wir uns schlagen,
Als müßten wir uns sagen
Allstund auf Schritt und Tritt:
Es ist der letzte Ritt!

Der letzte Ritt, ihr Brüder,
Geht in den Tod hinein,
Und stürz' ich blutend nieder,
Der Sieg muß unser sein.
Hör' unter Rosseshufen
Ich euch Victori rufen,
So steig' ich stolz hinab
Ins große Reitergrab.

So sangen die Pappenheim=Kürassiere;
Feldmarschall, Oberst und Offiziere
Lauschten dem Lied aus den rauhen Kehlen,
Und auch ihnen bewegt' es die Seelen.
Endlich doch konnten sie vor sich sehn
Waffen blinken und Kriegsvolk stehn,
In Schlachtordnung gerückt das Heer,

Geschwader und Fähnlein, Speer an Speer.
Graf Pappenheim lenkte sein Pferd im Schritt
Helenen zu, die mit Helmuth ritt,
Und sprach zu ihr: „Nun ist es Zeit;
Sagt, Frau von Vargula, seid Ihr bereit,
Daß Ihr den wichtigen Dienst mir thut,
Den Ihr gelobtet mit kaltem Blut?
Mein Platz ist dort auf dem linken Flügel,
Da reitet herum an dem länglichen Hügel,
Pirscht an den Feind Euch, spürt und späht
Was grad uns gegenüber steht,
Ob Reiterei, ob schwer Geschütz,
Die Kundschaft ist mir ein Großes nütz.
Ihr wollt? habt Dank, vielschöne Frau!
Gott schütz' Euch! und seht ja genau!"
Und weiter sprach er, zu Helmuth gekehrt:
„Auch Euch einen Auftrag, der Euch ehrt!
Ihr reitet zum Herzog Friedland hin
Und meldet ihm, daß ich zur Stelle bin;
Er steht im Centrum, und Ihr bleibt dort,
Schickt er Euch nicht mit Befehlen fort."
Helene drückte Helmuth die Hand,
Frug leise: „Trägst Du am Seidenband
Das Amulett auf der Brust geborgen?"
Er nickte lächelnd: „Sei ohne Sorgen!"
Sie sah ihn freudestrahlend an,
Wandte sich links und stob hindan.
Nach rechts hin aber ritt Helmuth ab,
Setzte sein Pferd in scharfen Trab,
Und so lange sich beide Reiter,
Mann und Frau, die sich immer weiter

Von einander entfernten, erblickten,
Winkten und winkten sie sich und schickten
Aus dem Sattel sich hochgemuth,
Sie mit dem Tuch und er mit dem Hut,
Fröhliche Grüße, die Liebe geboren,
Bis sie sich aus den Augen verloren.

Der Nebel wechselte den Stand,
Floß hin und wider, hier sich lichtend,
Ausblick gewährend über's Land,
Und anderwärts sich mehr verdichtend.
Helene mußt' auf ihrem Weg
Behutsamkeit und Vorsicht üben,
Daß sie nicht plötzlich ins Geheg
Etwa den Schweden käme drüben.
Schon die Kroaten hinter sich,
Um die sie rasch im Bogen schwenkte,
Ritt sie, die jetzt geflissentlich
Ihr Pferd in sachtem Schritte lenkte,
An einem Wassergraben hin,
An dessen Ufern Weiden standen,
Und horcht' umher mit scharfem Sinn,
Ob in der Näh sich Feinde fanden.
Da kamen ihr in Einsamkeit
Die Skrupel wieder und Gedanken
Und brachten aus Entschlossenheit
Sie jetzt noch in ein heftig Schwanken.
Die sie im Schilde trug, die That,
Sich falscher Meldung zu erkühnen,
War schnöder, blutiger Verrath,
Durch keine Buße je zu sühnen.

Acht Regimenter ohne Noth
Hinopfern, Einen zu vernichten, —
Woher denn kam ihr das Gebot?
Wer hieß sie, Pappenheim zu richten?
Den Mann mit seinem scharfen Blick,
Der fest auf ihre Treue baute,
Sein und der Seinigen Geschick
Im Kampf ihr arglos anvertraute,
Den wollte sie mit Lug und Trug
Umstricken, um ihn irr zu leiten?
Zwang sie durchaus des Herzens Zug,
Den Untergang ihm zu bereiten?
Ja! damit kriegte seinen Lohn
Der Würger schrecklichster im Reiche,
Denn wieviel Glaubensbrüder schon
Erlagen seines Schwertes Streiche?!
Helene, zu dem Rächeramt
In wahrer Schwärmerei getrieben,
Bestand darauf, ob auch, verdammt
Um diesen Einen, Tausend blieben.
Der einz'ge Grund, der von dem Schritt
Vielleicht sie noch zurückgehalten,
Der war getilgt durch Helmuths Ritt
Zum Herzog, — das war Gottes Walten!
Verschont, nicht auf das Spiel gesetzt
Ward des Geliebten theures Leben,
Sie mußt' ihn sicher, unverletzt
Sah sie ihn ihr zurückgegeben
Und frei, sich nach des Marschalls Fall
Von den Papisten loszusagen;
Der Hoffnung steter Wiederhall

Ließ ihr nicht Ruh, — sie mußt' es wagen.
Und dennoch wogten her und hin
Noch immer Mitleid, Angst und Schrecken,
Als tausendfache Mörderin
Das Werk des Glaubens zu beflecken.
Sie lud — verhängnißvolle Wahl! —
Furchtbare Schuld auf ihr Gewissen;
O wer sie dieser Zweifelsqual
Und diesem Seelenkampf entrissen! —
Wie sie im Grübeln sich verlor
Und immer fortritt, tief ergriffen,
Paff! knallt ein Schuß, und hart am Ohr
War ihr die Kugel vorbei gepfiffen.
Aus Weidenbüschen steigt der Rauch,
Sie zieht den Fäustling, schnell entschlossen,
Und ist mit einem Satz am Strauch, —
Wer hat hier meuchlings auf sie geschossen?

Da tritt hervor ein bleiches Weib
Mit glasigen Augen, schlotterndem Leib.
Helene hebt das Pistol und zielt —
„Editha!!" schreit sie, „Unselige, Du?!"
„Ja, ich!" spricht jene, „mach's kurz, drück' zu!
Ich habe wieder einmal verspielt."
Helene murmelt auf ihrem Thier:
„Schwester auf Schwester! — Was suchst Du hier?"
　„Ich suche Dich und ihn und den Tod
Und Ruh und Ende meiner Noth.
Hast Du noch Pulver? gieb her! steig' ab!
Einen Schuß für jede, im Wasser das Grab!
Ich oder Du! sinkst Du in Sand,

Reit' ich zu ihm in Deinem Gewand,
Und im glüh,enden Liebesrausch
Soll er nicht merken den lustigen Tausch!"
Sie lacht dabei, wie Wahnwitz lacht;
Helene schaudert, da rollt und kracht
Weit hinten am andern Flügel schon
Die erste Salve mit dumpfem Ton.
Das bringt sie wieder zu Sinn und Wort,
„Wo stehn die Schweden?" fragt sie. — „Dort!"
Erwiedert Editha; „bist Du Spion?"
Fügt sie hinzu mit bitterm Hohn,
„So sag' ihm, der Dich ausgeschickt,
Der äußerste Flügel wärc gespickt
Mit groben Geschützen, stark armirt,
Der König selber hier kommandirt,
Und hinter den Stücken aufgeboten
Stehn Reiter, Smaländer, Finnen und Gotheu.
Schau hin! die Nebel wallen und wehn,
Du kannst mit eigenen Augen sehn.
Lebwohl! verzeih den Schuß in Gnaden!
Bei Gott! er war für mich geladen."
Helene hört sie schon nicht mehr,
Sie starrt gradaus zum Schwedenheer,
Auf die Batrien dort, Stück bei Stück,
Und wirft ihr Pferd und jagt zurück.
„Das Schicksal will nicht meinen Tod, —
Vorwärts, wo das Verderben droht!"

XXIII.

Der schnellste Reiter.

———

Nun tobt die Schlacht, es brummt und brüllt
Aus aufgefahrenen Geschützen,
Es lodert, noch halb in Nebel gehüllt,
Am rechten Flügel der Kampf um Lützen.
Der Sturmmarsch schlägt, mit dem Feldgeschrei
Gerathen aneinander die Massen,
Dazwischen hagelt und prasselt das Blei,
Stückkugeln reißen Furchen und Gassen.
Vor grauen Wolken oben ballt
Sich weißer Pulverrauch zusammen,
Und wie er unten kriecht und wallt,
Züngelt und zuckt es darin von Flammen.
Und weiter entspinnt sich, heißer entbrennt
Der Kampf in der Front mit allen Waffen,
Regiment geht vor auf Regiment,
Feind macht dem Feinde mächtig zu schaffen.
Kein Heer vom andern Boden gewinnt,
Sie stehen beide fest wie Mauern,
Ob auch das Blut in Strömen rinnt
Und Glieder sich strecken in Todesschauern.
Getöse ringsum, es rauscht und braust

Stets lauter und lauter, es knattert und knittert,
Es wogt und wettert und schwirrt und saust,
Die Erde dröhnt, und die Luft erzittert.
Reitergeschwader setzen hinein,
Werfen und werden geworfen im Ringen,
Im nebeldurchhuschenden Sonnenschein
Blinken die Helme, blitzen die Klingen.
Sie grüßen einander und rufen sich flott
Reitersprüch' aus dem Sattel entgegen:
„Schwinget die Lanze und trauet auf Gott!"
„Gebet dem Feinde den Klingensegen!"

Helene kommt im Nebel gejagt,
Graf Pappenheim ihr entgegen und fragt:
„Kamt Ihr heran? was habt Ihr gesehn?"
Sie spricht: „Smaländer und Gothen stehn
Am rechten Flügel, nur Reiterei;"
Doch wird sie marmorbleich dabei.
Der Graf: „Wer hat das Kommando dort?"
    „Der König selber." — „Das ist ein Wort!
Das ist meines Lebens schönster Tag!
Held Gustav Adolf! wie Wetterschlag
Will ich ihn treffen!" Er schwenkt sein Schwert
Und ruft vom knirschenden, scharrenden Pferd:
„Kürassier', ich künd' Euch Ruhm und Ehr,
Der König selber führt dort das Heer,
Und seine Garden, die Gelben, stehn,
Nur Reiterei, soweit zu sehn,
Uns gegenüber; nun wißt Ihr Bescheid,
Zeigt, daß ihr Pappenheimer seid!"
Und hurrah! hurrah! braust es im Chor,

Und tausend Schwerter zucken empor.
„Marsch marsch, Trompeter!" — In dem Moment
Erblickt Helene beim Regiment
Den Gatten, Hellmuth, — er grüßt sie und winkt, —
Sie hält sich am Sattel, daß sie nicht sinkt,
Will zu ihm und schreit mit aller Gewalt:
„Graf Pappenheim, hört mich! Graf Pappenheim, halt!!
Battrieen —!" die Trompeten klingen,
Fanfaren, die ihren Ruf verschlingen.
Sie stürmen dahin wie ein reißender Fluß,
Die Rosse, die Reiter aus einem Guß,
Visir geschlossen, zur Rechten und Linken,
Daß unter den Hufen die Eisen blinken.
Helene rast daneben her,
Sie hört und sieht nichts Andres mehr,
Sie heftet des bohrenden Blickes Gluth
Auf einen wallenden Federhut,
Sie reitet ihm nach, den sie deutlich erkennt,
Sie reitet und fliegt mit dem Regiment,
Ihr wird vor Augen wie Blut so roth,
Ihr klopft das Herz, — schnell reitet der Tod.

Schon sind sie nahe, gleich kommt der Stoß,
Jetzt Achtung! jetzt brechen sie drüben los!
Und jetzt — o Grausen! aus ehernem Mund
Kracht feuernd ihnen der Stücke Schlund,
Verborgen bisher im Nebelbad,
Kartätschen entgegen auf ihrem Pfad;
Die schmettern hinein in die Rotten und Glieder
Und mähen halbe Schwadronen nieder,
Und schauerlich, schrecklich erschallt dabei

Der gellende Ruf: „Verrätherei!!"
Helene bebt, sie sieht, wie sich bäumt
Des Marschalls Pferd und blutig schäumt,
Wie er sie mit den Augen sucht,
Mit seinem letzten Blick ihr flucht.
Aus dem Getümmel und Numor
Taucht er noch einmal hoch empor,
Dann stürzt in der surrenden Kugelsaat
Des Heeres gewaltigster, größter Soldat
Und wie durcheinander nun Alles stiebt,
Niemand zum Abschied die Hand ihm giebt.
Vorwärts! nur vorwärts! was fällt, das fällt!
Sie reiten drauf los, wer sich aufrecht hält,
In furchtbarem Ansturm auf die Battrien,
Kein Pappenheimer denkt an fliehn,
Denn heute müssen sie Sieger sein!
Da schlägt die zweite Salve hinein,
Und wieder wälzen sich unter den Rossen
Die Tapfern, die durch die Brust geschossen.
Helene schreit auf vor Jammer und Schmerz, —
Zerriß ihr selbst eine Kugel das Herz?
Sie sah es, wie Helmuth eine traf,
Und wie er hinsank zum festesten Schlaf,
Wie Reiter auf Reiter über ihn setzt,
Und sie hat ihn in den Tod gehetzt!
Nun hat sie den Willen, nun ist er befreit,
Nun hat sie zur ewigen Seligkeit
Ihm den Passierschein selber gegeben.
Aber sie kann es nicht überleben,
Sie wirft auf des Pferdes Hals die Zügel
Und hebt und reckt sich empor im Bügel,

Jagt mitten durch die gelösten Reih'n
Verzweifelt ins feindliche Feuer hinein
Und breitet die Arme, ruft schuldbewußt:
„Hierher, ihr Kugeln! in d i e s e Brust!"
      Sie brauchte nicht weit zu reiten mehr.
Es kam ein Anderer hinter ihr her,
Der überholte sie ohn' ihr Gebot, —
Denn schneller, viel schneller reitet der Tod.

Noch eh sich der Rauch der Geschütze verlor,
Brachen die schwedischen Reiter hervor,
Vom König geführt, der im Gefecht
Selbst mitzukämpfen hielt für sein Recht.
Sie prallten an, sie stießen zusammen
Mit gräßlichem Krachen, in Feuer und Flammen,
Und Mann an Mann in mördrischem Ringen
Kamen zu Worte die wuchtenden Klingen.
Sie hielten sich tapfer, sie schlugen sich gut,
Bis auf die Knochen, bis auf das Blut,
Das unterm Harnisch floß und Visir,
Die Kampferprobten, die Kürassier,
Auf ihrem verlorenen letzten Ritt;
Ach! ihr Feldmarschall focht nicht mehr mit,
Und auch ihr Oberst lag hingestreckt,
Graf Piccolomini, wundenbedeckt.
Doch endlich ward zurückgedrängt
Von Übermacht, im Feld versprengt,
Was von der stolzen Reiterschaar
Der Pappenheimer noch übrig war.

Die Sonne war am Himmelshaus
Schon über Mittagshöh hinaus,

Drang durch Gewölk und Nebelschicht
Manchmal hervor mit fahlem Licht,
Und immer noch ward wild und heiß
Gestritten um des Sieges Preis.
Die Trommeln wirbeln fort und fort,
Trompeten schmettern hier und dort,
Dumpf schallet der Kolonnen Schritt
Und rasselnd der Schwadronen Ritt,
Davon der feste Grund erbebt,
Und über dem Gelände schwebt,
Weithin gebläht, der Pulverdampf
Umzingelnd den grandiosen Kampf.
Betäubend ist der Lärm der Schlacht,
Es ballert und es brummt und kracht,
Die donnernden Geschütze streu'n
Granaten in den Feind hinein,
Die heulend durch die Lüfte flattern,
Und Salven rolln, Musketen knattern,
Die Kugeln zischen, pfeifen, klatschen,
Die Haut geht mit dem Wams in Flatschen,
Die Rosse wiehern, schnauben, scharren,
Fuhrwerke kollern, Räder knarren,
Und im unendlichen Gewirr,
Der Waffen Erzklang und Geklirr,
Der Schüsse Braus, der Stimmen Schwall
Tönt markerschütternd überall
Stoßseufzer, Fluch und Todesschrei:
„Höll' und Teufel!" — „Gott steh' mir

Wie hin und her sich Stunden lang
Hinzog der große Waffengang

Und schon der heiß ersehnte Sieg
Den Schweden winkte, da im Krieg
Traf sie an diesem grauen Tag
Ein unverwindbar schwerer Schlag.
Vom vordersten Treffen daher geschweift,
Die Zügel am Boden nachgeschleift,
Kam, angeschossen, angesengt,
Ein reiterloses Roß gesprengt.
Wer rief zuerst die Schreckenskunde?
Die plötzlich wie aus einem Munde
Scholl tausendstimmig im Schwedenheer:
„Des Königs Brauner! sein Sattel leer!
Der König ist todt, unser Herr und Hort!"
So pflanzt' es von Flügel zu Flügel sich fort.
Sie griffen das Pferd, gern ließ es sich fangen,
Es kam von selber voll Angst und Bangen,
Mit pfeifendem Athem, mit Keuchen und Schnaufen
Als Herold und Zeuge des Todes gelaufen.
Wo fiel er? wo traf ihn das blinde Geschoß?
O könntest du reden, du braunes Roß!
Das sah sie an mit so traurigem Blick,
Als hätt' es begriffen das herbe Geschick;
Es wandte den Kopf und schnuppert' und roch
Am blutigen Bügel, da wittert' es noch
Den Reiter, den es getragen zur Schlacht
Hinein und nicht heraus gebracht.

Sie fanden den König, todt unter Todten,
Da, wo er mit seinen Finnen und Gothen
Den stürmenden Pappenheim=Kürassieren
Entgegen sich warf, den Stoß zu pariren.

Beendet hatt' er sein Erdenwallen,
Er war in ehrlichem Kampfe gefallen,
Und der in alle Zeiten ragt,
Die ganze Welt hat um ihn geklagt,
Die Schweden haben ihn bitter beweint,
Selbst Pabst Urban hat dem Glaubensfeind,
Dem edlen Ketzer, der er gewesen,
Eine heilige Todtenmesse gelesen.
    So fielen an demselben Tag
Zwei leuchtende Wipfel auf einen Schlag:
Graf Pappenheim, der glänzende Reiter,
Und Gustav Adolf, der fürstliche Streiter,
Die beid' an ihres Lebens Borden
Nur achtunddreißig Jahre geworden.

Bernhard von Weimar, der junge Held,
Übernahm den Oberbefehl im Feld,
Und die Schweden ergriff unbändige Wuth,
Zu rächen des Königs vergossenes Blut.
Zwölfmal nach einander am Lützener Flügel
Bestürmte Bernhard den Windmühlenhügel,
Von woher Breuners Artillerie
Weit treffend Tod und Verderben spie.
Die Kaiserlichen doch nahmen es auf
Mit den borstigen Schweden im Gegenlauf.
Im Handgemeng gab's kein Quartier,
Sieg oder Tod war das Panier,
Denn hüben und drüben der Grimm war groß,
Erbitterter immer, erbarmungslos
Schossen sie auf einander und hieben,
Daß hin sie sanken und liegen blieben,

Wie sie in Reih und Glied gestanden,
Wie angekoppelt in Todesbanden.
    Aus dem Gewühl der Schlacht erhebt,
Als wenn es über dem Ganzen schwebt,
Behelmt und rings umqualmt, umstaubt,
Sich ein gebietendes, stolzes Haupt,
Das Antlitz, gelblich, streng und kalt,
Beschattet furchtlosen Ernstes Gewalt.
Der Friedländer ist es, Wallenstein;
Er blickt in die tosende Brandung hinein
Dem einsam ragenden Felsen gleich,
Unerschütterlich über der Fluth Bereich.
Geruhig hält er auf seinem Roß,
Ihn kümmert nicht Feuer und schwirrend Geschoß,
Ihn kümmert auch nicht im Wogen und Walln,
Wieviele Tausend unter ihm falln.
Was ihm bewegt die brütende Seele,
Gelassen giebt er seine Befehle,
Zum Größten entschlossen, aufs Kleinste bedacht,
Beherrscht er das Heer und lenkt er die Schlacht.

Musketierregimenter marschiren und rücken
Ins Treffen hinein und füllen die Lücken
Und feuern, wo sie nur Feinde sehn,
Und feuern, so lange sie aufrecht stehn.
Und Reitergeschwader, Kürisser, Lantzier,
Dragoner sprengen und Arkebusier
Vorwärts mit hart anprallender Wucht
Und wieder rückwärts in eiliger Flucht,
Ein athemlos Drängen und Hetzen und Jagen,
Ein Raufen und Ringen, ein Wetten und Wagen.

Stets beutelustig dazwischen gerathen
Die allgegenwärtigen, kecken Kroaten,
In kribbelnden Haufen, in gierigen Schwärmen
Wie springende Panther mit Heulen und Lärmen.
Und Alles vergeblich! bald sinkt die Nacht,
Und unentschieden noch ist die Schlacht.
Auf einmal — zerbirst der Erdenball? —
Ertönt ein ungeheurer Knall,
Und wie sich die Wolken von Rauch verzogen,
Da wehe! sind in die Luft geflogen
Die Pulverwagen in Wallensteins Heer;
Nun hat es keine Geschosse mehr,
Kann nicht mehr schießen, nicht mehr laden,
Die schwedischen Reservebrigaden
General Kniphausens mit Gewalt
Stürmen heran aus dem Hinterhalt
Und bringen mit unwiderstehlichen Streichen
Die Kaiserlichen endlich zum Weichen.
Doch finden sie Schutz, und ihre Retter
Sind Pappenheimer; Trompetengeschmetter
Und Trommeln tönen, als Allen bangt,
Pappenheims Fußvolk ist angelangt
Unter Merode von Halle her,
Entwickelt sich rasch, setzt sich zur Wehr,
Nimmt deckend und sammelnd die Weichenden auf
Und hemmt den schwedischen Siegeslauf.
Nun ist es Abend und still geworden,
Der letzte Schuß beendet das Morden;
Neun Stunden hatt' es das Feld gefegt,
Neuntausend Mann in den Tod gelegt.

Verhallt und verschwindet, in Nacht getaucht.
    Kommt wieder Einer gehinkt und späht
Bei Leichen umher und Kriegsgeräth.
Da regt sich's vor ihm; ein dunkler Leib
Erhebt sich vom Boden, — ist das nicht ein Weib?
Er eilt hinzu und hält sie fest,
„Halt, Vogel!" ruft er, „gefangen im Nest!
Fliegst mir nicht fort, bist ja noch jung,
Ich fühl's an Deiner Glieder Schwung."
Erst ist sie erschrocken vom Überfall,
Doch dann mit bekannter Stimme Schall
Tönt's ihm entgegen fast feierlich:
„Ich bin es, David! erkennst Du mich?"
„Editha!" jubelt er, sie beschwört:
„Sprich leise, daß es der Todte nicht hört!"
    „Der Todte? wie kommst Du den Todten nah?"
    „Nur diesem, — 's ist Schenk von Vargula!
Ich sah es, wie sein Regiment
Ward niedergeschossen und niedergerennt;
Zum letzten Abschied sucht' ich ihn mir,
Ich glaube, Stunden lang lag ich hier."
„Und so müssen wir uns wiedersehn!"
Spricht David, „wieviel ist geschehn,
Editha, seit wir ritten zu Zwei'n!
Jetzt kommst Du mit, bist wieder mein!
Ich bin Konstabel, bald werd' ich mehr,
Wir schlagen und fressen uns durch beim Heer;
Es lebt und liebt sich lustig im Krieg,
Wenn man nicht fragt: wer hat den Sieg?
Von heut bin ich Dein Herr und Held,
Und findest Du auf freiem Feld

Nach Leipzig zurück ging Wallenstein
Und rückte darauf in Böhmen ein,
Zu höherem Flug und kühnerem Wagen
Dort die Gestirne zu befragen.
Doch sollt' es ihm nicht beschieden sein,
So wenig wie Tilly und Pappenheim
Und Gustav Adolf, nach Sturmeswehen
Das Ende des großen Krieges zu sehen,
Der lang noch verheerte das deutsche Land,
Bis daß es, zerrüttet, den Frieden fand.
Auch Pappenheim ward in der Nacht
Noch lebend nach Leipzig hinein gebracht.
Gestärkt mit dem heiligen Sacrament
Haucht' er, deß Freud' und Element
Kampf war, im alten Pleißenhaus
Die Heldenseele friedlich aus.
Sein letzter Trost hienieden war,
Daß unter seiner Feinde Schaar
Grab der, den er am höchsten verehrt,
Vor ihm den bittern Becher geleert,
Daß Gustav Adolfs Siegesmacht
Gebrochen war in der Lützener Schlacht.
Im Stift am Strahow ruht er zu Prag,
Da schläft er bis zum jüngsten Tag. —

Auf nächtiger Walstatt, nebelbeträuft,
Liegen die Wunden und Todten gehäuft,
General und Oberst und Leutenant,
Katholik, Reformirter und Protestant,
Reitersmann neben Fußsoldat,
Kaiserlicher, Schwed und Kroat.

Der Himmel verdüstert sich mehr und mehr,
Es zieht heran ein Wolkenheer,
Vom Winde gedrängt und wieder zerrissen,
Lichtschimmer wechseln mit Finsternissen,
Hoch in den Lüften Sausen und Tönen,
Unten am Boden Ächzen und Stöhnen,
Im schwankenden Ried ein seufzend Gesumm,
Dann wieder Friedhofsstille ringsum.
Durchs weite Schlachtfeld einsam streicht
Manch Todesmatter und hinkt und schleicht,
Der sich mit seiner letzten Kraft
Vom feuchten Lager empor gerafft,
Auf eine zerbrochene Waffe gestützt,
Sich Zuflucht sucht, die ihn birgt und schützt,
Und wär's eines todten Rosses Bug,
Dahinter er sich vor des Windes Zug
Lang niederstreckt und unterduckt,
Von Frost geschüttelt, von Weh durchzuckt.
Ein Andrer wankt umher und fragt,
Von Hunger und lechzendem Durst geplagt,
Die Sterbenden noch in seiner Noth
Nach einem vertrockneten Bissen Brot,
Durchstöbert den Todten Beutel und Tasche,
Ob noch ein einziger Schluck in der Flasche.
Er findet nirgend, was er gewollt,
Wohl aber in Gürteln verborgenes Gold,
Das kann ihm nicht helfen, doch nimmt er's mit
Und schleppt sich weiter mit strauchelndem Schritt.
Es weht und windet so herbstlich kalt,
Es flirrt und schwirrt und wogt und wallt
In Dämmer und Dunkel und pfeift und faucht,

Mal so wie Den da mich in Ruh,
So drückst Du mir auch die Augen zu."
Sie ging mit ihm in die Nacht hinaus
Und schmiegte sich an ihn in Angst und Graus.
    „Was zitterst Du, Liebchen, an meinem Arm?"
    „Es riecht nach Blut, daß Gott erbarm!
Es flimmert vor Augen mir in der Luft,
David, es spukt im Nebelduft!
Es jagt dahin wie Rosseslauf,
Sag', stehen so rasch die Todten auf?
Schau dort! wer ist der dunkle Gesell?
Mir graut vor ihm! wer reitet so schnell?
Er fliegt wie ein Geier über den Grund,
Ein schattiger Reiter mit grinsendem Mund,
Ohne Helm, ohne Hut, der Schädel nackt,
Was hält sein knöcherner Arm gepackt?
Ein Fähnlein, dünkt mich, oder ein Schwert,
Hu! sieh doch, wie er im Sturme fährt!"
    „Ich seh's, ich seh's, bald fern, bald nah,
So schnell noch Keinen ich reiten sah.
Sein Mantel bauscht sich und flattert und weht
Wie Fledermausschwingen, zu Berge steht
Dem Rappen die Mähne, der Reiter im Sprung
Holt aus mit dem Ding wie zu Sensenschwung,
Sieh, wie er sich reckt im sausenden Ritt,
Als mäht' er sein Korn mit wuchtigem Schnitt!"
Den Beiden gruselt, sie wandern still,
Weil Keiner dem Andern verrathen will,
Was für Gedanken sich Jeder macht
Im Lager der Todten um Mitternacht.

Kein Stern blinkt an des Himmels Höh,
Schwarz zieht herauf die Wetterbö,
Des Windes Athemzüge schneiden
Die Luft, und in den Uferweiden
Ein Schauern und ein Flüstern entsteht,
Gewinsel über das Wasser geht,
Und auf dem Schlachtfeld weit und breit
Liegt dumpfe Todeseinsamkeit.

Da hebt sich auf der Stelle hier
Ein Pappenheim'scher Kürassier,
Stützt auf den wunden Arm sich kaum,
Als wie erwacht aus tiefem Traum.
's ist Rembert; mitten in der Brust
Die Kugel, ist er sich bewußt.
Er steigt nie wieder auf ein Pferd,
Er sieht nie wieder Haus und Herd,
Und ehe noch der Morgen graut,
Ist mit dem Sterben er vertraut.
„Nun," spricht er, „einmal mußt' es sein;
Fahrtwohl denn, Sturm und Sonnenschein!
Ihr schnellen Rosse, trabt und springt,
Wo schmetternd die Trompete klingt,
Und wo im Feld die Fahnen walln!
Ich bin als Pappenheimer gefalln.
Ich ritt und stritt mein Leben lang,
Zog aus und ein mit Sang und Klang,
Stand meinen Mann im Regiment,
Den der Herrgott und der Feldmarschall kennt.
Und komm' ich dort oben an zu Fuß,
So frag' ich mit Salut und Gruß,
Ob's einen Himmel für Reiter giebt,

Davor mir Keiner den Riegel schiebt."
Er streckte sich und blickte nach oben;
Da kam es mit Schrecken herangestoben,
Ein grausiger Reiter auf schwarzem Roß
Gespenstisch an Rembert vorüber schoß
Und grüßte und winkte und nickte ihm zu:
Komm mit, Kamerad! kein Reiter hat Ruh!
Doch lautlos Alles, nicht Wort, nicht Ruf,
Am Boden nicht klang des Rosses Huf,
Und des Reiters Blick so düster und hohl,
Dem Sterbenden wird so weh, so wohl;
Noch einmal dehnt er die röchelnde Brust,
„O Reiterleben! o Reiterlust!"
So lächelt er, frei von Schmerz und Noth,
„Der schnellste Reiter ist doch der Tod."